O Castelo Encantado

E. Nesbit

Clássicos autêntica

O Castelo Encantado
E. Nesbit

2ª edição
3ª reimpressão

Ilustração: Harold Robert Millar
Tradução e notas: Márcia Soares Guimarães

autêntica

Copyright desta edição © 2019 Autêntica Editora
Copyright da tradução © 2013 Márcia Soares Guimarães

Título original: *The Enchanted Castle*

Todos os direitos reservados pela Autêntica Editora Ltda. Nenhuma parte desta publicação poderá ser reproduzida, seja por meios mecânicos, eletrônicos, seja via cópia xerográfica, sem a autorização prévia da Editora.

EDIÇÃO GERAL
Sonia Junqueira

EDIÇÃO DE ARTE E PROJETO GRÁFICO
Diogo Droschi

ILUSTRAÇÕES
Harold Robert Millar

REVISÃO
Helen Rose Resende do Carmo
Eduardo Soares

CAPA
Diogo Droschi
(sobre esculturas de papel de Marcelo Bicalho)

DIAGRAMAÇÃO
Christiane Morais de Oliveira

Dados Internacionais de Catalogação na Publicação (CIP)
(Câmara Brasileira do Livro, SP, Brasil)

Nesbit, E., 1858-1924.
   O castelo encantado / E. Nesbit ; ilustração Harold Robert Millar ; tradução e notas Márcia Soares Guimarães. -- 2. ed.; 3. reimp. -- Belo Horizonte : Autêntica, 2025.

   Título original: The enchanted castle.
   ISBN 978-85-513-0476-1

   1. Ficção - Literatura infantojuvenil I. Millar, Harold Robert. II. Guimarães, Márcia Soares. III. Título.

18-23149   CDD-028.5

Índices para catálogo sistemático:
1. Ficção : Literatura infantojuvenil 028.5
2. Ficção : Literatura juvenil 028.5

Iolanda Rodrigues Biode - Bibliotecária - CRB-8/10014

GRUPO **AUTÊNTICA**

Belo Horizonte
Rua Carlos Turner, 420
Silveira . 31140-520
Belo Horizonte . MG
Tel.: (55 31) 3465 4500

São Paulo
Av. Paulista, 2.073 . Conjunto Nacional
Horsa I . Salas 404-406 . Bela Vista
01311-940 . São Paulo . SP
Tel.: (55 11) 3034 4468

www.grupoautentica.com.br
SAC: atendimentoleitor@grupoautentica.com.br

Para Margaret Ostler
com amor
de E. Nesbit

CAPÍTULO 1	09
CAPÍTULO 2	31
CAPÍTULO 3	49
CAPÍTULO 4	71
CAPÍTULO 5	88
CAPÍTULO 6	110
CAPÍTULO 7	130
CAPÍTULO 8	151
CAPÍTULO 9	174
CAPÍTULO 10	194
CAPÍTULO 11	214
CAPÍTULO 12	235

CAPÍTULO 1

Eram três irmãos – Jerry, Jimmy e Kathleen. O nome de Jerry era Gerald, e não Jeremiah, caso você tenha pensado que era; o nome de Jimmy era James; e Kathleen nunca era chamada pelo nome, de jeito nenhum, mas de Cathy, ou Catty, ou Menina Cat, quando seus irmãos estavam satisfeitos com ela, e Maluquete Cat, quando não estavam.

Estudavam em uma escola de uma pequena cidade no oeste da Inglaterra – é claro que os dois garotos em uma escola e a garota em outra, porque o hábito sensato de meninos e meninas estudarem na mesma escola ainda não é tão comum quanto eu espero que seja um dia.[1]

Os três costumavam passar os sábados e os domingos na casa de uma solteirona bondosa, mas era uma daquelas casas onde é impossível

---

[1] Este livro foi escrito em 1907, época em que meninos e meninas estudavam em escolas diferentes. Essas escolas eram internatos, o que quer dizer que os alunos só iam para suas casas nas férias. (N.T.)

brincar. Você conhece esse tipo de casa, não? Tem alguma coisa nela que faz com que a gente mal consiga conversar quando os donos se afastam, e brincar, ali, parece pouco natural, artificial. Por isso, as crianças ficavam ansiosas pela chegada das férias, quando iriam pra casa e passariam o dia inteiro juntas, em uma casa onde brincar era natural e conversar era possível, e onde os campos e as florestas de Hampshire, um condado no sudeste da Inglaterra, eram cheios de coisas interessantes pra fazer e pra ver.

A prima Betty também iria, e tinham feito planos. Como as férias dela chegaram mais cedo, a menina foi antes deles para Hampshire. Mas, assim que chegou, apresentou sintomas de sarampo, de modo que Gerald, Jimmy e Kathleen não puderam ir pra casa de jeito nenhum.

Você pode imaginar como os três se sentiram. A ideia de passar sete semanas na casa da Senhorita Hervey era impensável, e eles escreveram pra casa dizendo isso.

As cartas surpreenderam muito os pais das crianças, pois sempre tinham achado que elas adoravam ir pra casa da querida Senhorita Hervey. Entretanto eles eram "muito sensatos a esse respeito", como disse Jerry, e depois de muitas cartas e telegramas, ficou acertado que os garotos passariam as férias na escola de Kathleen, de onde todas as meninas já tinham partido, e as professoras também, com exceção da professora francesa.

— Será melhor do que ficar na casa da Senhorita Hervey — disse Kathleen, quando os garotos apareceram pra perguntar à professora francesa quando seria conveniente eles irem. — Além disso, nossa escola não é nem metade tão feia quanto a de vocês. Nossas mesas são forradas com toalhas e temos cortinas nas janelas; e a escola de vocês só tem lousas, carteiras e tinteiros — continua Kathleen.

Depois que os dois foram empacotar suas coisas, Kathleen enfeitou todos os quartos como pôde, com flores em copos de geleia — principalmente cravos-de-defunto, porque não havia muita coisa além disso no jardim atrás da escola. Havia gerânios no jardim da frente, e sapatinhos-de-vênus e lobélias; mas, é claro, essas as crianças não tinham permissão pra apanhar.

— Precisamos de algum tipo de diversão nas férias — disse Kathleen, depois que acabaram de tomar chá e ela já tinha ajeitado as roupas dos meninos nas cômodas, sentindo-se adulta e cuidadosa, pois havia colocado os diferentes tipos de roupas ordenadamente, em pequenas pilhas, dentro das gavetas.

— Podemos escrever um livro.

– Você não conseguiria – disse Jimmy.

– Eu não quis dizer "eu", é claro – disse Kathleen, um pouco magoada –, eu quis dizer "nós".

– Muito cansativo – disse Gerald, sem entusiasmo.

– Se nós escrevêssemos um livro – Kathleen insistiu – sobre como *realmente* são os interiores das escolas, as pessoas leriam e saberiam como somos inteligentes.

– Mas provavelmente nos expulsariam – disse Gerald. – Não, vamos brincar de alguma coisa ao ar livre... bandido e mocinho, ou alguma coisa desse tipo. Não seria ruim se a gente achasse uma caverna e pusesse algumas coisas dentro e fizesse nossas refeições lá.

– Não tem caverna alguma – disse Jimmy, que adorava contradizer todo mundo. – Além disso, sua preciosa Mademoiselle, a professora francesa, não vai deixar nós sairmos sozinhos, certamente não vai.

– Isso é o que veremos – disse Gerald. – Vou falar com ela, como se fala de pai pra filho.

– Assim? – Kathleen apontou pra ele com ar crítico, e Gerald se olhou no espelho.

– Escovar os cabelos e as roupas e lavar o rosto e as mãos é tudo o que nosso herói deve fazer agora – disse Gerald, e foi agir de acordo com o que tinha dito.

Foi um garoto muito elegante, moreno, magro e de aparência atraente que bateu à porta da sala onde Mademoiselle lia um livro de capa amarela e pensava em desejos fúteis. Gerald sempre conseguia, rapidamente, parecer interessante, um feito bastante útil pra quem está lidando com adultos estranhos. Pra isso, ele abria bem os olhos acinzentados, permitia que os cantos da boca murchassem, assumindo uma leve expressão de súplica, parecida com aquela do Pequeno Lorde Fauntleroy[2] – que, a propósito, agora deve ser um velhinho ridículo e chato.

– *Entrez!* – disse Mademoiselle, com um estridente sotaque francês. Então ele entrou.

---

[2] *Little Lord Fauntleroy* é um livro de 1886, escrito pela inglesa Frances Hodgson Burnett, sobre um garoto americano que estava sempre muito bem-vestido e era extremamente bem-educado. No Brasil, foi publicado nos anos 1960 com o título *O Pequeno Lorde*. (N.T.)

– *Eh bien?*³ – ela disse, meio impaciente.

– Espero não estar incomodando – disse Gerald, parecendo muito inocente e inofensivo.

– Não está – ela disse, com a voz um pouco mais suave. – O que deseja?

– Pensei que deveria vir cumprimentá-la – disse Gerald –, porque a senhorita é a dama da casa.

E estendeu a mão, que havia acabado de lavar e ainda estava úmida e vermelha. Ela a apertou.

– Você é um rapazinho muito bem-educado – ela disse.

– Absolutamente – negou Gerald, mais bem-educado do que nunca. – Sinto muito pela senhorita. Deve ser terrível ter que cuidar de nós nas férias.

– De maneira alguma – afirmou, por sua vez, Mademoiselle. – Tenho certeza de que vocês são crianças bem-comportadas.

A expressão no rosto de Gerald a convenceu de que ele e os outros estavam tão próximos de ser anjos quanto isso é possível, sem deixarem de ser humanos.

– Nós vamos tentar – falou decidido.

– Posso fazer alguma coisa por vocês? – perguntou, gentilmente, a professora e governanta francesa.

– Oh, não, obrigado – disse Gerald. – Não queremos lhe trazer problemas de maneira nenhuma. E eu estava pensando que seria mais tranquilo para a senhorita se amanhã nós passássemos o dia ao ar livre, no bosque, e levássemos o nosso jantar; alguma coisa fria, a senhorita entende? Pra não incomodar o cozinheiro.

– Você é muito atencioso – falou Mademoiselle friamente.

Então os olhos de Gerald sorriram: eles tinham a habilidade de fazer isso quando seus lábios estavam bem sérios. Mademoiselle percebeu e riu, e Gerald riu também.

– Seu danadinho! – ela disse. – Por que não dizer de uma vez que vocês querem ficar livres de vigilância, sem fingir que é a mim que pretendem agradar?

– É preciso ser cauteloso com adultos – Gerald falou –, mas também não é totalmente fingimento. Nós não queremos incomodá-la... e não queremos que a senhorita...

---

³ O que é? (em francês no original). (N.T.)

– Seu danadinho! – ela disse.

– Incomodar-me... que nada! Os pais de vocês permitem esses dias ao ar livre, no bosque?

– Oh, sim! – disse Gerald, honestamente.

– Então não serei mais megera do que seus pais. Vou falar com o cozinheiro. Está contente?

– Muito! – disse Gerald. – Mademoiselle, a senhorita é uma *chérie*.[4] – Uma *chérie* muito legal. E não se arrependerá. Há algo que possamos fazer pela senhorita? Enrolar o novelo de lã, ou achar seus óculos, ou...?

– Ele pensa que eu sou uma avó! – disse Mademoiselle, rindo mais do que nunca. – Então vão e não sejam mais travessos do que devem.

– Então, teve sorte? – os outros perguntaram.

– Está tudo certo – disse Gerald com indiferença. – Eu falei com vocês que estaria. O bom rapaz ganhou o respeito e a admiração da governanta estrangeira, que em sua juventude tinha sido a beldade do seu humilde vilarejo.

---

[4] Querida (em francês no original). (N.T.)

— Não acredito que ela alguma vez tenha sido. É séria demais — disse Kathleen.

— Ah! — disse Gerald. — Isso é porque você não sabe como lidar com ela. Não foi séria comigo.

— Olha só, que impostor você é, hein? — disse Jimmy.

— Não, sou um dip... como é que chama isso? Alguma coisa parecida com embaixador. "Dipsoplomata"... é isso que eu sou. O fato é que nós conseguimos o nosso dia e, se não encontrarmos uma caverna nele, meu nome não é Robinson Crusoé.[5]

Mademoiselle, menos séria do que Kathleen jamais a tinha visto, conduziu o jantar, que consistia em pães com melado, preparados horas antes, e agora mais duros e secos do que qualquer outra comida que você puder imaginar. Gerald foi bastante bem-educado: entregou-lhe manteiga e queijo, e insistiu para que ela provasse o pão com melado.

— Eca! É como areia na boca, uma secura! É possível que isso agrade vocês?

— Não — disse Gerald —, não é possível, mas garotos bem-educados não fazem comentários sobre a comida!

Ela riu, mas depois desse dia não houve mais pão com melado para o jantar.

— Como você faz isso? — Kathleen sussurrou, admirada, quando disseram boa noite.

— Oh, é muito fácil quando você consegue que um adulto acredite em você. Vão ver: depois disso, ela vai concordar com tudo o que eu pedir.

Na manhã seguinte, Gerald acordou cedo e colheu um pequeno buquê de cravos cor-de-rosa que achou escondidos entre os cravos-de--defunto. Amarrou as flores com uma fita preta de algodão e pôs sobre o prato de Mademoiselle. Ela sorriu e pareceu bem graciosa enquanto prendia as flores no cinto.

— Você acha digno — perguntou Jimmy mais tarde — subornar as pessoas com flores e outras coisas, passando o sal para elas durante as refeições, pra que deixem você fazer o que quer?

— Não é isso — disse Kathleen, imediatamente. — Sei o que Gerald quer dizer, só que eu nunca penso essas coisas a tempo. Veja, se quer

---

[5] Famoso personagem náufrago que dá nome ao romance escrito em 1719 pelo inglês Daniel Defoe (1660-1731).

que adultos sejam legais com você, o mínimo que pode fazer é ser legal com eles e pensar em pequenas coisas pra agradá-los. Eu mesma nunca penso em nada. O Jerry pensa; é por isso que todas as velhas senhoras gostam dele. Não é suborno. É uma espécie de honestidade, como se estivesse pagando pelas coisas.

– Bem, de qualquer forma – disse Jimmy –, deixando a questão moral de lado, temos um dia incrível pra curtir no bosque.

E tiveram mesmo.

A larga High Street, quase tão calma como uma rua de sonho, mesmo naquela movimentada hora da manhã, estava coberta pelos raios de Sol; as folhas brilhavam, refrescadas pela chuva da noite anterior, mas a rua estava seca, e o pó cintilava como diamantes. As belas casas antigas, firmes e fortes, pareciam estar se aquecendo com o brilho do Sol e gostando disso.

– Mas tem algum bosque? – Kathleen perguntou enquanto passavam pela praça do mercado.

O bosque não tem muita importância – disse Gerald, pensativo. – Certamente, vamos encontrar alguma coisa. Um dos meus amigos me contou que o pai dele disse que, quando era menino, tinha uma pequena caverna debaixo do bosque, em uma ruela perto da Salisbury Street; mas ele disse também que havia um castelo encantado lá, então talvez a caverna também não existisse.

– Se tivéssemos cornetas – disse Kathleen – e soprássemos com muita força durante todo o caminho, poderíamos encontrar um castelo mágico.

– Se você tiver dinheiro pra desperdiçar com cornetas... – falou Jimmy, com desprezo.

– Bem, acontece que eu tenho! – disse Kathleen.

E as cornetas foram compradas em uma pequena loja que tinha uma vitrine cheia de um emaranhado de brinquedos e doces e pepinos e maçãs azedas.

O som longo e alto de cornetas ecoou na tranquila praça no final da cidade, onde ficam a igreja e as casas das pessoas mais importantes. Mas nenhuma das casas se transformou em castelo encantado.

Então, os três irmãos caminharam ao longo da Salisbury Street, que estava muito quente e empoeirada, por isso concordaram em tomar uma das garrafas de refrigerante.

– Nós podemos carregar o refrigerante tanto dentro de nós quanto dentro da garrafa – disse Jimmy. – E podemos esconder a garrafa e pegá-la na volta.

Pouco tempo depois, chegaram a um lugar onde a estrada, como Gerald definiu, subitamente se dividia em duas.

– Isso parece aventura – falou Kathleen.

Tomaram a estrada da direita, e quando o caminho se bifurcou de novo, viraram para a esquerda, o que era bastante justo, como disse Jimmy; depois para a direita e depois esquerda e assim por diante, até ficarem completamente perdidos.

– Completamente – disse Kathleen. – Que beleza!

As árvores se curvavam sobre suas cabeças, e as encostas da estrada eram altas e cheias de arbustos. Já havia bastante tempo que tinham parado de soprar as cornetas. Era muito cansativo continuar fazendo aquilo quando não havia ninguém pra ficar aborrecido com o barulho.

– Oh! – Jimmy falou de repente. – Vamos nos sentar um pouco e comer uma parte do nosso jantar. Sabem como é, podemos chamar de almoço – acrescentou, de maneira persuasiva.

Os três se sentaram junto da cerca viva e comeram as groselhas vermelhas maduras que deveriam servir de sobremesa.

Enquanto estavam sentados, descansando e desejando que suas botas não estivessem tão apertadas, Gerald recostou-se nuns arbustos. Alguma coisa atrás deles cedeu à pressão das suas costas, e o menino quase caiu pra trás. Então ouviram o som de alguma coisa pesada caindo.

– Oh, caramba! – disse Jerry, sentando-se de novo bruscamente. – Tem um buraco ali. Tinha uma pedra atrás dos arbustos em que eu estava recostado e ela simplesmente se foi!

– Queria que fosse uma caverna – disse Jimmy. – Mas é claro que não é.

– Se soprarmos as cornetas, talvez seja – disse Kathleen, e apressadamente soprou a sua.

Gerald enfiou a mão através dos arbustos.

– Não sinto nada, só ar – falou. – É apenas um buraco cheio de nada.

Os outros dois puxaram os arbustos pra trás: havia mesmo um buraco na encosta.

– Vou entrar – afirmou Gerald.

– Oh, não faça isso! – disse sua irmã. – Acho melhor você não entrar. Pode ter cobras!

– Acho que não – disse Gerald. Inclinou-se um pouco e riscou um fósforo. – É uma caverna! – gritou, e pôs o joelho sobre a pedra coberta de musgos onde tinha se sentado, subiu nela e... desapareceu.

Em seguida, fez-se um silêncio de tirar o fôlego.

– Você está bem? – Jimmy perguntou.

– Estou. Venham! É melhor vocês colocarem os pés primeiro... tem uma pequena descida.

– Sou a próxima – falou Kathleen, e entrou; os pés primeiro, como recomendado, balançando descontroladamente no ar.

– Cuidado! – disse Gerald na escuridão. – Vou ficar te olhando. Ponha os pés pra baixo, garota, não é pra cima. Não adianta tentar voar aqui... não tem espaço.

Ele ajudou: puxou com força os pés da irmã e a segurou sob os braços. Ela ouviu o barulho das folhas secas sob suas botas e se preparou pra receber Jimmy, que entrou com a cabeça primeiro, como alguém mergulhando em um mar desconhecido.

– É uma caverna! – exclamou Kathleen.

– *Os jovens exploradores* – narrou Gerald, tampando o buraco da entrada com os ombros –, *no início cegos pela escuridão da caverna, nada podiam ver...*

– Escuridão não cega – falou Jimmy.

– Queria que tivéssemos uma vela – disse Kathleen.

– Cega sim – discordou Gerald. – *Nada podiam ver. Mas seu valente líder, com os olhos acostumados à escuridão enquanto as formas desengonçadas dos outros tampavam a entrada, tinha feito uma descoberta.*

– Oh, o que é? – os dois estavam acostumados com o jeito de Gerald contar uma história e encená-la ao mesmo tempo, mas algumas vezes preferiam que o irmão não falasse tanto, e de um jeito tão parecido com um livro, nos momentos mais emocionantes.

– *E não revelou o terrível segredo a seus seguidores antes de cada um ter dado a sua palavra de honra de que ficariam calmos.*

– Vamos ficar calmos, sem dúvida – disse Jimmy, impaciente.

– Bom, então – disse Gerald, deixando de repente de ser um livro e virando um garoto –, tem uma luz ali... olhem atrás de vocês!

Olharam. E tinha. Uma sombra cinza-claro nas paredes marrons da caverna e uma sombra em um tom de cinza ainda mais claro, cortada

Jimmy pôs a cabeça primeiro.

por uma linha escura, indicavam que depois de uma curva na parede havia luz do dia.

– Atenção! – falou Gerald. Pelo menos foi isso que ele quis dizer, embora o que realmente disse tenha sido "Afastem-se!", falando como um soldado. Os outros obedeceram mecanicamente.

– Vocês vão ficar parados, de pé, prestando atenção, até eu dizer "marcha lenta!"; então, vão avançar cautelosamente, em fila indiana, seguindo seu líder e herói, tomando cuidado para não pisar nos mortos e feridos.

– Queria que você não fizesse isso! – falou Kathleen.

– Não tem nenhum – disse Jimmy, procurando a mão dela no escuro. – Ele só quer dizer pra tomarmos cuidado pra não tropeçarmos nas pedras e nas outras coisas.

Nesse momento, ele encontrou a mão de Kathleen e ela gritou.

– Sou só eu – falou Jimmy. – Pensei que acharia bom se eu segurasse a sua mão, mas você é como todas as outras garotas.

Os olhos deles tinham começado a se acostumar com a escuridão, e puderam ver que estavam em uma caverna de pedra áspera, que seguia direto por uns três ou quatro metros e depois virava à direita, de repente.

– Morte ou vitória! – declarou Gerald. – Então, agora... marcha lenta!

Avançou cautelosamente, abrindo caminho em meio à terra solta e às pedras que formavam o chão da caverna.

– Uma saída, uma saída! – Gerald gritou, quando fez a curva.

– Que maravilha! – Kathleen deu um longo suspiro ao sair da caverna para a luz do Sol.

Jimmy saiu em seguida.

O túnel estreito acabava em um arco arredondado, coberto de samambaias e trepadeiras. Os três atravessaram o arco em direção a uma vala funda e estreita, com paredes de pedras cobertas de musgos; das gretas cresciam mais samambaias e capim alto. Árvores crescendo no topo das encostas arqueavam pra frente os galhos que os raios do Sol atravessavam, criando manchas de luz com brilhos diferentes no chão, e fazendo a vala parecer um corredor verde-dourado com telhado.

O caminho, que era de lajes cinza-esverdeadas com pilhas de folhas acumuladas, era uma ladeira íngreme. No final, havia outro arco arredondado, bem escuro por dentro, e acima dele erguiam-se rochas, capim e arbustos.

– Parece o lado de fora de um túnel de trem – falou James.

– É a entrada do castelo encantado – disse Kathleen. – Vamos soprar as cornetas.

– Calem-se! – Gerald falou. – *O valente capitão, reprovando a tagarelice boba dos seus subordinados...*

– Não estou gostando disso! – Jimmy estava revoltado.

– Achei que ia gostar.

Gerald recomeçou:

– *...dos seus subordinados, ordenou que seguissem com cautela e em silêncio, porque, depois de tudo, podia ter alguém por perto e o outro arco podia ser um depósito de gelo*[6] *ou ter algo perigoso.*

– O quê? – Kathleen perguntou, ansiosa.

– Ursos, talvez – disse Gerald prontamente.

---

[6] Construção usada na época para conservar gelo, parcial ou totalmente subterrânea. (N.T.)

– Não existem ursos fora de jaulas... pelo menos, não na Inglaterra – disse Jimmy.

– Marcha rápida! – foi a única resposta de Gerald.

Marcharam. Debaixo das folhas úmidas acumuladas, o chão era cheio de pedras, e os garotos caminhavam arrastando os pés. No arco escuro, pararam.

– Tem degraus pra baixo – falou Jimmy.

– É um depósito de gelo – falou Gerald.

– Não vamos – disse Kathleen.

– *O nosso herói* – falou Gerald –, *que nada temia, levantou o ânimo dos seus desprezíveis servos, dizendo que estava muito animado pra continuar e que eles poderiam fazer o que quisessem.*

– Se for pra insultar – falou Jimmy –, você pode seguir sozinho.

E acrescentou:

– Assim, não!

– É parte do jogo, seu bobo! – Gerald explicou, gentilmente. – Você pode ser o capitão amanhã. Então, é melhor parar de falar agora e começar a pensar nos nomes que vai nos dar quando for a sua vez.

Desceram os degraus bem devagar e com muito cuidado. Uma pedra de formato semelhante a um teto curvo formava um arco sobre suas cabeças. Gerald riscou um fósforo e, nesse momento, o três descobriram que o último degrau não tinha beirada e era, na verdade, o começo de um túnel que ia para a esquerda.

– Isso vai nos levar de volta pra estrada – disse Jimmy.

– Ou pra debaixo dela – disse Gerald. – Nós descemos onze degraus.

Continuaram a andar, seguindo o líder, que ia bem devagar, "por causa do medo de degraus", como ele explicou. O túnel era muito escuro.

Então, um pouquinho da luz do dia começou a aparecer e foi ficando cada vez mais clara, até que os garotos chegaram a outro arco, que dava vista para uma cena tão parecida com a de um livro que tinham sobre a Itália que eles mal conseguiam respirar. Simplesmente, andaram pra frente em silêncio, observando tudo atentamente.

Uma pequena alameda de ciprestes, que ia se alargando, levava a um terraço de mármore amplo e muito branco sob a luz do Sol. Piscando os olhos, as crianças apoiaram os braços no balaústre largo e plano e observaram.

– É a entrada do castelo encantado.

Abaixo do lugar onde estavam, havia um lago exatamente igual a um que tinham visto em As *belezas da Itália*.

Um lago com cisnes, uma ilha grande e salgueiros-chorões; mais adiante, encostas verdes com pequenos bosques; entre as árvores, brilhavam partes de estátuas brancas. À esquerda, atrás de uma pequena colina, havia uma construção redonda, branca, com pilastras; à direita, uma cachoeira despencava entre pedras cobertas de musgos e caía no lago.

Alguns degraus levavam do terraço para a água, e outros, para os gramados ao lado. Lá na frente, distantes das encostas gramadas, veados se alimentavam, e mais adiante, onde os bosques ficavam maiores, chegando a quase parecer uma floresta, havia pedras enormes de cor cinza e formatos diferentes, diferentes de tudo o que as crianças já tinham visto antes.

– Aquele amigo da escola... – Gerald falou.

– É um castelo encantado – disse Kathleen.

– Não estou vendo nenhum castelo – disse Jimmy.

– Você chama aquilo ali de que, então? – Gerald apontou para um ponto atrás de uma fila de limoeiros, onde torres e torrinhas quebravam o azul do céu.

– Parece que não tem ninguém por aqui – disse Kathleen. – E, ainda assim, é tudo muito bem-cuidado. Acho que isso é mágica

– Máquinas mágicas de cortar grama – sugeriu Jimmy.

– Se estivéssemos em um livro, seria um castelo encantado, com certeza – disse Kathleen.

– É um castelo encantado – disse Gerald, claramente e sem muita emoção.

– Mas eles não existem – Jimmy afirmou, sem nenhuma dúvida.

– Como sabe? Acha que só existe no mundo aquilo que você já viu? – Seu desprezo foi arrasador.

– Acho que a mágica deixou de existir quando as pessoas começaram a ter motores a vapor – Jimmy insistiu –, e jornais, e telefones e telégrafos sem fio.

– Sem fio é bem parecido com mágica, pensando bem – disse Gerald.

– Oh, esse tipo de gente! – desdenhou Jimmy.

– Talvez a mágica tenha deixado de existir porque as pessoas não acreditam mais nela – disse Kathleen.

– Este é um jardim encantado.

– Bom, não vamos estragar o show com descrenças velhas e bobas – disse Gerald, decidido. – Vou acreditar em mágica tão intensamente quanto puder. Este é um jardim encantado, e aquele é um castelo encantado, e eu vou explorar, nada vai me impedir. *Então o destemido cavaleiro começou seu caminho, deixando seus escudeiros ignorantes decidir se o seguiriam ou não.*

Saltou do balaústre onde estava sentado e desceu com passos firmes e largos em direção aos gramados, suas botas fazendo, quando pisava, um barulho cheio de determinação.

Os outros o seguiram. Nunca se viu um jardim como esse... saído de um conto de fadas. Os garotos passaram bem perto dos veados, que apenas levantaram suas graciosas cabeças para olhar e não pareceram nem um pouco surpresos. Depois de um longo terreno coberto de relva, passaram por baixo do denso amontoado de limoeiros e chegaram a um roseiral – vermelho e cor-de-rosa e verde e branco sob o sol, como o lenço de bolso multicor e muito perfumado de um gigante – que acabava em cercas vivas espessas, formadas de arbustos cuidadosamente aparados.

– Eu sei que daqui a pouco vamos encontrar um jardineiro, e ele vai perguntar o que estamos fazendo aqui.

– E aí, o que você vai dizer? – Kathleen perguntou, enquanto cheirava uma rosa.

– Vou dizer que nós nos perdemos, e é verdade – disse Gerald.

Mas não encontraram um jardineiro, ou qualquer outra pessoa, e a sensação de mágica foi ficando cada vez mais forte, até quase ficarem com medo do som dos seus próprios passos naquele lugar amplo e silencioso.

Do outro lado do roseiral estava a cerca viva, e nela havia um arco, e esse arco era o início de um labirinto, como aquele de Hampton Court.[7]

– Agora – disse Gerald – prestem atenção. No meio deste labirinto, vamos encontrar o encantamento secreto. *Desembainhem suas espadas, todos vocês, meus homens alegres, e mantenham-se em silêncio total.*

Foi o que fizeram.

Estava muito quente ali (ainda bem que tinham trazido lenços grandes e limpos para tirar o suor), entre as cercas vivas bastante próximas, e o caminho para o coração do labirinto estava muito bem escondido. Várias vezes, os três irmãos se viram de frente para o arco preto de arbustos que dava para o roseiral. Foi quando se encontraram no mesmo lugar pela quarta vez que Jimmy gritou subitamente:

– Oh, eu queria... – e parou, de repente. – Oh! – acrescentou, em tom de voz bem diferente – onde está o jantar?

Então, num silêncio comovente, os três lembraram que tinham deixado a cesta com o jantar na entrada da caverna. Aí, só pensaram, com saudade, nas fatias de presunto de carneiro, nos seis tomates, no pão e na manteiga, no pacotinho de sal, nos folhados de maçã e no vidro onde estava o refrigerante que tinham bebido.

– Vamos voltar – disse Jimmy –, agora, neste minuto, e pegar as nossas coisas e comer tudo.

– Vamos fazer mais uma tentativa no labirinto. Detesto desistir das coisas – falou Gerald.

– Estou com muita fome – disse Jimmy.

– Por que não disse isso antes? – Gerald perguntou rispidamente.

– Eu não estava antes.

---

[7] Hampton Court é um antigo palácio no oeste de Londres, famoso por seus jardins e por seu labirinto: uma área com caminhos entre cercas vivas altas. (N.T.)

– Então você não pode estar agora. As pessoas não ficam com fome de repente. O que é aquilo?

"Aquilo" era um brilho vermelho na base da cerca viva de arbustos... uma linhazinha fina, que você não teria notado a não ser que estivesse irritado, olhando fixamente para as raízes da cerca viva.

Era uma linha de algodão. Gerald a pegou. Uma ponta estava presa a um dedal com buraquinhos, e a outra...

– Não tem outra ponta – disse Gerald triunfante. – É uma pista... isso é que é. O que é que vale presunto de carneiro agora? Eu sempre senti que uma coisa mágica aconteceria um dia, e é agora.

– Eu acho que o jardineiro pôs isso aí – disse Jimmy.

– Presa a um dedal de prata de uma princesa? Vejam! Tem uma coroa no dedal.

Tinha mesmo.

– Venham! – falou Gerald em voz baixa, em tom de urgência. – Se vocês são aventureiros, sejam aventureiros; e, de qualquer forma, imagino que alguém já passou na estrada e pegou o presunto de carneiro há horas.

Seguiu em frente, enrolando a linha vermelha nos dedos enquanto andava. Aquilo era mesmo uma pista e os conduziu direto para o meio do labirinto. E, bem no meio do labirinto, eles encontraram a maravilha.

A pista vermelha levou os garotos dois degraus acima, e chegaram a uma área redonda e gramada. Havia um relógio de sol e, em volta de toda a cerca viva, um banco baixo de mármore. A pista vermelha atravessava direto o gramado, passava pelo relógio de sol e terminava em uma pequena mão com anéis, que eram joias verdadeiras, em todos os dedos.

Naturalmente, a mão estava presa a um braço e este exibia muitas pulseiras que brilhavam, com pedras vermelhas, azuis e verdes. O braço vestia uma manga de seda brocada cor-de-rosa e dourada, um pouco descorada aqui e ali, mas, mesmo assim, extremamente majestosa; e a manga era parte de um vestido, que era usado por uma garota que dormia sob o Sol no banco de pedra. O vestido cor-de-rosa e dourado se abria sobre uma anágua verde-claro bordada. Via-se uma renda cor de ouro envelhecido e cor de caramelo. Um véu fino, branco, com estrelas prateadas, cobria o rosto da garota.

A pista vermelha atravessava o gramado.

— É a Princesa Encantada! – falou Gerald, agora realmente impressionado. – Eu não disse?

— É a Bela Adormecida – falou Kathleen. – É ela... Vejam como as roupas estão fora de moda, ela parece com as figuras das damas da Rainha Maria Antonieta no livro de História. E está dormindo há cem anos. Oh, Gerald! Você é o mais velho, você deve ser o Príncipe, e nós nunca soubemos disso.

— Ela não é realmente uma princesa – disse Jimmy.

Mas os outros riram dele. Em parte, porque sua mania de dizer coisas desse tipo era suficiente pra estragar qualquer jogo e, em parte, porque não estavam mesmo completamente certos de que era a Princesa que estava deitada lá, tão imóvel quanto o brilho do Sol.

Cada etapa da aventura – a caverna, os jardins maravilhosos, o labirinto, a pista – tinha aprofundado tanto a sensação de magia, que agora eles estavam quase completamente enfeitiçados.

— Levante o véu, Jerry – sussurrou Kathleen. – Se ela não for bonita, vamos saber que não pode ser a Princesa.

— Levante você – disse Gerald.

— Imagino que seja proibido tocar as imagens – falou Jimmy.

— Não é de cera, seu bobo! – disse o irmão.

– Não – falou a irmã –, cera não seria muito apropriado neste Sol. Além disso, dá pra ver que ela está respirando. É a Princesa, tenho certeza.

Levantou gentilmente a beirada do véu e jogou para trás. O rosto da Princesa era pequeno e branco, entre longas tranças de cabelo preto. O nariz era reto e as sobrancelhas, finamente traçadas. Havia algumas sardas nas bochechas e no nariz.

– Não é pra menos – sussurrou Kathleen. – Dormindo todos esses anos debaixo deste Sol!

A boca não era como um botão de rosa, mas, mesmo assim...

– Ela não é fascinante? – Kathleen murmurou.

– Mais do que eu esperava – foi o que escutaram Gerald responder.

– Agora, Jerry – falou Kathleen, com firmeza –, você é o mais velho.

– Claro que eu sou – disse Gerald, preocupado.

– Então, você tem de acordar a Princesa.

– Ela não é uma princesa – falou Jimmy, com as mãos no bolso da bermuda. – Ela é apenas uma garotinha vestida elegantemente.

– Mas está de vestido longo – Kathleen insistiu.

– Sim, mas vejam como o vestido vai além dos pés. Ela não seria mais alta do que o Jerry, se estivesse de pé.

– Então, agora – Kathleen repetiu –, Jerry, não seja bobo. Você tem de fazer isso.

– Fazer o quê? – Gerald perguntou, chutando sua bota direita com a esquerda.

– Ora, beijar a Princesa pra ela acordar, é claro.

– Eu, não! – replicou Gerald, sem hesitar.

– Bem, alguém tem de fazer isso.

– Certamente, ela se apaixonaria por mim assim que acordasse – disse Gerald, apreensivo.

– Eu faria isso sem problema – falou Kathleen. – Mas não acho que, se eu a beijasse, isso faria alguma diferença.

E ela beijou a Princesa, e não fez nenhuma diferença. A Princesa continuou lá, em sono profundo.

– Então, você tem de fazer isso, Jimmy. Aposto que você vai fazer. Pule para trás rapidamente, antes que ela te ataque.

– Ela não vai atacá-lo. Ele é um camaradinha tão legal! – disse Gerald.

— "*inha*" é você! – Jimmy falou. – Não me importo de beijá-la. Não sou um covarde, como certas pessoas. Só que, se eu fizer isso, serei o destemido líder pelo resto do dia.

— Não, olha só... espera! – gritou Gerald. – Talvez seja melhor eu...

Mas, enquanto ele falava, Jimmy plantou um beijo sonoro e animado na pálida bochecha da Princesa, e os três ficaram parados, sem respirar, esperando pelo resultado.

O resultado foi que a Princesa abriu seus grandes olhos escuros, alongou os braços, bocejou um pouco, cobrindo a boca com uma das mãos e disse, bastante clara e nitidamente, sem deixar nenhuma dúvida:

— Então os cem anos chegaram ao fim? Como a cerca viva cresceu! Qual de vocês é o meu Príncipe, que me acordou de um sono profundo de tantos anos?

— Fui eu – falou Jimmy corajosamente, pois ela não parecia uma pessoa que fosse atacar alguém.

— Meu nobre protetor! – disse a Princesa, e estendeu a mão. Jimmy apertou a mão dela vigorosamente.

— Mas, quer dizer... você não é realmente uma princesa, é?

— É claro que sou! – ela respondeu. – Quem mais eu poderia ser? Vejam minha coroa!

Puxou o véu estrelado para o lado e mostrou, debaixo dele, um diadema que nem Jimmy pôde duvidar que era feito de diamantes.

— Mas... – falou Jimmy.

— Ora – disse ela, abrindo bem os olhos –, vocês com certeza sabiam da minha existência, ou nunca teriam vindo a este lugar. Como conseguiram passar pelos dragões?

Gerald ignorou a pergunta.

— Então – disse ele –, você realmente acredita em mágica e tudo o mais?

— Claro! – ela falou. – Vejam: aqui é onde eu furei meu dedo com o tear. E mostrou uma pequena cicatriz no dedo.

— Então, isso é realmente um castelo encantado?

— Lógico que é – disse a Princesa. – Como você é tolo!

Ela se levantou, e o vestido de brocado cor-de-rosa formou ondas brilhantes ao redor dos seus pés.

Os três ficaram parados, sem respirar, esperando o resultado.

– Eu disse que o vestido era muito comprido – disse Jimmy.

– Ele tinha o comprimento certo quando eu adoeci – falou a Princesa. – Deve ter crescido nesses cem anos.

– Eu não acredito que você é uma princesa, de jeito nenhum; pelo menos...

– Não acredite, se não quiser – disse a Princesa. – O que você acredita não é tão importante quanto o que eu sou.

Ela se dirigiu aos outros:

– Vamos voltar para o castelo. Eu vou mostrar pra vocês todas as minhas belas joias e outras coisas. Vocês não gostariam de vê-las?

– Sim – disse Gerald, com certa hesitação. – Mas...

– Mas o quê? – O tom de voz da Princesa foi de impaciência.

– Mas nós estamos morrendo de fome.

– Oh, eu também! – gritou a Princesa.

– Estamos sem comer desde o café da manhã.

– E são três horas agora – disse a Princesa, olhando para o relógio de sol. – Vejam bem, vocês não comeram por horas e horas e horas, mas pensem em mim: eu não comi por cem anos! Venham para o castelo.

– Os ratos terão comido tudo – falou Jimmy, tristemente. Ele agora acreditava que ela realmente *era* uma princesa.

– Não! – a Princesa exclamou, alegremente. – Vocês esquecem que tudo aqui é encantado... O tempo parou por cem anos. Venham comigo! Um de vocês tem de carregar a cauda do meu vestido, ou eu não vou conseguir caminhar, agora que ele cresceu essa quantidade assustadora.

CAPÍTULO 2

Quando você é jovem, é difícil acreditar em muitas coisas; entretanto, até as pessoas mais idiotas lhe dirão que elas são verdadeiras... Coisas do tipo: a Terra gira em torno do Sol e não é plana, mas redonda. Mas as coisas que parecem realmente prováveis, como os contos de fadas e a mágica, são, como dizem os adultos, totalmente irreais. Porém elas são muito fáceis de acreditar, principalmente quando você as vê acontecendo.

E, como eu sempre falo pra você, as coisas mais maravilhosas acontecem com todos os tipos de gente; você apenas não escuta falar delas porque as pessoas acham que ninguém vai acreditar em suas histórias e, então, não as contam, a não ser pra mim. E me contam porque sabem que acredito em qualquer coisa.

Quando Jimmy acordou a Princesa Adormecida, e ela convidou as três crianças pra irem ao castelo e comerem alguma coisa, todos sabiam, sem dúvida, que estavam num lugar de acontecimentos mágicos. E andaram em procissão pelo gramado, em direção ao castelo. A Princesa foi na frente, e Kathleen carregou sua cauda brilhante; atrás estava Jimmy e, por último, Gerald.

Todos estavam certos de que tinham ido para o meio de um conto de fadas, e estavam ainda mais dispostos a acreditar nisso porque se sentiam muito cansados e famintos. Na verdade, estavam tão cansados e famintos que quase não perceberam aonde estavam indo, nem observaram as belezas dos jardins simétricos pelos quais a Princesa da seda cor-de-rosa os estava conduzindo.

Os garotos estavam em uma espécie de sonho, do qual despertaram apenas parcialmente pra se verem em um grande salão, com armaduras e bandeiras velhas nas paredes, peles de animais selvagens no chão, mesas de carvalho pesadas, com bancos ao redor.

A Princesa entrou, devagar e majestosamente; uma vez dentro do salão, tomou a brilhante cauda da mão de Kathleen e se dirigiu aos três.

– Esperem aqui apenas um minuto – disse. – E tomem cuidado pra não falar enquanto eu estiver ausente. Este castelo é encantado, e não sei o que pode acontecer se vocês falarem.

E, colocando as dobras cor-de-rosa e douradas debaixo dos braços, correu pra fora do salão – como Jimmy definiu depois, "de um jeito nada típico de uma princesa", mostrando as meias pretas e os sapatos boneca enquanto corria.

Jimmy queria muito dizer que não acreditava que alguma coisa fosse acontecer, mas estava com medo de que alguma coisa acontecesse se ele fizesse isso. Então, apenas fez uma careta e pôs a língua pra fora. Os outros fingiram que não tinham visto, o que foi bem pior do que qualquer coisa que pudessem ter dito.

Ficaram sentados em silêncio, e Gerald esfregou o salto da sua bota sobre o chão de mármore. Em seguida, a Princesa voltou, bem devagar e chutando as longas saias a cada passo que dava. Agora não tinha como segurá-las com a mão por causa da bandeja que carregava.

Não era uma bandeja de prata, como você pode ter pensado, mas uma bandeja comprida de estanho. Ela a pôs ruidosamente sobre a ponta da mesa longa e suspirou, aliviada:

– Oh! Estava pesada.

– Isso é um jogo, não é? – perguntou Jimmy.

Não sei com que banquete de fadas a imaginação das crianças estava se ocupando. De qualquer forma, não era nada parecido com aquilo. Na bandeja pesada tinha um pão, um pedaço de queijo e um jarro de água. O resto do peso era apenas dos pratos, canecas e talheres.

– Venham – falou a Princesa, amavelmente. – Não consegui encontrar nada além de pão e queijo... mas isso não importa, porque tudo aqui é mágico e, a não ser que vocês tenham feito alguma terrível má ação secreta, o pão e o queijo vão se transformar em qualquer coisa que quiserem. O que gostaria de comer? – perguntou a Kathleen.

– Frango assado – falou a garota sem pensar duas vezes.

A Princesa cor-de-rosa cortou um pedaço do pão e pôs sobre um prato.

– Aí está – disse. – Quer que eu corte ou você faz isso?

– Você, por favor – falou Kathleen, que recebeu um pedaço de pão duro no prato.

– Ervilhas? – a Princesa perguntou, e cortou um pedaço de queijo e pôs ao lado do pão.

Kathleen começou a comer o pão, cortando-o com faca e garfo, do modo como você comeria frango. Não era uma boa ideia confessar que não estava vendo nem frango nem ervilhas, nem qualquer outra coisa, exceto pão e queijo, porque seria confessar que tinha praticado alguma terrível má ação secreta. "Se eu tiver, é segredo até pra mim", pensou.

Os outros pediram carne assada e repolho, e receberam isso. Kathleen imaginou, mesmo que pra ela aquilo parecesse apenas pão duro e queijo holandês. "Eu realmente me pergunto qual é a minha terrível má ação secreta", ela pensou, enquanto a Princesa comentava que gostaria de uma fatia de carne de pavão.

– Esta aqui – acrescentou, erguendo, com o garfo, um segundo pedaço de pão duro – está absolutamente deliciosa.

– Isso é um jogo, não é? – perguntou Jimmy, inesperadamente.

– O quê que é um jogo? – perguntou a Princesa, franzindo as sobrancelhas.

– Fingir que é carne... quer dizer, o pão e o queijo.

– Um jogo? Mas é carne. Olhe pra isso – disse a Princesa, arregalando os olhos.

– Sim, é claro – falou Jimmy delicadamente. – Só estava brincando.

Talvez pão e queijo não sejam tão bons quanto carne, frango ou pavão assado (não tenho muita certeza com relação ao pavão; nunca experimentei pavão, você já?), mas pão com queijo é, de qualquer forma, melhor do que nada, quando você está sem comer desde o café da manhã (groselhas e refrigerante praticamente não contam) e sua hora de almoço já passou faz tempo. Todos comeram e beberam e se sentiram muito melhor.

– Agora – disse a Princesa, tirando os farelos de pão do seu colo de seda cor-de-rosa –, se têm certeza de que não vão comer mais carne, podem vir comigo e ver meus tesouros. Têm certeza de que não querem nem mais um pouquinho de frango? Têm? Então me sigam.

Ela se levantou e os garotos a seguiram pelo longo salão até o final, onde havia, dos dois lados, grandes degraus de pedra que depois se juntavam em um só lance de escadas mais largo e levavam a uma galeria no andar de cima. Abaixo dos degraus, havia uma tapeçaria pendurada na parede.

– Atrás dessa tapeçaria – disse a Princesa – está a porta que dá acesso aos meus aposentos. Ela levantou a tapeçaria com as duas mãos, pois era pesada, e mostrou uma porta pequena escondida atrás dela.

– A chave está pendurada acima da porta – falou.

E lá estava a chave, num grande prego enferrujado.

– Coloque na fechadura – disse a Princesa – e gire.

Gerald fez isso, e a chave grande rangeu e chiou na fechadura.

– Agora empurrem – disse. – Empurrem com força, todos vocês.

Empurraram com força, todos eles. A porta cedeu à pressão, e caíram uns sobre os outros em um espaço escuro do outro lado.

A Princesa soltou a tapeçaria e entrou depois deles, fechando a porta atrás dela.

– Cuidado! – falou. – Cuidado! Tem dois degraus pra baixo.

– Obrigado – disse Gerald, já no último degrau, esfregando o joelho. – Já descobrimos isso.

– Sinto muito – falou a Princesa. – Mas vocês não devem estar muito machucados. Sigam em frente, direto, não há mais degraus.

E seguiram em frente, direto... no escuro.

– Quando chegarem à porta, simplesmente girem a maçaneta e entrem. Então, fiquem parados até que eu encontre os fósforos. Sei onde estão.

– Havia fósforos cem anos atrás? – perguntou Jimmy.

– Eu quis dizer a *tinderbox*[8] – falou a Princesa, imediatamente. – Nós sempre a chamamos de fósforos. Vocês não? Aqui, deixe-me ir primeiro.

E foi. Quando os irmãos chegaram perto da porta, ela estava esperando com uma vela na mão. E logo entregou a vela pra Gerald.

– Segure com firmeza – falou, e abriu as persianas de uma janela comprida. Primeiro, surgiu uma faixa amarela; em seguida, um clarão intenso, e o ambiente ficou cheio do brilho do Sol.

– Isso faz a vela parecer uma grande besteira – disse Jimmy.

– Faz mesmo – a Princesa apagou a vela. Depois, tirou a chave do lado de fora da porta, pôs na fechadura do lado de dentro e girou.

O cômodo em que estavam era pequeno e alto. O teto, em forma de cúpula, era pintado de azul-escuro com estrelas douradas. As paredes eram de madeira, com painéis, e não havia nenhum móvel.

---

[8] Caixa usada na época com materiais para acender fogo. Não existe termo equivalente em português. (N.T.)

Ela estava esperando por eles com uma vela na mão.

– Esta é a minha sala dos tesouros – disse a Princesa.
– Mas onde – perguntou Kathleen educadamente – estão os tesouros?
– Não estão vendo? – perguntou a Princesa.
– Não, não estamos – disse Jimmy bruscamente. – Nem vem com aquele jogo de pão e queijo pra cima de mim de novo, não; nem vem!
– Se realmente não estão vendo – falou a Princesa –, acho que vou ter que falar as palavras mágicas. Fechem os olhos, por favor. E me deem as suas palavras de honra que não vão olhar até que eu mande e que não vão contar a ninguém o que viram.

A palavra de honra era algo que as crianças preferiam não ter dado ali naquela hora, mas deram assim mesmo, e fecharam os olhos, bem fechados.

– *Uigadil Iugadú begadí ligadive naugadil* – disse a Princesa rapidamente, e eles ouviram o barulho da cauda de seda do vestido sendo arrastada pelo chão. Depois, ouviram um estalo e alguns sons rápidos e indefinidos.

– Ela está nos prendendo aqui dentro! – gritou Jimmy.
– Você deu sua palavra de honra – sussurrou Gerald rapidamente.
– Oh, seja rápida! – gemeu Kathleen.
– Podem olhar – disse a Princesa.

Olharam. O cômodo não era mais o mesmo, mas... sim, o teto de cúpula azul estrelado estava lá e, abaixo dele, quase dois metros de painéis escuros nas paredes; abaixo deles, as paredes brilhavam e cintilavam em branco, azul, vermelho, verde, dourado e prateado.

Havia prateleiras nas paredes ao redor do cômodo e sobre elas viam-se pratos, xícaras e enfeites de ouro e prata, travessas e taças decoradas com pedras preciosas, tiaras de diamantes, colares de rubis, cordões de esmeraldas e pérolas, tudo exposto com um esplendor inimaginável, em contraste com um fundo de veludo azul. Era como ver as joias da Coroa Inglesa, que você só vê quando aquele seu tio legal te leva à Torre[9] – só que parecia haver bem mais joias do que você, ou qualquer outra pessoa, já viu juntas alguma vez, na Torre ou em qualquer outro lugar.

Os três permaneceram sem ar, de boca aberta, olhando fixamente pra todo aquele brilho intenso ao seu redor, enquanto a Princesa ficava parada de pé, com um braço estendido, com uma expressão de vitória, e um sorriso orgulhoso nos lábios.

---

[9] Torre de Londres, onde ficam expostas as joias da Coroa Real Britânica. (N.T.)

– Caramba! – Gerald sussurrou baixinho.

Mas ninguém disse nada. Apenas esperavam a Princesa falar, como se estivessem enfeitiçados.

E ela falou:

– Quanto valem os jogos de pão e queijo agora? – perguntou triunfante. – Posso fazer mágica ou não?

– Você pode! Oh, você pode! – disse Kathleen.

– Podemos... podemos tocar? – perguntou Gerald.

– Tudo que é meu é de vocês – disse a Princesa, fazendo um gesto de generosidade com a mão e logo acrescentou:

– Só que, é claro, não podem levar nada daqui.

– Não somos ladrões! – disse Jimmy.

Os outros já estavam mexendo nas maravilhas em cima das prateleiras de veludo azul.

– Talvez não – disse a Princesa –, mas você é um garotinho muito desconfiado. Acha que não posso ler seus pensamentos, mas eu posso. Sei o que você está pensando.

– O quê? – perguntou Jimmy.

– Oh, você sabe muito bem – disse a Princesa. – Você está pensando sobre o pão e o queijo que eu transformei em carne, e sobre a sua terrível má ação secreta. Venham, vamos todos vestir roupas elegantes, e vocês serão príncipes e princesas também.

– *Coroar nosso herói* – falou Gerald, levantando uma coroa de ouro com uma cruz no topo – *é a tarefa do momento.*

E pôs a coroa na cabeça, um colar de ouro (usado apenas por alguns oficiais do governo) no pescoço e uma faixa de esmeraldas reluzentes na cintura. Quando acabou de prendê-la, recorrendo a uma adaptação criativa do seu cinto, os outros já estavam enfeitados com diademas, colares e anéis.

– Como vocês estão reluzentes! – falou a Princesa. – E como eu queria que suas roupas fossem mais bonitas. Que roupas feias as pessoas usam hoje em dia! Há cem anos...

Kathleen, imóvel, com uma pulseira de diamantes erguida em sua mão, perguntou:

– E o Rei e a Rainha?

– Que Rei e Rainha? – quis saber a Princesa.

– Seu pai e sua mãe... seus pais aflitos – falou Kathleen. – Agora já estão acordados. Não estão querendo te ver, depois de cem anos?

– Oh... ah... sim – disse a Princesa, bem devagar. – Eu abracei meus felicíssimos pais quando fui buscar o pão e o queijo. Estão jantando. Não estão esperando por mim. Olhe... – ela mudou de assunto, colocando uma pulseira de rubis no braço de Kathleen – veja como isso é maravilhoso!

Bem que Kathleen gostaria de ficar o resto do dia experimentando joias diferentes e se olhando no pequeno espelho com moldura de prata que a Princesa pegou em uma das prateleiras, mas os garotos logo ficaram cansados dessa diversão.

– Então – disse Gerald –, se você tem certeza de que seu pai e sua mãe não estão te esperando, vamos lá pra fora brincar de alguma coisa bem legal! Podemos brincar de atacar castelos naquele labirinto... a não ser que possa fazer mais alguns truques mágicos.

– Você esquece – disse a Princesa – que sou uma adulta. Não brinco. E não gosto de fazer mágica demais de uma só vez, é muito cansativo. Além disso, vamos gastar bastante tempo colocando todas essas coisas de volta nos seus lugares certos.

E gastaram mesmo. As crianças teriam colocado as joias em qualquer lugar, mas a Princesa mostrou a elas que cada colar ou anel ou pulseira tinha seu próprio lugar no veludo; um lugar marcado na prateleira, de forma que cada pedra se encaixava em sua pequena moradia.

Enquanto Kathleen estava colocando a última joia no lugar certo, viu que em uma parte da prateleira ao lado não havia joias brilhantes, mas anéis, broches e correntes, e também coisas bastante estranhas que ela não sabia que nomes tinham. Tudo era de um metal sem brilho e de um formato esquisito.

– O que é todo esse lixo? – perguntou.

– Lixo, você disse?! – falou a Princesa. – São coisas mágicas! Esta pulseira, por exemplo: qualquer pessoa que usá-la vai falar só a verdade. Esta corrente faz você ficar tão forte quanto dez homens juntos; se você usar esta espora, seu cavalo vai correr dois quilômetros em um minuto; ou, se você estiver andando, o efeito é o mesmo que o das botas de sete léguas.[10]

---

[10] Botas mágicas que permitem percorrer sete léguas (uma légua equivale a aproximadamente 5.555 metros) com um só passo. Fazem parte do conto de fadas *Le Petit Poucet* (*O Pequeno Polegar*), do francês Charles Perraut (1628-1703). (N.T.)

Olhando-se no pequeno espelho com moldura de prata.

– O que este broche faz? – perguntou Kathleen, esticando o braço. A Princesa a segurou pelo pulso.

– Você não pode tocar – disse. – Se qualquer pessoa além de mim tocar nestas coisas, todo o encantamento vai embora imediatamente e nunca mais volta. Este broche realiza qualquer desejo que você manifestar.

– E esse anel? – Jimmy apontou.

– Oh, esse faz você ficar invisível.

– O que é isso? – perguntou Gerald, mostrando uma fivela esquisita.

– Isso desfaz o que todos os outros objetos fazem.

– Você quer dizer... de verdade? Você não está só brincando?

– Ora, brincando! – repetiu a Princesa, com desprezo. – Pensei que eu tinha mostrado a vocês mágicas suficientes para que não falassem assim com uma princesa!

– Olha – disse Gerald –, você podia mostrar como algumas dessas coisas funcionam. Não pode conceder um desejo a cada um de nós?

A Princesa não respondeu imediatamente. E os pensamentos dos três se ocuparam com desejos fantásticos, mas completamente razoáveis: aquele tipo de desejos que parecem nunca ocorrer às pessoas, nos contos de fadas, quando ganham três desejos.

– Não – disse a Princesa, de repente –, não posso conceder desejos a *vocês*. Só eu posso realizar desejos. Mas vou deixar vocês verem o anel fazer com que eu fique invisível. Só têm que fechar os olhos enquanto faço isso.

Os três irmãos fecharam os olhos.

– Contem até cinquenta – falou a Princesa –, depois podem olhar. Aí têm que fechar os olhos de novo e contar até cinquenta, pra eu reaparecer.

Gerald contou em voz alta. Durante a contagem, era possível ouvir rangidos e outros barulhos rápidos e indefinidos.

– Quarenta e sete, quarenta e oito, quarenta e nove, cinquenta! – disse Gerald, e os três abriram os olhos.

Estavam sozinhos no cômodo. As joias tinham desaparecido, assim como a Princesa.

– Ela saiu pela porta, é lógico – disse Jimmy –, mas... a porta estava trancada.

– Isso é mágica – falou Kathleen, assustada.

– Maskelyne e Devant[11] podem fazer esse truque – disse Jimmy. – E eu quero o meu lanche.

– Seu lanche! – O tom de voz de Gerald estava cheio de desprezo. – A *adorável Princesa* – continuou – *reapareceu assim que nosso herói tinha acabado de contar até cinquenta. Um, dois, três, quatro...*

Gerald e Kathleen tinham fechado os olhos. Mas, por alguma razão, Jimmy não fez isso. Ele não tinha a intenção de trapacear, apenas esqueceu. E quando a contagem de Gerald chegou a vinte, Jimmy viu um painel abaixo da janela se abrir devagar.

"É ela", falou consigo mesmo. "Eu sabia que era um truque!", e imediatamente fechou os olhos, como um respeitável garotinho.

Quando se ouviu a palavra "cinquenta", seis olhos se abriram. O painel estava fechado, e não havia Princesa.

---

[11] John Nevil Maskeline (1839-1917) e David Devant (1868-1941) eram mágicos de palco ingleses famosos na época. (N.T.)

– Ela não conseguiu, dessa vez – disse Gerald.

– Talvez seja melhor contar de novo – disse Kathleen.

– Acho que tem um armário embutido abaixo da janela – falou Jimmy –, e ela está escondida dentro dele. Sabem como é, painel secreto.

– Você olhou! Isso é trapaça – soou a voz da Princesa, tão perto do ouvido de Jimmy que ele deu um pulo.

– Eu não trapaceei.

– Onde... neste mundo... o que é isso? – disseram os três, ao mesmo tempo. Não tinha Princesa que pudesse ser vista.

– Fique visível novamente, querida Princesa – disse Kathleen. – Devemos fechar nossos olhos e contar de novo?

– Não sejam tolos! – disse a voz da Princesa, que parecia bastante irritada.

– Não somos tolos – falou Jimmy, também com voz irritada. – Por que você não pode voltar e acabar com isso? Sabemos que está apenas se escondendo.

– Não – disse Kathleen –, ela está invisível, vocês sabem disso.

– Como eu também ficaria, se entrasse no armário – disse Jimmy.

– Está bem – disse a voz provocante da Princesa. – Vocês se acham muito espertos, não é? Não me importo. Vamos fingir que vocês não estão me vendo, se é o que querem.

– Mas não estamos mesmo – disse Gerald. – Não adianta você ficar nervosa. Se estiver escondida, como diz o Jimmy, é melhor aparecer. E se realmente estiver invisível, é melhor ficar visível de novo.

– Você realmente quer dizer – perguntou uma voz agora diferente, mas ainda a voz da Princesa – que não podem me ver?

– Não vê que não podemos? – perguntou Jimmy, sem pensar no que dizia.

O sol que entrava pela janela estava forte; o cômodo de oito lados estava muito quente, e todos estavam ficando irritados.

– Vocês não podem me ver? – perguntou a voz da Princesa invisível, com um suspiro.

– Não, estou dizendo – falou Jimmy. – E quero o meu lanche... e...

O que ele estava dizendo foi interrompido inesperadamente. E então, na tarde dourada, aconteceu uma coisa horrível: de repente, Jimmy inclinou-se pra trás, depois pra frente, seus olhos se arregalaram e

E lá foi ele, pra trás e pra frente.

sua boca se escancarou, e lá foi ele, pra trás e pra frente, muito depressa e bruscamente. Depois, ficou imóvel.

– Oh, ele está tendo uma convulsão! Oh, Jimmy, Jimmy querido! – gritou Kathleen, correndo até ele. – O que foi, querido, o que foi?

– Não é uma convulsão – falou Jimmy, ofegante. – Ela me sacudiu.

– Sim – disse a voz da Princesa. – E vou sacudir de novo se ele continuar dizendo que não pode me ver.

– Seria melhor você me sacudir – falou Gerald, zangado. – Meu tamanho é mais parecido com o seu.

E imediatamente ela fez isso. Mas por pouco tempo. Assim que Gerald sentiu as mãos nos seus ombros, levantou as suas próprias e pegou a Princesa pelos pulsos. E lá estava ele, segurando pulsos que não podia ver. Era uma sensação bem desagradável. Um chute o fez estremecer, mas ele segurou os pulsos firmemente.

— Kathy! – gritou. – Venha cá e segure as pernas dela; está me dando chutes.

— Onde? – gritou Kathleen, ansiosa pra ajudar. – Não vejo perna alguma.

— Isto que estou segurando são as mãos dela – gritou Gerald. – Está mesmo invisível. Pegue esta mão, e depois escorregue a sua até as pernas dela.

E foi o que Kathleen fez. E eu queria, de verdade, poder fazer você entender o quanto é desconfortável e horripilante sentir, em plena luz do dia, mãos e braços que você não vê.

— Não vou deixar você segurar as minhas pernas – disse a Princesa invisível, lutando violentamente.

— Por que está tão furiosa? – Gerald estava bastante calmo. – Você falou que ficaria invisível e está.

— Não estou.

— Na verdade, está. Olhe-se no espelho.

— Não estou. Não posso estar.

— Olhe-se no espelho – Gerald repetiu, indiferente.

— Me solte, então – ela disse.

Gerald a soltou e, assim que fez isso, achou impossível acreditar que realmente estava segurando mãos invisíveis.

— Vocês estão só fingindo que não me vêm – disse a Princesa, ansiosa –, não estão? Digam logo que estão. Já debocharam de mim. Chega! Não estou gostando disso.

— Com minha palavra de honra sagrada – disse Gerald – digo que você ainda está invisível.

Houve um silêncio. Depois, a Princesa falou:

— Venham. Vou levar vocês lá fora e então podem ir embora. Estou cansada de brincar com vocês.

As crianças seguiram a voz até a porta, e através dela, e ao longo da pequena passagem, e até o salão. Todos em silêncio. Todos se sentindo muito desconfortáveis.

— Vamos cair fora – sussurrou Jimmy, quando chegaram ao fim do salão. Mas a Princesa falou:

— Saiam por aqui. É mais rápido! Acho vocês detestáveis. Estou arrependida de ter brincado com vocês. Mamãe sempre me disse pra não brincar com crianças desconhecidas.

Uma porta se abriu abruptamente, mas mão nenhuma foi vista tocando a maçaneta.

– Venham! – disse a voz da Princesa.

Entraram em uma pequena antessala, com espelhos compridos e estreitos entre as janelas, também compridas e estreitas.

– Adeus – disse Gerald. – Obrigado pela diversão. Vamos nos separar como amigos – acrescentou, estendendo a mão.

Uma mão invisível foi lentamente posta sobre a sua, que se fechou com força.

– Agora – ele disse – você tem mesmo que se olhar no espelho e reconhecer que não somos mentirosos.

E levou a Princesa invisível até diante de um dos espelhos e a segurou pelos ombros.

– Pronto – disse –, simplesmente procure por você mesma.

Houve um silêncio, e depois um grito de desespero atravessou o cômodo.

– Ooooh! Estou invisível! O que vou fazer?

– Tire o anel – falou Kathleen, de repente, bem prática.

Outro silêncio.

– Não consigo! – gritou a Princesa. – Não sai. Mas não pode ser o anel; anéis não fazem você ficar invisível.

– Você disse que esse fazia – falou Kathleen. – E fez.

– Mas não pode – disse a Princesa. – Estava só brincando de mágica. Apenas me escondi no armário secreto... era só um jogo. Oh, o que vou fazer?

– Um jogo? – disse Gerald devagar. – Mas você pode fazer mágica... as joias eram invisíveis, e você fez com que ficassem visíveis.

– Oh, é apenas um botão secreto e os painéis sobem. Oh! o que devo fazer?

Kathleen caminhou na direção da voz e, tateando, encontrou e abraçou uma cintura de seda cor-de-rosa que não podia ver. Braços invisíveis a envolveram, uma bochecha quente invisível tocou a sua, e lágrimas mornas invisíveis escorreram entre as duas faces.

– Não chore, querida – disse Kathleen –; me deixe ir contar ao Rei e à Rainha.

– Hã?

– Seu pai e sua mãe.

— Oh, não zombe de mim! – disse a pobre Princesa. – Você *sabe* que aquilo era só um jogo, também, como...

— Como o pão e o queijo – disse Jimmy, triunfante. – Eu sabia!

— Mas o seu vestido, e o sono no labirinto, e...

— Oh, me vesti elegantemente por diversão, porque todos estão fora, na quermesse, e coloquei a pista só pra parecer mais real. Primeiro, eu estava brincando de Rosamond,[12] depois escutei vocês conversarem no labirinto e pensei que seria divertido. E agora estou invisível, e posso nunca mais reaparecer, nunca... eu sei disso! Bem feito por eu ter mentido, mas não achava que iam acreditar... quer dizer, não mais do que na metade disso tudo, acrescentou, apressadamente, tentando ser sincera.

— Mas se não é a Princesa, quem é você? – Perguntou Kathleen, ainda abraçando o que não podia ser visto.

— Eu sou... minha tia mora aqui – disse a Princesa invisível. – Ela pode chegar a qualquer momento. Oh, o que vou fazer?

— Talvez ela saiba algum jeito de...

— Não, sem chance! – disse a voz, rude. – Ela não acredita em magia. Ficaria muito brava. Oh, eu não deixaria que ela me visse assim! – acrescentou, sem pensar. – E vocês aqui também. Ela ficaria terrivelmente furiosa.

Era como se o lindo castelo encantado em que as crianças tinham acreditado estivesse se desmoronando em volta de seus ouvidos. Tudo que restou foi a invisibilidade da Princesa. Mas isso, você vai concordar, já estava de bom tamanho.

— Apenas falei – lamentou a voz. – E virou realidade. Queria nunca ter brincado de mágica... queria nunca ter brincado de qualquer outra coisa.

— Oh, não fique assim – disse Gerald, gentilmente. – Vamos para o jardim, perto do lago, onde é tranquilo; faremos uma reunião séria. Vocês vão gostar disso, não vão?

---

[12] Rosamonde (ou Rosamund) Clifford viveu no século XII. Conta-se que ela teve um caso amoroso com o rei Henrique II da Inglaterra. Existe uma lenda que diz que o rei construiu para ela uma casa secreta, cercada por um labirinto em um jardim. Mas, com o auxílio de uma linha, a esposa de Henrique II, Eleanor de Aquitânea, encontrou e matou Rosamonde. (N.T.)

– De qualquer maneira, sua sombra não é invisível.

– Oh! – gritou Kathleen de repente. – A fivela! Ela desfaz a mágica!
– Na verdade, não! – murmurou a voz, que parecia falar sem os lábios. – Apenas falei aquilo.
– Você "apenas" falou sobre o anel – disse Gerald. – De qualquer modo, vamos tentar.
– *Vocês* não... *eu* – disse a voz. – Vocês vão para o Templo de Flora, perto do lago. Vou voltar à sala de joias, sozinha. Minha tia não pode ver vocês.
– E nem vai ver você! – disse Jimmy.
– Jimmy, não toque na ferida – falou Gerald. – Onde é o Templo de Flora?

– Desçam aqueles degraus e sigam o caminho cheio de curvas que atravessa a plantação de arbustos. Não tem como errar. É de mármore branco e tem a estátua de uma deusa dentro.

Os três desceram até o Templo de Flora, que ficava bem na frente de uma pequena colina, e sentaram-se dentro dele, à sombra. Havia arcos ao redor de todo o templo de mármore, exceto atrás da estátua, do lado que dava para a colina, e ali era tranquilo e agradável.

Ainda não fazia cinco minutos que estavam lá quando ouviram o som alto de alguém correndo sobre o chão de cascalho. Uma sombra escura e nítida apareceu sobre o chão de mármore branco.

– De qualquer maneira, a sua sombra não é invisível – afirmou Jimmy.

– Oh, esqueça minha sombra! – a voz da Princesa respondeu. – Deixamos a chave do lado de dentro da porta, e ela se fechou com o vento.

Houve uma pausa de doer o coração.

Então Gerald falou, com seu jeito mais profissional:

– Sente-se, Princesa, vamos ter uma boa reunião, bastante detalhada, sobre isso.

– Eu não devia me perguntar – falou Jimmy – se vamos acordar e descobrir que tudo isso foi um sonho?

– Essa sorte não existe – disse a voz.

– Bem – disse Gerald –, antes de tudo, qual é o seu nome e, se você não é uma princesa, quem é você?

– Eu sou... sou... – disse a voz interrompida por soluços – sou... a sobrinha... da... governanta... do... castelo... e meu nome é Mabel Prowse.

– Exatamente o que pensei – disse Jimmy, sem nenhum tom de sinceridade. Os outros ficaram em silêncio. Era um momento de muita aflição e ideias confusas.

– Bem, de qualquer modo, você mora aqui.

– Sim – disse a voz, que veio do chão, como se sua dona tivesse se atirado ali, na loucura do desespero. – Oh, sim, moro aqui, com certeza, mas que diferença faz o lugar onde mora, se você está invisível?

CAPÍTULO 3

Meus leitores que já tiveram companheiros invisíveis sabem o quanto isso é estranho. Primeiro, por mais que esteja convencido de que seu companheiro é invisível, você vai, tenho certeza, se pegar de vez em quando pensando: "Isso deve ser um sonho!" ou "Sei que vou acordar em menos de um segundo!".

Foi o que aconteceu com Kathleen, Gerald e Jimmy enquanto estavam sentados no mármore branco do Templo de Flora, observando seus arcos, no vale ensolarado, e ouvindo a voz da Princesa Encantada, que não era Princesa coisa nenhuma, mas apenas Mabel Prowse, a sobrinha da governanta. Entretanto ela estava "suficientemente encantada", como disse Jimmy.

— Não adianta termos uma reunião — ela repetiu muitas vezes. E sua voz vinha de um espaço que parecia vazio entre duas pilastras. – Nunca acreditei que fosse acontecer alguma coisa, e agora aconteceu.

– Bem – disse Gerald, gentilmente –, podemos fazer alguma coisa por você? Porque, se não pudermos, acho que é melhor irmos embora.

– É – falou Jimmy –, eu realmente quero meu lanche da tarde!

– Lanche! – disse a invisível Mabel, com desprezo. – Vocês estão dizendo que vão embora pra comer seus lanches e vão me deixar aqui, depois de me colocarem nessa encrenca?

– Bem, de todas as princesas que já conheci... – Gerald começou a falar, mas Kathleen o interrompeu.

– Oh, não a critique – disse Kathleen. – Imagine como deve ser horrível ficar invisível!

– Eu não acho – disse a oculta Mabel – que minha tia goste muito de mim. Ela não permitiu que eu fosse à quermesse porque me esqueci de guardar um par de sapatos extravagantes que a Rainha Elizabeth[13] usou... Eu tinha tirado da caixa de vidro pra experimentar.

– Serviu? – perguntou Kathleen, com interesse.

– Não... pequeno demais – disse Mabel.

– Eu realmente quero meu lanche! – afirmou Jimmy.

– Eu realmente acho que talvez seja melhor irmos embora – disse Gerald. – Como vê, não podemos fazer nada por você.

– Você vai ter que contar pra sua tia – disse Kathleen amavelmente.

– Não, não, não! – Mabel gemeu, invisível. – Levem-me com vocês. Vou deixar um bilhete dizendo que fugi pro mar.

– Garotas não fogem pro mar.

– Elas podem – disse o chão de pedra entre as pilastras. – Como passageiras clandestinas, se ninguém quiser um criado de cabine no navio... quer dizer, criada de cabine.

– Estou certa de que você não deveria – falou Kathleen, com firmeza.

– Então, o que vou fazer?

– Realmente – disse Gerald – não sei o que a garota pode fazer. Vamos levá-la pra casa conosco e comer...

---

[13] Elizabeth I (1533-1603), rainha da Inglaterra e da Irlanda, filha de Henrique VIII e Ana Bolena. É considerada uma mulher extremamente forte e inteligente. (N.T.)

– ...o lanche! Oh, finalmente! – disse Jimmy, dando um pulo de alegria.

– E ter uma boa conversa.

– Depois do lanche – falou Jimmy.

– Mas a tia vai descobrir que ela se foi.

– Também descobriria se eu ficasse.

– Oh, vamos! – disse Jimmy.

– Mas a tia vai pensar que aconteceu alguma coisa com ela.

– Aconteceu mesmo.

– Ela vai falar com a polícia e eles vão me procurar em todos os lugares.

– Eles nunca vão encontrá-la – disse Gerald. – Estou falando de disfarces incompreensíveis.

– Tenho certeza – disse Mabel – de que titia acharia melhor nunca me ver de novo do que me ver assim. Ela jamais superaria isso... Isso poderia matá-la, ela teria um ataque repentino... Vou escrever pra ela, e vamos colocar o bilhete na grande caixa de correio do portão quando sairmos. Alguém tem um lápis e um pedaço de papel?

Gerald tinha um bloco de notas, com folhas daquele tipo brilhante, que, pra escrever nelas, você tem de usar não um lápis de grafite, mas uma coisa de marfim com uma ponta de chumbo de verdade. E essa coisa não escreve em qualquer outro papel, exceto o do tipo que está nesse bloco de notas, e isso é sempre muito chato quando se está com pressa.

Então, aconteceu aquela cena esquisita: um pequeno bastão de marfim, com uma ponta de chumbo, inclinado numa posição estranha e improvável, se movendo completamente sozinho, da mesma forma que lápis comuns se movem quando você está escrevendo com eles.

– Podemos olhar? – perguntou Kathleen.

Não houve resposta. O lápis continuou escrevendo.

– Não podemos olhar? – Kathleen perguntou de novo.

– Claro que podem! – disse a voz perto do papel. – Eu fiz que sim com a cabeça, não fiz? Oh, esqueci que isso foi invisível também.

O lápis estava formando letras arredondadas e nítidas no papel arrancado do bloco. Veja o que ele escreveu:

Querida Tia,

Infelizmente, você não me verá de novo por algum tempo. Uma senhora que estava em um automóvel me adotou, e vamos direto para o litoral, depois para um navio. Não adianta tentar me seguir. Adeus, e seja feliz. Espero que tenha gostado da quermesse.

Mabel

– Mas isso tudo é mentira – disse Jimmy, assim que acabou de ler.

– Não, não é. É fantasia – disse Mabel. – De qualquer maneira, se eu dissesse que fiquei invisível, ela ia pensar que era mentira.

– Oh, vamos embora – disse Jimmy. – Vocês podem discutir andando.

Gerald dobrou o bilhete de um jeito que tinha aprendido a fazer com uma senhora, na Índia, anos antes, e Mabel os conduziu pra fora do vale por um caminho bem mais curto. O trajeto de volta pra casa também foi bem mais rápido.

O céu tinha ficado nublado enquanto estavam no Templo de Flora, e as primeiras gotas de chuva caíram quando voltavam pra casa – na verdade, já era muito tarde para o lanche.

Mademoiselle estava na janela e veio pessoalmente abrir a porta.

– Mas vocês estão atrasados, muito atrasados! – ela gritou. – Tiveram algum problema?... Hein? Está tudo certo?

– Sentimos muito, de verdade – disse Gerald. – Gastamos mais tempo pra chegar aqui do que imaginamos. Realmente, espero que não tenha ficado aflita. Pensei na senhorita durante a maior parte do caminho pra casa.

– Então vão – disse, sorrindo, a dama francesa. – Vocês comerão o lanche e o jantar ao mesmo tempo.

Foi o que aconteceu.

– Como você pôde dizer que pensou nela durante a maior parte do caminho pra casa? – disse uma voz bem perto do ouvido de Gerald, assim que Mademoiselle os deixou sozinhos com o pão, a manteiga, o leite e as maçãs assadas. – Era tão mentira quanto eu sendo adotada por uma mulher em um automóvel.

– Não, não era – falou Gerald, comendo um pão com manteiga. – Eu estava me perguntando se ela estaria furiosa ou não. É isso!

Havia apenas três pratos, mas Jimmy deixou Mabel comer o que estava no seu, e comeu do de Kathleen. Era meio desagradável ver o pão e a manteiga se movendo no ar, e seus pedaços desaparecendo, um após o outro, sem nenhuma atividade humana aparente; e a colher se levantando com um pedaço de maçã em cima e voltando ao prato vazia. Até a ponta da colher desaparecia enquanto estava dentro da boca invisível de Mabel; de uma maneira que às vezes parecia que a colher estava quebrada.

Todos estavam famintos, e foi preciso buscar mais pão e manteiga. O cozinheiro resmungou quando o prato foi preenchido pela terceira vez.

– É... – disse Jimmy – eu realmente queria meu lanche.

– É... – falou Gerald – vai ser muito difícil dar café da manhã pra Mabel. Mademoiselle vai estar presente na hora. E teria um ataque se visse pedaços de garfos com bacon desaparecendo, e depois garfos reaparecendo do nada, e o bacon perdido pra sempre.

– Vamos ter que comprar coisas pra comer e alimentar secretamente a nossa pobre prisioneira – falou Kathleen.

– Nosso dinheiro não vai durar muito – disse Jimmy, desanimado. – Você tem algum?

E se virou para uma caneca de leite suspensa no ar, sem nenhum suporte visível.

– Não tenho muito dinheiro – foi a resposta que veio de perto do leite. – Mas tenho montes de ideias.

– Precisamos falar sobre tudo amanhã de manhã – disse Kathleen. – Só temos de dar boa noite à Mademoiselle, e depois você dorme na minha cama, Mabel. Vou te emprestar uma das minhas camisolas.

– Vou buscar roupas amanhã – falou Mabel, animada.

– Vai voltar lá pra buscar coisas?

– Por que não? Ninguém me vê. Acho que estou começando a perceber coisas divertidas, de todos os tipos, prontas pra acontecer. Até que ser invisível não é tão ruim!

Era bastante estranho, Kathleen pensou, ver as roupas da Princesa aparecendo do nada. Primeiro, veio o véu transparente, pendurado no ar. Depois, o diadema brilhante apareceu sobre a cômoda. A seguir, ela viu uma manga do vestido cor-de-rosa, depois a outra, e então o vestido inteiro caiu sobre o chão, em um movimento reluzente, e as pernas invisíveis de Mabel pisaram fora dele. Pois cada peça de roupa

O pão e a manteiga se movendo no ar.

se tornava visível quando Mabel a tirava. Por fim, a camisola, tirada de cima da cama, desapareceu pouco a pouco.

— Deite-se — falou Kathleen, aborrecida.

A cama rangeu e surgiu uma depressão no travesseiro. Kathleen apagou a luz e se deitou. Tanta mágica tinha sido perturbante, e ela estava um pouco assustada, mas no escuro descobriu que não era tão ruim assim. Mabel a abraçou logo que caiu na cama e as duas garotas trocaram beijinhos de boa noite na agradável escuridão, onde o visível e o invisível eram a mesma coisa.

— Boa noite! — disse Mabel. — Você é um amor, Cathy. Tem sido tão maravilhosamente boa pra mim, nunca vou esquecer disso. Não quis falar na frente dos garotos, porque sei que eles pensam que pessoas gratas são bobas. Mas eu sou grata a você. Boa noite.

Kathleen ficou acordada por algum tempo. E estava quase dormindo quando lembrou que a criada que ia chamá-los de manhã ia ver todas aquelas deslumbrantes roupas de princesa.

— Vou ter que me levantar e escondê-las — disse. — Que chateação!

E enquanto estava na cama pensando como aquilo era chato, Kathleen adormeceu. Quando acordou, já era dia claro, e Eliza estava parada em frente à cadeira onde se encontravam as roupas de Mabel, observando o vestido cor-de-rosa de princesa, que estava no topo da pilha, e dizendo:

– Uau!

– Oh, não toque, por favor! – Kathleen pulou da cama, quando Eliza estava estendendo a mão.

– Em que lugar do mundo vocês conseguiram isto?

– Vamos usar na peça de teatro – disse Kathleen, com a inspiração do momento de desespero. – Pegamos emprestado pra isso.

– Você poderia me mostrar, senhorita – sugeriu Eliza.

– Oh, por favor, não! – disse Kathleen, parada, de camisola, em frente à cadeira. – Você vai nos ver elegantemente vestidos quando estivermos atuando. E não vai contar isso pra ninguém, vai?

– Não, se você for uma boa garotinha! – falou Eliza. – Mas não deixe de me mostrar quando vocês se vestirem elegantemente. Mas onde...

Nesse momento, a campainha tocou e Eliza teve de ir, pois era o carteiro, e ela estava particularmente interessada em vê-lo.

– E agora – disse Kathleen, calçando um pé de meia – nós temos que apresentar uma peça de teatro. Tudo parece tão difícil!

– Representar não é difícil – disse Mabel. E uma meia se moveu sozinha no ar e logo desapareceu. – Vou adorar isso.

– Você se esquece – disse Kathleen, amavelmente – de que atrizes invisíveis não podem participar de peças de teatro, a não ser que sejam peças mágicas.

– Oh! – exclamou uma voz vinda de dentro de uma anágua pendurada no ar. – Tive uma grande ideia!

– Conte pra nós depois do café da manhã – falou Kathleen, enquanto a água da banheira espirrava e gotas caíam, do nada, de volta para o seu recipiente.

– E, oh! Eu realmente queria que você não tivesse escrito aquelas mentiras pra sua tia. Não devemos falar mentiras, por motivo nenhum.

– O que adianta falar a verdade se ninguém acredita em você? – a pergunta veio em meio aos espirros de água.

– Não sei – disse Kathleen. – Mas sempre devemos falar a verdade.

– Você pode, se quiser – disse uma voz vinda das dobras de uma toalha que balançava sozinha em frente à pia.

– Está bem. Vamos fazer isso, então, logo depois do café... quer dizer, do seu café. Vai ter que esperar aqui em cima até conseguirmos pegar alguma coisa e trazer pra você. Tome cuidado pra Eliza não desconfiar de nada quando ela vier arrumar a cama.

A invisível Mabel achou esse jogo bastante divertido, e fez com que ficasse ainda mais animado quando soltou todas as pontas dos lençóis e cobertores cuidadosamente presas debaixo dos colchões, enquanto Eliza não estava olhando.

– Malditos lençóis! – falou Eliza. – Qualquer pessoa ia pensar que essas coisas estão enfeitiçadas.

E olhou em volta do quarto, procurando as roupas maravilhosas de princesa que tinha visto rapidamente mais cedo. Mas Kathleen tinha escondido tudo em um lugar perfeitamente seguro: debaixo do colchão, que, ela sabia bem, Eliza nunca levantava.

Eliza varreu apressadamente aqueles tufinhos de poeira que aparecem no chão, vindos não se sabe de onde, mesmo nas casas mais bem-cuidadas. Mabel, faminta e irritada com a longa ausência dos outros, não pôde deixar de sussurrar no ouvido da criada:

– Sempre limpe debaixo dos colchões.

Eliza levou um susto e ficou pálida.

– Devo estar ficando doida – murmurou. – Mas isso é o que minha mãe sempre me dizia. Espero não estar ficando maluca como a Tia Emily. É impressionante o que podemos imaginar, não é?

Assim mesmo, levantou o tapete em frente à lareira e varreu o chão debaixo dele e da grade de proteção. Fez isso tão cuidadosamente e estava tão pálida que Kathleen, entrando com um pedaço de pão que Gerald tinha pegado pela janela da despensa, exclamou:

– Ainda não terminou? Que é isso, Eliza? Você parece doente! Qual é o problema?

– Pensei em melhorar a aparência do quarto – disse Eliza, ainda muito pálida.

– Alguma coisa te aborreceu? – Kathleen perguntou. Tinha seus próprios receios.

– Nada... apenas minha imaginação, senhorita – disse Eliza. – Sempre tive imaginação fértil, desde criança... sonhando com muitas pérolas e com anjinhos sem nada além das cabeças e das asas... tão barato vesti-los... eu sempre penso... se compararmos com crianças.

Quando as garotas se livraram da criada, Mabel comeu o pão e bebeu água na caneca usada para escovar os dentes.

– Receio que a água esteja com gosto de creme dental sabor cereja – disse Kathleen, sem graça.

– Não tem problema – respondeu uma voz que vinha da caneca inclinada no ar. – É mais gostoso que água. Acho que o vinho tinto das festas é bem parecido com isso.

– Temos permissão pra passar o dia fora de novo – disse Kathleen, quando o último pedacinho de pão tinha desaparecido. – E Gerald pensa como eu sobre mentiras. Então nós vamos contar pra sua tia onde você realmente está.

– Ela não vai acreditar em vocês.

– Isso não importa se falarmos a verdade – disse Kathleen, com orgulho.

– Acho que vão se arrepender disso – falou Mabel. – Mas vamos lá... e olhe bem, tome cuidado pra não bater a porta em mim quando sair. Você quase fez isso agora.

No calor da luz do Sol que inundava a High Street, quatro sombras para três crianças parecia algo perigosamente perceptível. Um garoto, o ajudante do açougueiro, olhava muito fixamente pra sombra extra, e seu cachorro, grande e marrom-avermelhado, cheirava os pés daquela menina-sombra e rosnava, nervoso.

– Fique atrás de mim – disse Kathleen. – Assim nossas duas sombras vão parecer uma só.

Mas a sombra de Mabel, muito visível, caiu sobre as costas de Kathleen, e o funcionário da pousada Davenant Arms olhou pra cima, tentando ver que pássaro estava fazendo aquela sombra.

Uma senhora guiando uma carroça cheia de galinhas e patos gritou:

– Ei, mocinha, você manchou suas costas de preto! Em que andou se encostando?

Todos ficaram felizes quando saíram da cidade.

Falar a verdade pra tia da Mabel não foi nem um pouco como eles, inclusive a própria Mabel, tinham imaginado. A tia foi encontrada lendo um pequeno romance de capa cor-de-rosa na janela do seu quarto, que, emoldurada por trepadeiras de diferentes espécies, dava para um pequeno e agradável pátio, pra onde Mabel levou os três irmãos.

– Desculpe-me – disse Gerald –, mas creio que perdeu a sua sobrinha.

– Não perdi, meu garoto – falou a tia, que era magra e alta, com cabelo castanho-claro e uma voz muito elegante.

– Poderíamos lhe contar alguma coisa sobre ela – falou Gerald.

– Ora – respondeu a tia, em tom de advertência –, nada de reclamações, por favor. Minha sobrinha se foi, e tenho certeza de que ninguém reprova suas pequenas travessuras mais do que eu. Se ela tiver enganado vocês, é por causa do seu jeito despreocupado e alegre. Vão embora, crianças, estou ocupada.

– Você encontrou o bilhete dela? – perguntou Kathleen.

A tia mostrou um pouco mais de interesse que antes, mas continuou com o dedo sobre o livro.

– Oh! – disse. – Vocês viram a sua partida? Ela parecia feliz?

– Bastante – disse Gerald, honestamente.

– Então só posso ficar feliz por ela estar sendo bem tratada – falou a tia. – Aposto que vocês ficaram surpresos. Essas aventuras românticas realmente acontecem em nossa família. Lord Yalding me selecionou entre onze candidatas ao cargo de governanta aqui. Não tenho a menor dúvida de que Mabel foi trocada quando nasceu e agora seus parentes ricos mandaram buscá-la.

– Mas você não vai fazer alguma coisa... contar pra polícia, ou...

– Psiu! – disse Mabel.

– Nada de "psiu!" – disse Jimmy. – Sua Mabel está invisível... isso é que é. Ela está aqui, bem do meu lado agora.

– Detesto mentiras – disse a tia, severamente. – Qualquer tipo de mentiras. Vocês poderiam, por gentileza, levar esse garoto embora? Estou muito satisfeita a respeito de Mabel.

– Tudo bem – falou Gerald. – Você é uma tia, apenas isso! Mas o que o pai e a mãe de Mabel vão dizer?

– O pai e a mãe de Mabel estão mortos – disse a tia, calmamente. E um pequeno soluço pôde ser escutado perto do ouvido de Gerald.

– Está bem – ele falou –, vamos embora; mas não saia por aí dizendo que não te contamos a verdade, e isso é tudo.

– Ei, mocinha, você manchou suas costas de preto!

– Vocês não me contaram nada – disse a tia. – Nenhum de vocês, a não ser aquele garotinho, que me contou uma mentira boba.

– Nossas intenções eram as melhores – falou Gerald, amavelmente. – Você não se importa de termos entrado aqui, não é? Tomamos muito cuidado pra não tocar em nada.

– Visitas não são permitidas – disse a tia, olhando para o seu livro, meio impaciente.

– Ah, mas você não acharia que somos visitas – disse Gerald, com o seu jeito muito bem-educado. – Somos amigos da Mabel. Nosso pai é coronel do...

– Claro! – disse a tia.

– E nossa tia é a Senhora Sandling. Então, pode ter certeza de que não faríamos mal a nada nessa propriedade.

– Sei que vocês não fariam mal nem a uma mosca – disse a tia, distraidamente. – Até logo! Sejam boas crianças.

Os quatro foram embora rapidamente.

– Ora – disse Gerald, quando já tinham saído do pequeno pátio –, sua tia é uma louca varrida. Imaginem, não se importar com o que foi feito de você. Imaginem! Acreditar naquela asneira sobre a senhora no automóvel!

– Quando escrevi aquilo, eu sabia que ela ia acreditar – disse Mabel, modestamente. – Ela não é louca, apenas fica lendo esses pequenos romances. Eu leio os livros da biblioteca grande. Oh, é um lugar tão divertido... tem um cheiro tão especial... como o de botas... de livros velhos de couro, com poeira nas bordas. Um dia, vou levar vocês até lá. Agora que estão com a consciência limpa a respeito da minha tia, vou contar a minha grande ideia. Vamos descer até o Templo de Flora. Estou feliz por vocês terem conseguido permissão da titia para andar ao redor do castelo. Seria muito estranho terem que ficar se escondendo atrás de arbustos cada vez que um dos jardineiros aparecesse.

– É – disse Gerald modestamente –, pensei nisso.

O dia estava tão claro quanto o anterior. Olhando do templo de mármore branco, a paisagem que parecia italiana estava, mais do que nunca, igual a um quadro do pintor inglês William Turner, que viveu de 1775 a 1851.

Quando as três crianças estavam confortavelmente acomodadas nos degraus que levavam à estátua branca, a voz da quarta criança falou, com tristeza:

– Não sou ingrata, mas estou com muita fome. E vocês não podem ficar sempre pegando coisas pela janela da despensa. Se quiserem, posso voltar e viver no castelo. Todos pensam que ele é assombrado. Acho que posso assombrá-lo tão bem quanto qualquer um. Sou uma espécie de fantasma agora, vocês sabem. Vou, se quiserem.

– Oh, não! – falou Kathleen, amavelmente. – Você tem de ficar conosco.

– Mas... e a comida? Não sou ingrata; realmente, não sou, mas café da manhã é café da manhã, e pão é apenas pão.

– Se conseguisse tirar o anel, você poderia voltar.

– Sim – disse a voz de Mabel –, mas sabem que não consigo. Tentei de novo ontem à noite, na cama, e de novo hoje de manhã. E ficar tirando coisas da sua despensa parece roubo... mesmo sendo apenas pão.

– É verdade – disse Gerald, que realizou esse ato de coragem.

– Bem, agora o que temos de fazer é ganhar algum dinheiro.

Jimmy comentou que não deviam se preocupar, mas Gerald e Kathleen ouviram atentamente.

– O que quero dizer – continuou a voz – é que foi para o nosso bem, quero dizer, o fato de eu ficar invisível. Vamos ter muitas aventuras... Vão ver se não vamos.

– *Aventuras, falou o corajoso pirata, nem sempre são proveitosas* – murmurou Gerald.

– Esta será, seja lá como for. Só que não dá pra todos irem. Vejam, se o Jerry pudesse parecer uma pessoa comum...

– Isso deve ser fácil – disse Jimmy. E Kathleen falou pra ele deixar de ser tão desagradável.

– Não sou – disse Jimmy. – Só que...

– Só que ele tem um pressentimento de que essa Mabel de vocês vai nos pôr em encrenca – interferiu Gerald. – Como A *Bela Dama sem Piedade*, e ele não quer ser encontrado, no futuro, perambulando só e triste no meio do junco e tudo o mais.[14]

---

[14] A balada *La Belle Dame sans Merci* foi escrita pelo poeta inglês John Keats em 1819, e fala do encontro entre um homem e uma mulher. Ela, depois, o abandona e o deixa desesperado. Nessa balada, Keats escreveu: "Perambulando só e triste? / O junco do lago murchou, / E nenhum pássaro canta". (N.T.)

– Não vou pôr vocês em encrenca nenhuma, não vou mesmo – disse a voz. – Ora, somos irmãos pra vida toda, depois do que fizeram por mim ontem. O que quero dizer é... Gerald pode ir à quermesse e fazer truques de mágica.

– Ele não sabe nenhum – disse Kathleen.

– Na verdade, eu é que vou fazer isso – disse Mabel. – Mas vai parecer que é o Jerry que está fazendo. Mover objetos sem tocá-los e coisas desse tipo. Mas não daria certo se vocês três fossem. Quanto maior o número de crianças, mais jovens elas parecem, eu acho, e mais gente quer saber o que estão fazendo ali sozinhas.

– *O talentoso mágico julgou sábias essas palavras* – falou Jerry. E respondeu ao triste "E nós?" dos seus irmãos com a sugestão de que se misturassem de forma insuspeita à multidão.

– Mas não deixem perceberem que vocês me conhecem – disse. – E tentem olhar como se estivessem com algum adulto na quermesse. Senão, é bem provável que tenham um amável policial pegando pelas mãos as pobres criancinhas perdidas e levando-as de volta para seus parentes aflitos... Quer dizer, para a governanta francesa.

– Então, vamos agora! – disse a voz com a qual eles nunca conseguiram se acostumar e que vinha de diferentes partes, quando Mabel mudava de lugar. E se foram.

A quermesse era num terreno vago a uns oitocentos metros dos portões do castelo. Quando estavam perto o suficiente pra escutar o órgão a vapor do carrossel, Gerald sugeriu que, como tinham um pouquinho de dinheiro, poderia ir na frente e comprar alguma coisa para comerem. O que gastasse seria devolvido quando ganhassem dinheiro com mágica.

Os outros esperaram na sombra, em uma rua estreita, e Jerry voltou bem rápido, mas muito depois que os três tinham começado a falar que ele estava demorando. Trouxe algumas castanhas; maçãs vermelhas; peras amarelas e pequenas, mas doces; alguns bolinhos de gengibre e, claro, cem gramas de balas de hortelã e duas garrafas de refresco.

– É o que chamam de investimento – disse, quando Kathleen falou qualquer coisa sobre extravagância. – Vamos todos precisar de alimentos pra nos mantermos fortes, principalmente o corajoso mágico.

Comeram e beberam. Foi uma refeição bonita. E, ao longe, o som da música do órgão a vapor deu à cena o toque final de festividade.

– Você está me aborrecendo.

Os garotos não se cansavam de observar Mabel comendo, ou melhor, de observar aquele estranho desaparecimento de comida, único sinal de que ela estava comendo. Estavam maravilhados com o espetáculo e lhe deram mais do que a sua parte no banquete, só pelo prazer de ver a comida desaparecer.

– Caramba! – disse Gerald, várias vezes. – Isso realmente vai impressionar as pessoas!

E foi o que aconteceu.

Jimmy e Kathleen saíram na frente. E, quando chegaram à quermesse, se misturaram à multidão, ficando tão insuspeitos quanto possível.

Ficaram de pé perto de uma mulher grande que estava assistindo *coconut shie*[15] um jogo muito comum em feiras e quermesses da Inglaterra. Pouco tempo depois, viram uma pessoa esquisita, com as mãos nos bolsos, passeando pela grama pisada e meio amarela, cheia de pedacinhos de papel carregados pelo ar e de palitos e canudos que sempre estão no chão de uma quermesse inglesa.

Era Gerald – mas, à primeira vista, as crianças custaram a reconhecê-lo. Tinha tirado a gravata, e trazia o cachecol vermelho da escola enrolado na cabeça, como um turbante. A gravata, como se podia imaginar, assumiu o papel de lenço. E suas mãos e seu rosto estavam pretos e brilhantes, como um diamante negro.

Todos olhavam pra ele.

– Está igual a um mágico! – sussurrou Jimmy. – Acho que isso vai dar certo, e vocês?

Eles o seguiram a distância e, quando Gerald chegou perto de uma pequena tenda com uma mulher triste e desanimada perto da porta, pararam e tentaram dar a entender que estavam com um fazendeiro que, esforçando-se pra chamar a atenção das pessoas, golpeava um bloco de madeira com um grande martelo próprio para bater ferro.

Gerald se aproximou da mulher.

– Ganhou muito? – perguntou; e ela mandou, gentilmente, que ele fosse embora com seu atrevimento.

– Estou a trabalho – ele disse. – Sou um mágico da Índia.

– Não é verdade! – disse a mulher. – Você não é um mágico. Ora essa, a parte de trás das suas orelhas é toda branca.

– É mesmo? – falou Gerald. – Como você foi esperta ao perceber isso! E esfregou a parte de trás das orelhas com as suas mãos.

– Melhor assim?

– Melhor. Qual é o seu joguinho?

– Mágica. Real e verdadeiramente – falou Gerald. – Existem garotos menores que eu fazendo isso na Índia. Olha aqui, te devo uma por ter falado sobre minhas orelhas. Se quiser comandar o show, podemos dividir o lucro. Você me deixa trabalhar em sua tenda e faz a propaganda na porta.

---

[15] Nesse jogo, realizado numa tenda, as pessoas atiram bolas para derrubar cocos dos seus suportes. (N.T.)

– *Acabe com isso!* – *gritou o homem.*

– Oh, não! Não posso fazer nenhuma propaganda! E você está me aborrecendo. Vamos ver você fazer alguma mágica, já que é tão esperto.

– Muito bem – disse Gerald, com firmeza. – Está vendo esta maçã? Pois bem, vou fazer com que ela se mova lentamente no ar, e depois, quando eu disser "Já!", ela vai desaparecer.

– Sim... pra dentro da sua boca! Vá embora com as suas tolices.

– Você é esperta demais pra ser tão descrente – disse Gerald. – Olhe só!

Pegou uma das pequenas maçãs que tinha comprado e a mulher a viu se movendo lentamente pelo ar, sem qualquer apoio.

– Agora... já! – gritou Gerald, pra maçã, e ela sumiu. – O que achou disso? – perguntou, em tom de vitória.

A mulher estava cheia de entusiasmo e seus olhos brilhavam.

— O melhor que já vi – murmurou. – Estou nessa, companheiro, se souber mais truques como esse.

— Muitos – disse Gerald, confiante. – Abra a sua mão.

A mulher abriu a mão e, do nada, como pareceu, a maçã, um pouco úmida, foi colocada sobre a sua mão. Ela olhou para a fruta por um momento, e depois murmurou:

— Vamos lá! Não pode ter mais ninguém nisso, só nós dois. Mas na tenda não. Você fica aqui, ao lado da tenda. Ao ar livre vale o dobro.

— Mas as pessoas não vão pagar se puderem ver de graça.

— Não na primeira vez, mas depois vão... você sabe. E vão fazer a propaganda.

— Vai me emprestar seu xale? – Gerald perguntou.

Ela desprendeu o xale – era xadrez, vermelho e preto, tipo escocês – e ele o esticou no chão, como tinha visto mágicos indianos fazerem, e se sentou atrás, com as pernas cruzadas.

— Não posso ter ninguém atrás de mim, isso é tudo – disse, e a mulher rapidamente usou cordas da tenda para pendurar dois sacos velhos de pano atrás dele.

— Agora estou pronto – disse Gerald.

A mulher pegou um tambor dentro da tenda e tocou. Logo, um pequeno grupo de pessoas se formou.

— Senhoras e senhores! – disse Gerald. – Venho da Índia e posso distraí-los com mágicas que nunca viram. Vou começar quando puder ver algum dinheiro sobre o xale.

— Aposto que vai! – disse um espectador, e houve várias risadas curtas e desagradáveis.

— É claro – disse Gerald –, se vocês puderem pagar algum dinheiro.

Tinha umas trinta pessoas no grupo naquele momento.

— Não falo mais.

Duas ou três moedas caíram sobre o xale; depois, mais algumas; depois, não mais.

— É pouco – disse Gerald. – Bem, sou generoso por natureza. Vocês vão ver uma coisa por esse valor que nunca viram antes. Não quero enganá-los: tenho um parceiro, mas ele é invisível.

As pessoas riram.

— Com a ajuda desse parceiro – Gerald continuou – posso ler qualquer carta que qualquer um de vocês tenha no bolso. Se um de vocês simplesmente der um passo adiante e ficar ao meu lado, meu cúmplice invisível vai ler a carta por trás do seu ombro.

Um homem deu um passo à frente; um homem de rosto vermelho e parecido com um cavalo. Puxou uma carta do bolso e ficou em uma posição em que todos o pudessem ver e pudessem ter certeza de que ninguém estava atrás dos seus ombros.

– Agora! – disse Gerald.

Houve uma pausa. Então, de trás dos sacos de pano, veio uma voz fraca, distante, monótona, que disse:

– Senhor, com relação à hipoteca da sua terra, lamentamos nossa impossibilidade...

– Acabe com isso! – gritou o homem pra Gerald, em tom de ameaça. E explicou para as pessoas que não era aquilo que estava escrito na carta; mas ninguém acreditou nele, e começou um zumbido de pessoas conversando baixo, mas com muito interesse, que parou, de repente, quando Gerald falou.

– Agora – disse, colocando as moedas em cima do xale –, fiquem olhando pra estas moedas, e, uma a uma, elas vão desaparecer.

E, claro, foi o que aconteceu. Depois, cada uma foi recolocada sobre o xale pelas mãos de Mabel. As pessoas aplaudiram com entusiasmo.

– Bravo!
– Fantástico!
– Mostre mais!

Isso era o que gritavam as pessoas nas filas da frente. E as de trás empurravam as da frente.

– Já viram – disse Gerald – o que posso fazer, mas não vou fazer mais nada até colocarem muito mais moedas sobre este tapete.

E, em dois minutos, bem mais moedas estavam lá, e Gerald fez mais um pouco de mágica.

Quando as pessoas das filas da frente não queriam mais dar dinheiro, Gerald pediu que cedessem seus lugares para que os outros pudessem ver de perto.

Eu gostaria de ter tempo pra te contar todos os truques que ele fez. A grama em sua volta ficou totalmente pisoteada pelas pessoas que se aglomeravam pra vê-lo. Não existem limites para as maravilhas que você pode fazer quando tem um parceiro invisível. Todos os tipos de coisas se moveram pra cá e pra lá, aparentemente por si mesmas, e até desapareceram dentro das dobras da roupa de Mabel. A mulher da tenda ficava de pé olhando, parecendo mais e mais satisfeita cada vez que via o dinheiro caindo sobre o xale, e tocando seu velho tambor sempre que Gerald acabava um truque.

A notícia sobre o mágico tinha se espalhado por toda a quermesse. A multidão estava muito agitada, todos muito impressionados. O homem que cuidava dos *coconut shies* implorou para que Gerald se tornasse seu sócio; o proprietário da galeria lhe ofereceu alimentação e hospedagem grátis em troca de uma participação nos lucros; e uma mulher grande e animada, em um vestido preto de seda engomada e um chapéu roxo, tentou convencê-lo a participar do próximo Bazar dos Músicos Reformados da Orquestra Militar.

Durante todo esse tempo, Kathleen e Jeremy ficaram no meio da multidão, totalmente despercebidos, pois quem podia ter olhos pra qualquer pessoa que não fosse Gerald? Já estava ficando tarde, muito depois das cinco horas, e Gerald estava ficando cansado – e bem satisfeito com a parte do dinheiro que lhe coube. Começou então a quebrar a cabeça pra achar um jeito de sair dali.

– Como vamos nos livrar disso? – Gerald murmurou, enquanto Mabel fazia seu relógio desaparecer do braço, pelo simples processo de tirá-lo e pôr em seu bolso.

– Eles nunca vão nos deixar ir embora. Não pensei nisso antes.

– Estou pensando! – ela sussurrou. E logo depois disse, perto do seu ouvido:

– Divida o dinheiro e dê à mulher da tenda alguma coisa pelo xale. Ponha o dinheiro sobre ele e diga... – e lhe falou o que dizer.

A sombra da tenda cobria Gerald; senão, é claro que todos teriam visto a sombra da invisível Mabel enquanto ela se movia por ali fazendo coisas desaparecerem.

Gerald falou pra mulher dividir o dinheiro, o que ela fez de uma forma razoavelmente honesta.

– Agora – disse ele, enquanto a multidão impaciente empurrava cada vez mais pra perto – vou te dar algum dinheiro pelo seu xale.

– Quero estas moedas aqui – disse a mulher, mecanicamente, e pegou o dinheiro.

– Certo! – Gerald falou, colocando no bolso da calça a sua pesada parte do dinheiro.

– Este xale vai desaparecer agora – disse, pegando o xale. Entregou-o para Mabel, que o pôs sobre os ombros; e, claro, ele desapareceu. Um estrondo de aplausos veio da audiência.

– Pronto – disse Gerald. – Chegamos ao último de todos os truques. Vou dar três passos pra trás e desaparecer – assim fez, e Mabel enrolou o xale nele, mas... Gerald não desapareceu. O xale, estando invisível, não escondeu nem um pedacinho dele.

– Ah! – gritou a voz de um garoto na multidão. – Olhem! Ele sabe que não consegue fazer isso.

– Gostaria de poder colocar você no meu bolso – disse Mabel.

A multidão estava se aproximando. A qualquer momento, poderiam tocar em Mabel, e aí qualquer coisa poderia acontecer... simplesmente, qualquer coisa. Gerald pegou seus cabelos com as duas mãos; era o que fazia sempre que ficava ansioso ou desanimado. Mabel, na invisibilidade, apertou suas mãos como os livros dizem que as pessoas fazem. Isto é, encaixou uma na outra e apertou com muita força.

– Oh! – murmurou, de repente. – Está frouxo. Posso tirá-lo.

– Não...

– Sim... o anel.

– E, então, jovem mestre. Nos dê alguma coisa pelo nosso dinheiro, gritou um trabalhador de uma fazenda.

– Darei – disse Gerald. – Dessa vez, vou realmente desaparecer.

– Entre na tenda – sussurrou pra Mabel. – Ponha o anel debaixo da lona. Depois, saia por trás e junte-se aos outros. Quando eu te avistar com eles, desapareço. Vá devagar, eu vou te alcançar.

– Sou eu – disse uma pálida e óbvia Mabel no ouvido de Kathleen. – Gerald pegou o anel. Vamos, antes que a multidão comece a se dispersar.

Quando estavam saindo pelo portão, ouviram gritos de surpresa e contrariedade vindos da multidão, e souberam que dessa vez Gerald realmente tinha desaparecido.

Já tinham andado mais de um quilômetro quando ouviram passos na rua e olharam pra trás. Não viram ninguém. Logo depois, a voz de Gerald falou, em alto e bom tom, vinda de um espaço que parecia vazio:

– Olá! – disse, sem muito entusiasmo.

– Horrível! – gritou Mabel. – Você me fez estremecer! Tire o anel! Isso me arrepia: você sendo nada além de uma voz!

– Foi o que fez conosco – falou Jimmy.

– Não tire o anel ainda – disse Kathleen, bastante prevenida pra sua idade –, porque você está com o piche, imagino, e pode ser reconhecido e sequestrado por ciganos, e ter que fazer mágica pra todo o sempre.

– Eu tiraria – disse Jimmy. – Não faz sentido andar por aí invisível, e as pessoas nos vendo com Mabel e dizendo que nós a sequestramos.

– Sim – disse Mabel, impaciente –, isso seria simplesmente idiota. E, além do mais, quero o meu anel.

– De qualquer maneira, ele já não é mais seu do que nosso – disse Jimmy.

– É sim – falou Mabel.

– Oh, parem com isso! – disse a voz cansada de Gerald, ao lado de Jimmy. – Pra quê ficar batendo boca?

– Quero o anel – teimou Mabel.

– "Quero" – as palavras vieram do ar parado da noite. – "Quero" deve ser o seu mestre. Você não pode pegar o anel. Não consigo tirá-lo!

CAPÍTULO 4

O problema não era apenas o fato de Gerald ter posto o anel e não conseguir tirá-lo e, portanto, estar invisível: havia também o fato de Mabel – que tinha ficado invisível e, por isso, podia entrar em casa clandestinamente – agora estar visível e não poder entrar escondida.

As crianças teriam que, além de justificar a aparente ausência de uma delas, explicar a presença óbvia de uma estranha.

– Não posso voltar pra titia. Não posso e não vou – disse Mabel com firmeza –, nem se ficasse invisível vinte vezes.

– Ela desconfiaria se você fosse – Gerald reconheceu. – Quer dizer, por causa do automóvel e da senhora que te adotou. Mas o que devemos dizer a Mademoiselle sobre você...? – e deu um puxão no anel.

– Vamos supor que vocês dissessem a verdade – disse Mabel com sinceridade.

– Ela não acreditaria – falou Cathy. – Ou, se acreditasse, ficaria completamente enlouquecida.

– Não – disse a voz de Gerald. – Não devemos contar. Mas ela é realmente muito correta. Vamos pedir permissão pra você passar a noite aqui, porque está muito tarde pra você ir pra casa.

– Certo – disse Jimmy –, mas e quanto a você?

– Vou pra cama – disse Gerald – com uma terrível dor de cabeça. Oh, isso não é uma mentira! Estou com uma bastante forte. Acho que é por causa do sol. Sei que piche atrai a concentração dos raios do sol.

– É mais provável que seja por causa das peras e dos bolinhos de gengibre – disse Jimmy, num tom pouco amável. – Bem, vamos embora. Gostaria que fosse eu que estivesse invisível. Faria algo bem diferente de ir pra cama com uma dorzinha de cabeça, sei disso.

– O que faria? – perguntou Gerald, bem atrás dele.

– Fique no mesmo lugar, seu tolo maluco! – disse Jimmy. – Você me faz ficar agitado.

Jimmy tinha mesmo acabado de dar um pulo, de repente.

– Aqui, caminhe entre Cathy e eu.

– O que faria? – repetiu Gerald, de um lugar aparentemente vazio.

– Seria um ladrão – disse Jimmy.

Num minuto, Cathy e Mabel lembraram Jimmy do quanto roubar era errado, e ele respondeu:

– Bem, então... um detetive.

– Antes de começar a investigar, tem que ter algo pra ser investigado – disse Mabel.

– Nem sempre detetives investigam coisas – disse Jimmy, muito confiante. – Se eu não pudesse ser de qualquer outro tipo, seria um detetive frustrado. Você poderia ser um bom detetive e se divertir muito. Por que não faz isso?

– É exatamente o que vou fazer – disse Gerald. – Vamos até a delegacia de polícia ver que crimes eles têm pra serem investigados.

Então foram e leram sobre crimes no quadro de notícias da delegacia. Dois cachorros perdidos, uma carteira e uma pasta com papéis "de nenhum valor, exceto para o proprietário". Além disso, o Sítio Houghton tinha sido assaltado e a prataria, roubada. "Está sendo oferecida uma

– O que é isso? – o policial perguntou imediatamente.

boa recompensa para quem tiver qualquer informação que possa ajudar na recuperação dos bens desaparecidos".

– Esse assalto será minha ocupação – disse Gerald. – Vou investigar isso.

– Lá vem o Johnson, vai sair pra folga dele. Perguntem sobre o assalto. *O terrível detetive, estando invisível, não podia sondar o policial, mas o jovem irmão do nosso herói fez as perguntas de maneira bastante digna.* Seja digno, Jimmy.

Jimmy cumprimentou o policial:

– Olá, Johnson!

E Johnson respondeu:

– Olá, jovem amiguinho!

– Amiguinho é você! – disse Jimmy, firme, mas sem mágoa.

– O que estão fazendo a esta hora da noite? – perguntou, alegre, o policial. – Todos os passarinhos já foram pros seus pequenos ninhos.

– Estávamos na quermesse – disse Kathleen. – Tinha um mágico lá. Queria que você tivesse visto.

– Ouvi falar – disse Johnson. – Tudo enganação. Rapidez nos olhos engana a mente.

Assim é a fama. Pra se consolar, Gerald, de pé sobre a sombra do policial, fez tilintarem as moedas soltas em seu bolso.

– O que é isso? – Johnson perguntou imediatamente.

– Nosso dinheiro tilintando – respondeu Jimmy, falando a mais pura verdade.

– É bom ser algumas pessoas – Johnson comentou. – Quem me dera eu tivesse o bolso cheio pra poder tilintar moedas.

– Ora, por que não tem? – perguntou Mabel. – Por que não consegue aquela boa recompensa?

– Vou dizer por que não. Porque, neste reino de liberdade que é este país, você não pode prender um indivíduo por suspeita, mesmo estando careca de saber que ele fez o serviço.

– Que pena! – disse Jimmy, com simpatia. – E quem você acha que fez isso?

– Não acho... sei. A voz de Johnson soou tão pesada quanto suas botas. – É um homem conhecido pela polícia por causa de um montão de crimes que cometeu, mas nunca pudemos trazê-lo "pra casa". Ainda não conseguimos provas suficientes pra pegá-lo.

– Bem – disse Jimmy –, quando terminar meus estudos, vou ser seu aprendiz, e depois virar um bom detetive. Neste momento, acho que é melhor irmos pra casa e descobrir o que temos pra jantar. Boa noite!

Observaram o corpo alto do policial desaparecendo pela porta vaivém da delegacia e, quando ficou tudo em silêncio de novo, escutaram a voz de Gerald reclamar rudemente.

– Vocês não têm mais cérebro que um bolinho de meio centavo – disse. – Nenhum detalhe sobre como e quando a prataria foi roubada!

– Mas ele disse que sabia – Jimmy argumentou.

– Sim, foi tudo o que conseguiu dele. Uma ideia tola de um policial tolo. Vá pra casa e descubra seu precioso jantar! É só pra isso que você serve.

– Como você vai jantar? – Mabel perguntou.

– Bolinhos! – disse Gerald. – Bolinhos de meio centavo. Vão me lembrar dos meus queridos irmãozinhos. Talvez vocês tenham inteligência suficiente pra comprar bolinhos. Não posso entrar numa loja neste estado.

– Não seja tão desagradável – disse Mabel, com determinação. – Fizemos o melhor que podíamos. Se eu fosse a Cathy, você ia esperar sentado pelos seus bolinhos nojentos.

– Se você fosse a Cathy, *o valente jovem detetive teria saído de casa há muito tempo. É melhor o porão de um navio a vapor cheio de mendigos do que a melhor mansão familiar com uma irmã maluca dentro* – disse Gerald. – Você é meio intrusa aqui, minha amável donzela. Jimmy e Cathy sabem muito bem quando seu corajoso líder está irritado ou não.

– Não. Quando não podemos ver seu rosto, não sabemos – disse Cathy, com um tom de alívio. – Realmente, achei que você estava tendo um ataque de raiva, e o Jimmy também achou, não foi?

– Oh, tolice! – disse Gerald. – Vamos lá! Em direção à padaria.

Foram. E enquanto Cathy e Jimmy estavam dentro da loja e os outros observavam as tortas de geleia, e os rocamboles suíços, e os bolos ingleses, e os tradicionais brioches sobre o leve tecido amarelo de algodão da vitrine, Gerald discursou no ouvido de Mabel sobre os planos e as esperanças de alguém que está iniciando uma carreira de detetive.

– Vou manter os olhos abertos esta noite, posso garantir – começou. – Vou manter meus olhos bem arregalados, isso é certo. *O invisível detetive pode não só descobrir tudo sobre a carteira e a prataria, como também investigar algum crime que ainda nem foi cometido.* E vou andar por aí até encontrar pessoas suspeitas deixando a cidade, segui-las discretamente, pegá-las com a "boca na botija", com as mãos cheias de joias de valor inestimável, e entregá-las pra polícia.

– Oh! – gritou Mabel, tão estridente e bruscamente que Gerald acordou do sonho pra mostrar sua solidariedade.

– Dor? – falou, bem amavelmente. – As maçãs... elas estavam um pouco duras.

– Oh, não é isso – disse Mabel, séria. – Que horrível! Nunca pensei nisso antes.

– Nunca pensou em quê? – Gerald perguntou, já impaciente.

– A janela.

– Que janela?

— *Tenho que ir pra casa... agora... neste minuto.*

— A janela do cômodo com painéis. Em casa, você sabe... no castelo. Isso muda tudo. Nós deixamos a janela aberta, e também as persianas, e todas aquelas joias e coisas lá. Titia nunca entra naquele cômodo, nunca. Isso muda tudo: tenho que ir pra casa... agora... neste minuto.

Os outros saíram da loja carregando sacos com bolinhos, e a situação foi explicada pra eles rapidamente.

— Como veem, tenho que ir — finalizou Mabel.

Kathleen concordou que tinha mesmo, mas Jimmy falou que não sabia o que isso iria adiantar:

— Porque, de qualquer forma, a chave está do lado de dentro da porta.

— Titia vai ficar furiosa — disse Mabel, tristemente. — Vai ter que pedir aos jardineiros pra buscarem uma escada e...

— Viva! — disse Gerald. — *Mais nobre e mais secreto que jardineiros ou escadas era o invisível Jerry.* Vou subir até a janela... É só hera, sei que consigo... e fechar a janela e as persianas, para que todos fiquem felizes. Vou pôr a chave de volta no prego, e sair pelos fundos, sem ser notado, ziguezagueando no labirinto dos muros adormecidos. Vai dar tempo de sobra. Imagino que assaltantes não vão começar seu trabalho cruel antes que seja tarde da noite.

– Não vai ter medo? – Mabel perguntou. – Será que é seguro? E se te pegarem?

– Seguro como um cofre-forte. Não vão me pegar. – Gerald respondeu, estranhando que a pergunta tenha partido de Mabel e não de Kathleen, pois ela é que tinha a mania de exagerar de forma meio irritante sobre os perigos e a loucura das aventuras.

Mas tudo que Kathleen disse foi:

– Bem, até logo! Vamos visitá-la amanhã, Mabel no Templo Floral, às dez e meia. Espero que você não se meta em uma briga terrível por causa da senhora do automóvel.

– Agora vamos investigar nosso jantar – disse Jimmy.

– Certo – falou Gerald, meio magoado. – É difícil entrar numa aventura como essa e ver o interesse solidário de anos morrer assim.

Gerald sentiu que deveria, numa hora como essa, ser o centro do interesse. E não era. Os irmãos podiam até mesmo pensar em comida. Ora, tudo bem. Ele não se importava! E falou, muito sério:

– Deixem a janela da despensa aberta, pra que eu possa entrar por ela quando tiver acabado minha investigação. Venha, Mabel – pegou a mão da menina e acrescentou, como uma feliz lembrança meio tardia: – Quero os bolinhos assim mesmo.

Agarrou bruscamente um dos sacos e entregou pra Mabel. O som de quatro botas ecoou na calçada da High Street, enquanto o vulto de Mabel, correndo, ficava cada vez menor com a distância.

Mademoiselle estava na sala de visitas, sentada perto da janela, lendo cartas à luz do crepúsculo.

– Ah, *vous voici!*[16] – disse, de forma que não dava pra entender. – Estão atrasados de novo. E o meu pequeno Gerald, onde está?

Foi um momento terrível. O esquema de detetive de Jimmy não tinha previsto uma resposta pra essa pergunta inevitável. O silêncio reinou até ser quebrado por ele mesmo:

---

[16] Aqui estão vocês! (em francês no original). (N.T.)

– Disse que ia pra cama porque estava com dor de cabeça. – E isso, claro, era verdade.

– Pobre Gerald! – disse Mademoiselle. – Isso quer dizer que devo subir com um prato de sopa pra ele?

– Ele nunca come quando tem uma dessas dores de cabeça – Kathleen falou. E isso também era verdade.

Jimmy e Kathleen foram pra cama completamente tranquilos, sem nenhuma ansiedade a respeito do irmão, e Mademoiselle terminou de ler o maço de cartas em meio ao que sobrou do jantar.

– É formidável estar fora de casa tarde assim – disse Gerald, no agradável crepúsculo do verão.

– Sim – falou Mabel, uma pessoa aparentemente solitária arrastando-se pela rua. – Tomara que titia não fique furiosa.

– Coma outro bolinho – sugeriu Gerald gentilmente; e mastigadas barulhentas se seguiram.

Foi a própria tia que abriu, para uma Mabel muito pálida e trêmula, a porta de entrada dos aposentos dos criados do castelo Yalding Towers. Primeiro, olhou sobre a cabeça de Mabel, como se estivesse procurando alguém mais alto. Depois, ouviu uma voz muito baixinha:

– Tia!

A mulher deu um pulo pra trás, depois um passo pra frente, em direção a Mabel.

– Sua garota maldosa! Maldosa! – gritou, brava. – Como pôde me dar esse susto?! Minha vontade é deixá-la de castigo por uma semana por causa disso, senhorita. Oh, Mabel, agradeço aos céus por você estar bem.

E os braços da tia envolveram Mabel, e os de Mabel envolveram a tia, num abraço diferente de todos os que já tinham dado até então.

– Mas você nem parecia estar ligando, hoje de manhã – disse Mabel, quando percebeu que sua tia realmente tinha ficado aflita e que realmente ficou feliz por tê-la em casa, a salvo, novamente.

– Como sabe?

– Eu estava lá, ouvindo. Não fique com raiva, titia.

– Sinto como se nunca pudesse ficar com raiva de você de novo, agora que a tenho aqui, a salvo – falou a tia. Mabel ficou surpresa:

– Mas como foi isso? – perguntou.

– Minha querida – disse a tia, emocionada –, fiquei num estado de transe. Acho que só posso estar ficando doente. Sempre gostei de você, mas não queria mimá-la. Mas ontem, por volta das três e meia, estava falando sobre você com o Sr. Lewson, na quermesse, e de repente senti como se você não tivesse importância pra mim. E senti o mesmo quando li a sua carta e quando aquelas crianças vieram. Mas hoje, no meio do chá, eu simplesmente acordei e percebi que você tinha ido embora. Foi horrível! Acho que só posso estar ficando doente. Oh, Mabel, por que fez isso?

– Foi... uma brincadeira – disse Mabel, em voz baixa. E então as duas entraram e a porta foi fechada.

– Isso está estranho demais – disse Gerald, do lado de fora. – Está me parecendo que tem mais encantamento por aqui. Não me sinto como se já tivesse visto tudo, de maneira alguma. Tem mais coisas nesse castelo do que podem ver os nossos olhos.

Certamente tinha. Pois esse castelo havia sido... Mas, espere, não seria justo com o Gerald contar a você mais do que ele sabia naquela noite em que andou, sozinho e invisível, pelos jardins grandes e sombrios, para procurar a janela aberta do cômodo com painéis. Naquela noite, ele não sabia mais do que o que contei até agora; mas enquanto atravessava os gramados molhados de orvalho e os conjuntos de arbustos e árvores, onde poças pareciam espelhos gigantes refletindo as estrelas tranquilas, e os braços e pernas das estátuas brilhavam contrastando com as sombras, Gerald começou a se sentir... bem, entusiasmado não, nem surpreso, nem ansioso, mas... diferente.

A aventura da Princesa invisível surpreendeu, a aventura da mágica entusiasmou, e a súbita decisão de ser detetive trouxe suas próprias ansiedades. Mas todos esses acontecimentos, embora maravilhosos e raros, pareceram estar, depois de tudo, dentro de um círculo de coisas possíveis. Como experiências químicas nas quais dois líquidos, misturados, produzem fogo: surpreendentes como truques de mágica, emocionantes como a apresentação de um malabarista, mas nada além disso.

Só agora, enquanto andava pelos jardins, um novo sentimento veio até Gerald. Durante o dia, aqueles jardins eram como sonho; à noite, eram como visões. Jerry não podia ver seus pés enquanto caminhava, mas via o movimento das lâminas de grama molhadas pelo orvalho que seus pés deslocavam.

E tinha aquele sentimento tão difícil de descrever, e ao mesmo tempo tão irreal e tão inesquecível... Sentia que estava em um outro mundo, que tinha coberto e escondido o mundo velho, como um tapete cobre o chão. O chão estava lá, direitinho, mas ele pisava era no tapete... e aquele tapete estava cheio de encantamento, como a relva estava cheia de orvalho.

O sentimento era realmente maravilhoso. Talvez você o experimente um dia. Ainda existem alguns lugares no mundo onde podemos senti-lo, mas estão desaparecendo a cada ano.

O encantamento do jardim tomou conta do garoto.

– Ainda não vou entrar – falou pra si mesmo –, está cedo demais. E talvez eu nunca mais esteja aqui à noite de novo. Acho que é a noite que faz tudo parecer tão diferente.

Alguma coisa branca se moveu embaixo de um salgueiro chorão: eram mãos brancas que afastavam as longas e ruidosas folhas. Um ser branco apareceu, uma criatura com chifres e pernas de bode e cabeça e braços de menino. Gerald não teve medo. Aquilo era a coisa mais maravilhosa de todas.

A coisa branca alongou os braços e as pernas, rolou na grama, se endireitou e, num pulo, foi embora pelo gramado. Alguma coisa branca ainda brilhava debaixo do salgueiro; três passos mais perto, Gerald viu que era o pedestal de uma estátua... vazio.

– Elas ganham vida! – ele exclamou. E outra forma branca saiu do Templo de Flora e desapareceu entre as árvores.

– As estátuas ganham vida!

Gerald ouviu o ruído de pedrinhas do cascalho do caminho sendo esmigalhadas. Alguma coisa imensamente longa, de uma cor cinza muito escura, veio rastejando em sua direção, lentamente, pesadamente. A Lua apareceu bem a tempo de mostrar o formato da criatura.

Era um daqueles lagartos enormes que você pode ver no Crystal Palace,[17] feitos de pedra, do mesmo tamanho horripilante que tinham há milhões de anos, quando eram donos do mundo, antes do homem.

---

[17] Grande palácio de cristal e ferro construído em um parque de Londres (Hyde Park) para sediar a Grande Exposição de 1851, a primeira mostra internacional da indústria. Após o evento, foi transferido para outro parque, no sul de Londres. Um incêndio o destruiu em 1936. (N.T.)

A besta de pedra em movimento.

– Ele não pode me ver – disse o garoto. – Não estou com medo. Ele ganha vida também!

Quando a coisa se contorceu e passou por ele, Gerald esticou uma das mãos e tocou um lado da cauda gigantesca. Era de pedra. Não tinha "ganhado vida" da forma que tinha imaginado, mas estava vivo dentro da pedra. Com o toque em sua cauda, a coisa se virou; mas o garoto também tinha se virado e estava correndo, em toda a velocidade possível, em direção à casa. Porque, com aquele toque na pedra, o medo entrou no jardim e quase o capturou. Era do medo que estava correndo, e não da besta de pedra em movimento.

Ficou parado, ofegante, debaixo da quinta janela. Quando tinha subido até o parapeito pela hera retorcida que se prendia à parede, olhou pra trás, sobre a encosta cinza; ouviu uma pancada na água do lago, que refletia as estrelas. A grande besta de pedra estava chafurdando no banco de areia da beira do lago, entre as flores de lótus.

Já dentro do cômodo, Gerald se virou pra mais uma olhada. O lago estava lá, parado e escuro, refletindo a Lua. Através de uma brecha no salgueiro pendente, a luz da Lua caía sobre uma estátua, que permanecia tranquila e imóvel sobre seu pedestal. Tudo no jardim estava em seu lugar, agora. Nada se movia.

– Esquisito demais! – disse Gerald. – Jamais imaginaria que é possível dormir andando em um jardim e sonhar... desse jeito.

Fechou a janela, acendeu um fósforo e fechou as persianas. Outro fósforo lhe mostrou a porta. Virou a chave, saiu, trancou a porta de novo, pendurou a chave no prego de costume e se arrastou até o final da passagem. Ali esperou, seguro em sua invisibilidade, que seus olhos não estivessem mais ofuscados pelos fósforos e que pudesse encontrar seu caminho com a ajuda da luz da Lua, que formava manchas claras no chão, através das janelas com grades e sem persianas do *hall*.

"Onde será a cozinha?", pensou Gerald. Tinha até esquecido que era um detetive. Estava apenas ansioso pra chegar em casa e contar aos outros sobre o sonho extraordinariamente estranho que tinha tido nos jardins. "Imagino que não faz diferença qual porta eu abrir. Ainda estou invisível, não é? Sim, não posso ver minha mão diante do meu rosto", pensou. E levantou a mão pra ter certeza. "Vamos lá!"

Abriu muitas portas, percorreu cômodos longos, com móveis cobertos por linho holandês, que pareciam brancos naquela iluminação

Os homens estavam tirando coisas de prata de duas arcas.

diferente, cômodos com lustres envoltos por sacos e pendurados em tetos altos, cômodos com paredes cheias de quadros, cômodos com paredes cobertas por fileiras e mais fileiras de livros antigos, quartos requintados com camas de quatro colunas, uma em cada canto, e plumas grandes, onde, sem dúvida, a Rainha Elizabeth tinha dormido. (A propósito, aquela Rainha deve ter ficado muito pouco em casa, pois parece que dormiu em todas as casas antigas da Inglaterra.)

Mas não achou a cozinha. Finalmente, uma porta dava para degraus de pedra, que iam pra cima... pra um corredor estreito de pedra... degraus que iam pra baixo... pra uma porta com luz debaixo. Era, de alguma forma, difícil esticar a mão até a porta e abri-la.

– Besteira! – falou consigo mesmo. – Não seja bobo! Você está ou não invisível?

Então, o garoto abriu a porta, e, de repente, alguém lá dentro rosnou alguma coisa.

Gerald recuou, se encostou contra a parede, enquanto um homem moveu-se rapidamente até o vão da porta e piscou uma lanterna em direção ao corredor.

– Tudo bem – disse o homem, com um quase soluço de alívio. – Foi só a porta que se abriu... foi só isso.

– Bata essa porta! – rosnou outra voz. – Dessa vez, cheguei a pensar que era um belo de um tira.

Fecharam a porta novamente. Gerald não se importou. Na verdade, preferiu assim. Não tinha gostado da aparência daqueles homens. Tinham um ar de ameaça. Na presença deles, até a invisibilidade parecia um disfarce muito fraco. E Gerald já tinha visto tudo o que queria. Estava certo em relação à gangue. Por pura sorte (sorte de principiante, um jogador de cartas teria dito), tinha descoberto um assalto na primeira noite da sua carreira de detetive. Os homens tiravam coisas de prata de duas arcas, enrolando-as em retalhos de pano e guardando em sacos de tecido grosso. A porta do cômodo era de ferro e tinha uns quinze centímetros de espessura. Ali era, na verdade, a caixa-forte do castelo, e esses homens tinham arrombado a fechadura. As ferramentas que tinham usado estavam no chão, sobre um pano limpo, exatamente como os entalhadores de madeira guardam seus instrumentos.

– Rápido! – Gerald escutou. – Não precisa gastar a noite inteira com isso.

A prata fez alguns ruídos.

– Você está chacoalhando as bandejas como castanholas barulhentas – disse o que tinha a voz mais rude.

Gerald se virou e foi embora muito cuidadosamente, mas bem rapidamente também. E uma coisa muito interessante é que, embora não tenha encontrado o caminho para a ala dos criados, quando era só isso que ocupava sua mente, agora, com a mente cheia, por assim dizer, de garfos e taças de prata, além da questão sobre quem poderia estar vindo atrás dele naquelas passagens cheias de curvas, foi direto como uma flecha à porta que levava do *hall* ao lugar onde queria chegar.

Enquanto andava, os acontecimentos viravam palavras na sua cabeça.

"*O sortudo detetive*", disse pra si mesmo, "*tendo obtido sucesso muito além do que sonhava, deixou o local em busca de ajuda*".

Mas que ajuda? Havia, sem dúvida, homens na casa, além da tia de Mabel, mas ele não podia avisá-los. Estava desesperadamente invisível para tratar de qualquer assunto importante com estranhos. A ajuda de Mabel não seria de grande valor. A polícia? Antes que fosse informada – e informá-la não seria fácil – os assaltantes já teriam partido com seus sacos cheios de prataria.

Gerald parou e, pra pensar melhor, segurou a cabeça com as duas mãos. Você sabe como: do jeito que você faz, às vezes, pra resolver equações ou lembrar datas históricas.

Depois, com lápis, bloco de notas, um parapeito de janela e toda a habilidade que pôde encontrar no momento, escreveu:

"Você conhece o cômodo onde fica a prata. Assaltantes estão roubando tudo; a porta grossa está arrombada. Mande um homem avisar a polícia. Vou seguir os assaltantes, se fugirem antes da polícia chegar ao local."

Hesitou por um momento, e terminou...

"De um amigo... Isto não é uma tapeação."

Essa carta, firmemente amarrada a uma pedra com um cadarço de sapato, invadiu a janela do cômodo onde Mabel e sua tia, no entusiasmo do reencontro, estavam apreciando uma refeição de raro charme: ameixas cozidas, creme, pão de ló, manjar em taças e um tradicional pudim inglês gelado.

Gerald, em sua faminta invisibilidade, olhou com desejo para a comida antes de jogar a pedra. Esperou até que os gritos e risadas se calassem, viu a pedra ser apanhada e o aviso ser lido.

– Bobagem! – disse a tia, já mais calma. – Que maldade! Claro que isso é brincadeira.

– Oh, mande mesmo chamar a polícia, como ele diz – gemeu Mabel.

– Ele quem? – falou a tia, bruscamente.

– Seja lá quem for – Mabel murmurou.

– Mande chamar a polícia imediatamente – disse Gerald, do lado de fora, com a voz mais forte que pôde encontrar. – Você vai se culpar muito se não fizer isso. Não posso fazer mais nada por você.

– Vou soltar os cachorros pra te pegarem!

– Oh, titia, não! – Mabel estava tão agitada que parecia estar dançando. – É verdade... Sei que é verdade. Acorde... acorde o Bates, por favor!

– Não acredito em nenhuma dessas palavras – disse a tia.

E menos ainda acreditou Bates quando, por causa das preocupações persistentes de Mabel, foi acordado. Mas quando viu o papel e precisou escolher entre ir até a caixa-forte ver se realmente não havia nada pra acreditar ou pegar sua bicicleta e ir à delegacia de polícia, escolheu a segunda opção.

Quando a polícia chegou, a porta da caixa-forte estava entreaberta e a prataria, ou o tanto dela que os três homens tinham conseguido carregar, tinha desaparecido.

Mais tarde, naquela noite, o bloco de notas e o lápis de Gerald entraram novamente em ação. Eram mais de cinco horas da manhã quando o garoto se arrastou até a cama, exausto e gelado.

– Senhor Gerald! – era a voz de Eliza em seus ouvidos. – São sete horas e outro dia bonito, e aconteceu outro assalto... Oh, céus! – gritou, enquanto levantava a persiana e se virava em direção à cama:

– Vejam essa cama! Toda suja de preto, e sem ele! Oh, céus!

Dessa vez, foi um grito estridente. Kathleen veio do seu quarto correndo. Jimmy se sentou na cama e esfregou os olhos.

– O que está acontecendo? – Kathleen gritou.

– Não sei quando tive um susto como esse! – Eliza se sentou pesadamente sobre uma caixa enquanto falava. – Primeiro, a cama dele está vazia e preta como carvão, e ele não está lá; aí, quando olho de novo, lá está ele, o tempo todo. Eu só posso estar ficando maluca. Foi a mesma coisa que pensei quando ouvi aquelas vozes de anjo me assombrando ontem de manhã. Mas vou contar pra Mademoiselle sobre você, meu rapaz, e sobre seus truques, pode acreditar nisso. Pintando seu corpo de preto e sujando completamente seus lençóis e suas fronhas. Tudo tão limpo! Está indo longe demais, é isso!

– Olhe aqui – disse Gerald, lentamente –, vou te falar uma coisa.

Eliza apenas bufou. E isso foi rude da parte dela; mas, afinal, tinha levado um susto e ainda não tinha se recuperado.

– Consegue guardar um segredo? – perguntou Gerald, muito sério, enquanto esfregava as mãos e o rosto, tentando tirar o piche.

– Sim – disse Eliza.

– Então guarde este e eu te darei algum dinheiro.
– Mas o que ia me contar?
– Isso. Sobre o dinheiro e o segredo. E você fica de boca fechada.
– Eu não deveria pegar esse dinheiro – disse Eliza, estendendo a mão, ansiosamente. – Agora, levante-se e trate de lavar todos os cantinhos, senhor Gerald.
– Oh, estou tão feliz por você estar bem! – disse Kathleen, depois que Eliza saiu.
– Não parecia se importar muito ontem à noite – disse Gerald, friamente.
– Não sei como deixei você ir. Não me importei ontem à noite. Mas quando acordei hoje de manhã... e me lembrei...
– Pronto, já chega – falou Gerald, entre os abraços desajeitados da irmã.
– Como você ficou visível? – Jimmy perguntou.
– Apenas aconteceu: quando ela me chamou... o anel saiu.
– Conte tudo – disse Kathleen.
– Ainda não – disse Gerald, com tom de mistério.
– Onde está o anel? – Jimmy quis saber depois do café da manhã. – Quero fazer uma tentativa agora.
– Eu... eu me esqueci dele – disse Gerald. – Espero que esteja em algum lugar da cama.
Mas não estava. Eliza tinha arrumado a cama.
– Posso jurar que não tem anel lá – ela disse. – Eu teria visto.

CAPÍTULO 5

Depois que ficou provado que não adiantava mais procurar, quando todos os cantos do quarto tinham sido examinados e o anel não tinha sido encontrado, disse Gerald:

— O nobre herói detetive da nossa história comentou que tinha coisas mais importantes e mais urgentes pra fazer[18] e se vocês querem saber sobre a noite passada...

— Vamos esperar até nos encontrarmos com a Mabel – falou Kathleen heroicamente.

— O encontro é às dez e meia, não é? Por que Gerald não pode tagarelar enquanto andamos? Afinal de contas, acho que não aconteceram muitas coisas. – este, claro, era o Jimmy.

---

[18] A autora usou aqui a expressão idiomática inglesa *have other fish to fry* (ter outros peixes para fritar), que significa exatamente "ter coisas mais importantes e mais urgentes para fazer". (N.T.)

– Isso mostra – observou Gerald, docemente – o quanto você não sabe. A triste Mabel vai esperar em vão o encontro marcado, se depender deste garoto – e cantarolou: – "Peixes, peixes, outros peixes... outros peixes eu frito!" – com a melodia de Cherry Ripe,[19] até Kathleen querer lhe dar um belo beliscão.

Jimmy se afastou, friamente, dizendo:
– Quando tiver acabado...
Mas Gerald continuou:

> – Onde os lábios do Johnson sorriem,
> Esta é a terra da pequena Ilha Cereja.
> Outros peixes, outros peixes,
> Peixes eu frito.
> Respeitável Johnson, venha e compre![20]

– Como consegue – perguntou Kathleen – ser tão irritante?
– Não sei – disse Gerald, voltando à prosa.
– Sono ou intoxicação... pelo sucesso, claro. Venha até onde ninguém pode nos ouvir.

> – Oh, venha para uma ilha onde ninguém pode
> nos ouvir.
> E cuidado com o buraco da fechadura que está
> grudado em um ouvido,

sussurrou, e abriu a porta bruscamente. E lá, sem dúvida, estava Eliza, com o ouvido grudado na fechadura. Imediatamente, a criada passou o espanador na parede, mas o disfarce não convenceu ninguém.
– Você é muito bisbilhoteira – disse Jimmy, sério.

---

[19] *Cherry Ripe* (Cereja Madura) é um poema de amor escrito pelo inglês Robert Herrick (1591-1694). Gerald adaptou o primeiro verso *Cherry-ripe, ripe, ripe, I cry* (Cereja madura, madura, madura, eu choro) de acordo com a expressão idiomática. (N.T.)

[20] O texto original é: Onde os lábios da minha Júlia sorriem / Lá é a terra, ou Ilha Cereja / Cujas plantações mostram claramente / Durante o ano inteiro, onde as cerejas amadurecem. (Where my Julia's lips do smile; /There's the land, or Cherry Isle, / Whose plantations fully show / All the year where cherries grow.) (N.T.)

– Eu não, não sei de nada! – disse Eliza, com as orelhas muito vermelhas.

Os três irmãos saíram, subiram a High Street, sentaram-se no muro do pátio da igreja e relaxaram as pernas. Durante todo o caminho, os lábios de Gerald tinham ficado fechados, formando uma linha fina, mas firme.

– Ora! – falou Kathleen. – Oh, Jerry, não seja imaturo! Estou realmente morrendo de curiosidade pra ouvir o que aconteceu.

– Assim é melhor – disse Gerald, e contou sua história.

Enquanto contava, parte do mistério branco e da mágica dos jardins iluminados pela Lua se incorporou à sua voz e às suas palavras, de modo que quando ele falou das estátuas que ganhavam vida e da grande besta viva dentro da pedra, Kathleen teve um calafrio e agarrou os braços de Gerald. Até mesmo Jimmy parou de chutar o muro com os saltos das botas e ouviu, de boca aberta.

Depois veio a emocionante história dos assaltantes e do bilhete de aviso, que foi fazer companhia a Mabel, sua tia e o tradicional pudim inglês. Gerald contava tudo com o maior entusiasmo e com tanta riqueza de detalhes que o relógio da igreja badalou onze e meia quando ele disse:

– *Tendo feito tudo que um humano pode fazer, e sem esperanças de ajuda maior, nosso admirável jovem detetive...* Oh, olá, aqui está Mabel!

Lá estava ela. Saltou da parte de trás de uma carroça e quase caiu sobre os pés dos amigos.

– Não pude esperar mais – explicou. – Vocês não apareceram, aí consegui uma carona. Aconteceu mais alguma coisa? Os assaltantes já tinham ido embora quando Bates chegou ao cofre-forte.

– Quer dizer que essa conversa fiada toda é verdade? – Jimmy perguntou.

– Claro que é verdade – disse Kathleen. – Continue, Jerry. Ele tinha acabado de começar a falar da hora em que jogou a pedra no pudim de vocês, Mabel. Continue.

Mabel se sentou no muro.

– Você ficou visível novamente mais depressa que eu – disse.

Gerald concordou, com um movimento de cabeça, e continuou:

– Quanto menos palavras nossa história tiver, melhor, já que vão *"fritar os peixes"* ao meio-dia. *Tendo deixado uma missiva para executar o trabalho de avisar, Gerald Sherlock Holmes correu de volta, enrolado em invisibilidade, ao local onde, com a luz extremamente fraca de suas lanternas, os assaltantes estavam ainda... ainda roubando com extrema pontualidade e rapidez.* Não achei que devia correr perigo, então apenas esperei do lado de fora da passagem onde ficam os degraus... entendeu?

Mabel concordou com um movimento de cabeça.

– Então, saíram, muito cuidadosamente, claro, e olharam para todos os lados. Não me viram... Aí, achando que não estavam sendo observados, atravessaram a passagem, silenciosos, em fila indiana... um dos sacos de prataria trombou em mim... e saíram pela noite.

– Mas em que direção?

– Pelo pequeno cômodo do espelho onde você se olhou quando estava invisível. *O herói seguiu rapidamente, com seu invisível par de tênis. Os três bandidos procuraram abrigo nos bosques e passaram furtivamente entre as azaleias, atravessaram o parque, e...* – baixou a voz e olhou fixamente pra frente, onde a trepadeira cor-de-rosa cobria partes de um monte de pedras do outro lado da cortina de poeira branca na estrada – *as coisas de pedra que ganham vida ficaram olhando pra fora, por entre os arbustos e debaixo das árvores...* e vi tudo perfeitamente, mas elas não podiam me ver. Viram os assaltantes, e muito bem; mas os assaltantes não podiam vê-las. Sinistro, hein?

– Coisas de pedra? – Tiveram que explicar pra ela.

– Nunca vi isso acontecer – disse. – E estive nos jardins à noite muitas e muitas vezes.

– Eu vi – falou Gerald, com firmeza.

– Eu sei, eu sei – Mabel falou logo, pra não ficar mal com ele. – O que quis dizer é que talvez elas só sejam visíveis quando estamos invisíveis... a vida delas, não a característica de ser pedra.

Gerald entendeu, e espero que você também.

– Não devo me perguntar se está certa. O jardim do castelo é suficientemente encantado, mas o que eu gostaria de saber é como e por quê. Ora, vamos, tenho que pegar o Johnson antes do meio-dia. Vamos andar até o mercado e depois vamos ter de correr.

– Mas continue a contar a aventura – disse Mabel. – Pode falar enquanto caminhamos. Oh, por favor... está tão superemocionante!

Claro que isso agradou Gerald.

– Bem, só os segui... vocês sabem, como num sonho... e eles saíram pelo caminho da caverna... aquele por onde entramos... e eu realmente

Johnson no quintal de casa, lavando o rosto e as mãos.

pensei que tinha perdido os bandidos de vista. Tive de esperar até que entrassem na estrada, para que não me ouvissem pisar no cascalho, e tive que correr para alcançá-los. Tirei meus sapatos... acho que minhas meias vão para o lixo. E segui, e segui, e segui, e eles atravessaram o lugar onde os pobres moram, e desceram direto pro rio. E... é agora, temos de correr.

Então a história parou e a corrida começou.

Encontraram Johnson no quintal de sua casa, lavando o rosto e as mãos com a água de uma bacia funda, sobre um banco. Ele estava de costas pra porta dos fundos.

— Veja só, Johnson — disse Gerald —, o que vai me dar se eu te ajudar a ganhar aquele dinheiro da recompensa?

– Metade do dinheiro – disse Johnson, sem vacilar. – E uma pancada na cabeça, se estiver fazendo hora com a minha cara.

– Não estou – falou Gerald, sério. – Se nos deixar entrar, posso te contar tudo. E quando tiver pegado os assaltantes e recuperado as coisas roubadas, quero apenas uma moeda, pra me dar sorte. Não vou pedir mais que isso.

– Então, entrem – disse Johnson –, se as jovens senhoritas não se incomodarem com minha toalha. Mas aposto que quer algo mais de mim. Senão, por que não querer a recompensa pra você?

– Grande é a sabedoria do Johnson... fala palavras impressionantes.

As crianças já estavam todas dentro da casa e a porta, fechada.

– Eu quero que você nunca diga quem te contou. Deixe todos pensarem que foi sua própria coragem e esperteza, sem a ajuda de qualquer outra pessoa.

– Sentem-se – disse Johnson. – E se estiver brincando, é melhor mandar as garotinhas pra casa, antes que eu comece a te bater.

– Não estou brincando – respondeu Gerald, confiante. – E qualquer um, exceto um policial, veria por que não quero que saibam que fui eu. Descobri tudo tarde da noite, em um lugar onde eu não deveria estar. Haveria uma briga muito desagradável se lá em casa ficassem sabendo que eu estive fora quase a noite inteira. Agora você entende, meu caro policial?

Nesse momento, Johnson estava "interessado demais", como disse Jimmy mais tarde, para prestar atenção aos nomes tolos que Gerald usava pra chamá-lo. Disse que entendia... e pediu pra Gerald explicar mais.

– Bem, então não faça perguntas. Vou te contar tudo o que deve saber. Por volta das onze horas da noite passada, eu estava nas Yalding Towers. Não... não interessa como cheguei ou o que fui fazer lá... e uma janela estava aberta. Entrei, e tinha uma luz. Era a caixa-forte, e tinha três homens pondo a prataria dentro de uns sacos.

– Foi você que avisou, e aí chamaram a polícia? – Johnson estava inclinado pra frente, ansioso, com as mãos nos joelhos.

– Sim, fui eu. Pode deixar que pensem que foi você, se quiser. Estava de folga, lembra?

– Estava – disse Johnson. – Estava nos braços de Morfeu... dormindo profundamente.

– Então, a polícia não chegou a tempo. Mas eu estava lá... um detetive solitário. E segui os bandidos.

– Seguiu?

– E vi esconderem tudo o que roubaram. Sei que as coisas do Houghton's Court também estão lá, e eles combinaram quando vão levar tudo embora.

– Venha e me mostre onde – disse Johnson, levantando-se tão depressa que a cadeira de balanço caiu pra trás, com um estrondo, sobre o chão de tijolos vermelhos.

– Não é assim – disse Gerald, calmamente –, se chegar ao lugar antes da hora marcada, vai encontrar a prata, mas nunca vai pegar os bandidos.

– Você está certo. – O policial pegou a cadeira e se sentou novamente.

– E então?

– Então, um carro vai encontrá-los naquela rua estreita atrás da casa de barcos de aluguel Sadler à uma hora da manhã. À uma e meia, eles vão tirar as coisas e levar tudo em um barco. Essa é a sua chance de encher o bolso de grana e se cobrir de honra e glória.

– Caramba! – Johnson estava pensativo e ainda duvidoso. – Caramba! Você não pode ter inventado tudo isso.

– Ah, sim, posso. Mas não inventei. Agora, olhe. É a chance da sua vida, Johnson! Uma moeda pra mim, uma boca calada pra você, e pronto. Concorda?

– Oh, concordo totalmente – disse Johnson. – Eu concordo, <u>mas</u> se for uma das suas travessuras...

– Não vê que não é? – interrompeu Kathleen, impaciente. – Ele não é um mentiroso... nenhum de nós é.

– Se não quiser, é só dizer – falou Gerald. – E vou encontrar outro policial mais sensato.

– Eu poderia contar que você passou a noite toda fora de casa – disse Johnson.

– Mas você não seria tão deselegante – disse Mabel, espertamente. – Não seja tão incrédulo, quando estamos tentando te dar uma grande chance.

– Se eu fosse você – Gerald aconselhou –, iria com dois outros homens até o lugar onde está a prataria. Você poderia armar uma pequena emboscada no depósito de madeira... é perto. E eu poria mais dois ou três homens nas árvores da rua pra esperar pelo carro.

– Você deveria trabalhar pra polícia, deveria mesmo – disse Johnson, com admiração. – Mas... e se foi um blefe?

– Bem, então você fará papel de bobo. Não acho que seria a primeira vez – falou Jimmy.

– Você topa? – disse Gerald, imediatamente. – Cale a boca, Jimmy, seu idiota!

– Sim – disse Johnson.

– Então, quando estiver trabalhando, vá até o depósito de madeira: o lugar exato é onde você me escutar assoando o nariz. Os sacos estão amarrados com corda às colunas debaixo d'água. Você só espia, com sua nobre beleza, e anota onde é o local. É onde o sucesso te aguarda. E quando a fama te fizer feliz, e você for um sargento, por favor, lembre-se de mim.

Johnson falou que Gerald era abençoado. Falou isso mais de uma vez, e depois disse que concordava com tudo, e acrescentou que tinha de sair naquele exato momento.

A casa de Johnson ficava na saída da cidade, depois da oficina do ferreiro, e as crianças tinham atravessado o bosque pra ir até lá. Foram embora pelo mesmo caminho, atravessaram a cidade e passaram pelas ruas estreitas e nojentas que levavam ao pátio usado no carregamento dos barcos, ao lado do depósito de madeira. Aí correram entre os troncos de árvores grandes, espiaram dentro da serraria: os homens tinham saído pra jantar, e aquele era o lugar pra brincar preferido por todos os garotos da região. Então, fizeram uma gangorra com madeira de pinheiro recém-cortada e muito cheirosa, e uma raiz de olmo.

– Que lugar legal! – disse Mabel, sem fôlego, em uma das pontas da gangorra. – Acho que gosto mais disso do que de jogos de fingimento ou até mesmo de mágica.

– Eu também – disse Jimmy. – Jerry, pare de fungar assim, vai ficar sem nariz.

– Não consigo – Gerald respondeu. – Não me atrevo a usar o lenço, pois tenho medo de Johnson estar observando, em algum lugar onde não podemos vê-lo. Queria ter pensado em um sinal diferente. "Sniff!" Não, não ia ser necessário, se não tivesse dado esse azar. No momento em que cheguei aqui e me lembrei do que tinha dito sobre o sinal, comecei a ficar resfriado... e... oh, que bom! Aqui está ele.

Com um leve ar de despreocupação, as crianças abandonaram a gangorra.

Gerald parou, no final de um pequeno cais.

– Sigam o líder! – Gerald gritou e correu ao longo de um tronco de carvalho sem casca. Os outros foram atrás. Pra dentro e pra fora, pra cá e pra lá, corria a fila de crianças, pulando montes de toras, passando por baixo de pontas salientes de pilhas de tábuas, e foi só quando as botas pesadas do policial pisaram o pátio de carregamento que Gerald parou, no final de um pequeno cais de tábuas podres, com um corrimão bambo. Então, gritou: "Pax"[21] e assoou o nariz com força e vontade.

– Saúde! – falou Jerry imediatamente.
– Saúde! – disse Johnson. – Pegou um resfriado, não é?
– Ah, eu não teria pegado um resfriado se tivesse botas como as suas – respondeu Gerald, admirado. – Olhem pra elas. Qualquer um

---

[21] Exclamação latina usada, principalmente por crianças, para pedir uma trégua ou a suspensão de uma atividade ou brincadeira. Significa "paz". (N.T.)

reconheceria seus fantásticos passos a quilômetros daqui. Como consegue chegar perto de alguém o suficiente pra prendê-lo?

Gerald pulou fora do cais e sussurrou, quando passou por Johnson:
– Coragem, rapidez e eficiência. O lugar é aqui.

E lá se foi o ativo líder de uma ativa procissão.

– Trouxemos uma amiga pra jantar – disse Kathleen, quando Eliza abriu a porta. – Onde está Mademoiselle?

– Foi até as Yalding Towers. Hoje é dia de show, vocês sabem. E andem logo com o jantar. É minha tarde de folga e meu noivo não gosta de esperar.

– Certo, comeremos como relâmpagos – Gerald prometeu. – Ponha mais um lugar. Trouxemos um anjo conosco.

Cumpriram a promessa. O jantar – carne de vitela moída, batatas e risoto, talvez a comida mais sem graça do mundo – acabou em quinze minutos.

– E agora – disse Mabel, quando Eliza e uma jarra de água quente desapareceram juntas, escada acima – onde está o anel? Devo guardá-lo de novo.

– Ainda não tive a minha vez – disse Jimmy. – Quando acharmos o anel, Cathy e eu teremos nossa vez, já que você e Gerald já tiveram.

– Quando acharem...? – o rosto pálido de Mabel ficou ainda mais pálido entre os cabelos escuros.

– Sinto muito... nós todos sentimos muito – começou Kathleen. E então a história da perda teve de ser contada.

– Vocês não devem ter procurado direito – Mabel protestou. – Ele não pode ter desaparecido.

– Você não imagina o que ele pode fazer... e nós, menos ainda. Não adianta ficar nervosa, bela dama. Talvez desaparecer seja tudo o que ele realmente faz. Olha só, caiu da minha mão, na cama. Procuramos em todos os lugares.

– Se importariam se eu procurasse? – os olhos de Mabel imploraram à sua anfitriã. – Veja, se está sumido, a culpa é minha. É quase a mesma coisa que roubar. Aquele Johnson diria que é exatamente a mesma coisa. Sei que diria.

– Vamos todos procurar novamente – Cathy falou, e se levantou, rapidamente. – Estávamos com certa pressa hoje de manhã.

Então procuraram, e procuraram. Na cama, debaixo da cama, debaixo do tapete, debaixo da mobília. Balançaram as cortinas, exploraram cada canto, e encontraram poeira e pedacinhos de linha, mas nada de anel. Procuraram, e procuraram. Em todos os lugares. Jimmy até olhou fixamente para o teto, como se o anel pudesse ter pulado e ficado agarrado lá. Mas não pulou.

– Então – disse Mabel –, depois disso, a criada de vocês deve ter roubado. É isso. Vou dizer a ela que é o que eu acho.

E teria feito isso, mas naquele momento a porta da frente bateu, e souberam que Eliza tinha ido, em toda a glória das suas melhores roupas e dos seus melhores acessórios, encontrar seu noivo.

– Não adianta – Mabel estava quase chorando. – Olha aqui... vocês me deixam procurar sozinha? Quem sabe, vocês procurando também, acabam me distraindo. Vou olhar em cada centímetro desse quarto, sozinha.

– *Respeitando a emoção de sua convidada, os compreensivos camaradas se retiraram* – disse Gerald. E, do lado de fora, fecharam a porta suavemente, para Mabel e a sua busca.

Esperaram por ela, claro... a boa educação pedia isso e, no mais, tinham de ficar em casa pra abrir a porta pra Mademoiselle; embora fosse um lindo dia e Jimmy tivesse acabado de se lembrar que os bolsos de Gerald estavam cheios de dinheiro ganho na quermesse, e que nada tinha sido comprado com ele ainda, a não ser alguns bolinhos que ele, Jimmy, não tinha comido. E, claro, esperaram impacientes.

Parecia uma hora, mas, na verdade, só se passaram dez minutos antes de ouvirem a porta do quarto sendo aberta e os passos de Mabel na escada.

– Ela não achou – disse Gerald.
– Como sabe? – perguntou Jimmy.
– Pelo jeito de andar dela – falou Gerald.

Realmente, quase sempre é possível saber se alguém achou uma coisa que foi procurar só de ouvir o som dos seus pés quando essa pessoa volta. Os pés de Mabel disseram "resultado negativo" tão claramente quanto diriam se pudessem falar. E seu rosto confirmou a triste notícia.

De repente, uma batida violenta na porta dos fundos impediu todos eles de serem bem-educados e dizerem o quanto estavam chateados por causa do anel, ou de serem sonhadores e dizerem que tinham certeza de que o anel ia aparecer logo.

Todos os criados, exceto Eliza, estavam fora, de férias. Então, as crianças foram juntas abrir a porta, pois – como Gerald disse – se fosse o padeiro, poderiam comprar um bolo e comer como sobremesa.

– Acho que aquele tipo de jantar pede uma sobremesa – ele falou.

Mas não era o padeiro. Quando abriram a porta, viram, no pátio de cimento (onde ficam a bomba de água, a lata de lixo e o barril usado pra coletar e guardar água da chuva), um homem jovem, o chapéu caído no chão, a boca aberta abaixo do bigode loiro ouriçado e olhos tão redondos quanto olhos humanos podem ser redondos. Usava um terno de cor mostarda brilhante, uma gravata azul e um relógio dourado de corrente preso no cinto. Seu corpo estava jogado pra trás e seus braços, estendidos na direção da porta. Sua expressão era a de uma pessoa que está sendo arrastada contra a vontade. Ele estava tão estranho que Kathleen tentou fechar-lhe a porta na cara, murmurando, "doido que fugiu do hospício". Mas a porta não fechou. Tinha alguma coisa impedindo.

– Me largue! – disse o jovem.

– Está bem! Vou te largar!

Era a voz de Eliza... mas não se via Eliza nenhuma.

– Quem está te segurando? – perguntou Kathleen.

– Ela, senhorita – respondeu o estranho, com tom de tristeza.

– Quem é ela? – perguntou Kathleen, para ganhar tempo, como explicou depois, pois agora sabia muito bem que o que estava segurando a porta aberta era o pé invisível de Eliza.

– Minha noiva, senhorita. Pelo menos, parece que é a voz dela, e os ossos parecem ser os dela, mas aconteceu alguma coisa comigo, senhorita, e eu não consigo vê-la.

– É o que ele fica falando – disse a voz de Eliza. – É o meu noivo; ele está maluco, ou sou eu que estou?

– Ambos, eu acho – falou Jimmy.

– Ora – disse Eliza –, você diz que é homem, olhe pra mim, nos meus olhos, e diga que não me vê.

– Bem... não vejo – disse o infeliz noivo.

– Se eu tivesse roubado um anel – falou Gerald, olhando pro céu – ficaria quieto dentro de casa, e não na porta dos fundos me exibindo.

Ele cambaleou pra trás e trombou no barril de água de chuva.

— Sem muita exibição, no caso dela — sussurrou Jimmy. — O velho e bom anel...

— Não roubei nada — disse o noivo. — Ora, me deixe. São meus olhos que estão errados. Me largue, ouviu?

De repente, sua mão baixou, ele cambaleou pra trás e trombou no barril de água de chuva. Eliza o tinha "largado". Ela saiu correndo, usando os cotovelos invisíveis para abrir caminho entre as crianças. Com uma das mãos, Gerald a pegou pelo braço e, com a outra, procurou sua orelha e sussurrou:

— Fique quieta e não diga nem uma palavra. Se disser... ora, quem vai me impedir de chamar a polícia?

Eliza não sabia quem podia impedir. Então obedeceu, e ficou invisível e silenciosa, exceto por um tipo de barulho de respiração, um sopro típico dela, quando estava sem fôlego.

O homem jovem de terno mostarda recuperou o equilíbrio e ficou parado, observando as crianças, com olhos ainda mais redondos que antes, se isso for possível.

– O que é isso? – murmurou. – O que está acontecendo? O que significa isso tudo?

– Se você não sabe, acho que não devo contar – disse Gerald, amavelmente.

– Eu estava falando de um jeito estranho? – perguntou, pegando o chapéu e passando a mão na testa.

– Muito – disse Mabel.

– Espero não ter dito alguma coisa rude – falou o homem, ansioso.

– De jeito nenhum – disse Kathleen. – Apenas disse que sua noiva estava segurando sua mão e que você não conseguia vê-la.

– E não consigo mesmo.

– Nem nós – disse Mabel.

– Mas eu não poderia ter sonhado isso e, depois, ter vindo aqui e feito um papel de louco, poderia?

– Você é quem sabe melhor do que nós – disse Gerald, amavelmente.

– Mas... – a vítima de cor mostarda quase gritou – você quer me dizer que...

– Não quero te dizer nada – disse Gerald, com sinceridade –, mas vou te dar um conselho: vá pra casa, se deite um pouco e ponha um pano molhado na testa. Amanhã você estará bem.

– Mas eu não...

– Eu faria isso – disse Mabel. – Sabe como é, o sol está muito quente.

– Estou bem agora – ele disse –, mas... bom, só posso pedir desculpas, é tudo que posso fazer. Nunca me aconteceu coisa igual, senhorita. Não sou disso... acredite. Mas eu poderia ter xingado Eliza... ela não saiu pra encontrar comigo?

– Eliza está lá dentro – disse Mabel. – Ela não pode sair pra encontrar ninguém hoje.

– Não vai contar sobre meu comportamento, vai, senhorita? Ela pode ficar contra mim se achar que costumo ter ataques, o que nunca aconteceu desde que eu era criança.

— Não vamos falar nada sobre você com a Eliza.

— E vão ignorar minha falta de respeito?

— Claro. Sabemos que não pôde evitar — disse Kathleen. — Vá pra casa e se deite. Tenho certeza de que precisa disso. Boa tarde.

— Boa tarde, preciso mesmo, senhorita — disse, pensativo. — Ainda assim, posso sentir os ossos dos dedos dela na minha mão enquanto falo isso. E não deixarão meu chefe saber disso... quero dizer, meu patrão? Ataques de todos os tipos prejudicam um homem em qualquer profissão.

— Não, não, não, fique tranquilo... Adeus — disseram todos.

O silêncio reinou enquanto o jovem passou lentamente pelo barril e fechou o portão verde do pátio.

O silêncio foi quebrado por Eliza:

— Podem me entregar pra polícia! — ela disse. — Podem me entregar, façam meu coração se partir dentro de uma cela da prisão!

Ouviram um súbito "ploc", e uma gota de água apareceu no chão.

— Chuva com trovões — disse Jimmy.

Mas era apenas uma lágrima de Eliza.

— Podem me entregar — continuou. — Podem me entregar... "ploc"... mas não me deixem ser presa aqui na cidade onde sou conhecida e respeitada... "ploc". Vou andar quinze quilômetros pra ser presa por uma polícia desconhecida... não pelo Johnson, que é amigo do meu primo... "ploc". Mas agradeço a vocês por uma coisa: não contaram ao Elf que eu tinha roubado o anel. E eu não... "ploc"... apenas peguei emprestado. Era meu dia de folga, meu noivo é tão elegante, como vocês puderam ver...

As crianças observavam deslumbradas as lágrimas, bastante interessantes, pois ficavam visíveis quando caíam do rosto invisível da triste Eliza.

— O que está dizendo é inútil — falou Gerald. — Não podemos vê-la.

— Foi o que ele disse — falou a voz de Eliza. — Mas...

— Você não pode se ver — Gerald continuou. — Onde está a sua mão?

Eliza, lógico, tentou ver a própria mão — e, claro, não conseguiu. Imediatamente, com um berro estridente que poderia ter atraído policiais, se tivesse algum na redondeza, teve um ataque violento de histeria. As crianças fizeram o que podiam, tudo o que aparecia em seus livros como apropriado pra ocasiões como essa, mas é extremamente difícil fazer a coisa certa com uma criada em suas melhores roupas e tendo um forte ataque.

Foi por isso que o melhor chapéu de Eliza foi achado, mais tarde, completamente destruído, e o seu melhor vestido azul nunca mais foi o mesmo. Assim, enquanto queimavam pedaços do espanador de poeira tão perto do nariz de Eliza quanto podiam calcular, uma súbita chama e um cheiro horrível (quando a chama desapareceu, apagada pelas mãos de Gerald) mostraram, claramente, que o agasalho de Eliza tinha tentado "ajudar". E ajudou. Eliza saiu do ataque com um soluço profundo e disse:

– Não queimem meu agasalho de penas autênticas de avestruz; já estou melhor.

As crianças ajudaram a criada a se levantar do chão. Eliza se sentou num degrau. Então explicaram, muito cuidadosamente e bem gentilmente, que ela realmente estava invisível, e que se alguém rouba (ou até mesmo pega emprestado) um anel, nunca se sabe o que pode acontecer.

– Mas tenho que continuar assim? – ela se queixou quando buscaram o pequeno espelho de mogno que ficava pendurado sobre a pia da cozinha e a convenceram de que estava realmente invisível. – Para sempre? Sempre? Eu ia me casar na próxima Páscoa. Ninguém vai querer casar com uma moça invisível. Dificilmente.

– Não. Para sempre, sempre, não – disse Mabel, amavelmente. – Mas vai ter de passar por isso... é como sarampo. Espero que esteja boa amanhã.

– Hoje à noite, acho – falou Gerald.

– Vamos te ajudar em tudo que pudermos, e não vamos contar isso pra ninguém – disse Kathleen.

– Nem mesmo pra polícia – disse Jimmy.

– Agora é hora de preparar o lanche da Mademoiselle – disse Gerald.

– E o nosso – falou Jimmy.

– Não – disse Gerald –, vamos comer fora hoje. Vai ser um piquenique, e vamos levar Eliza. Vou sair e comprar os bolos.

– Não vou comer bolo, Senhor Gerald – disse a voz de Eliza –, nem pense nisso. Vocês veriam o bolo descendo dentro de mim. Não seria agradável mostrar bolo dentro de mim, ao ar livre. Oh, que castigo terrível! Por causa de um empréstimo...

Eles a consolaram, prepararam o lanche, escolheram Kathleen para abrir a porta pra Mademoiselle, que chegou em casa cansada e, parece, um pouco triste. Esperaram por Cathy e por Gerald com os bolos e saíram para o castelo.

– Festas com piquenique não são permitidas lá – disse Mabel.

– A nossa vai ser – disse Gerald, decidido. – Agora, Eliza, segure o braço da Kathleen. Vou andar atrás pra esconder a sua sombra. Caramba! Tire o chapéu, ele faz sua sombra parecer sei lá o quê. As pessoas vão pensar que acabamos de ser libertados do hospício da região.

Foi nessa hora que o chapéu, ficando visível na mão de Kathleen, mostrou como tinha sido pouca a água (que borrifaram quando tentavam fazê-la voltar a si) que chegou onde deveria: no rosto de Eliza.

– Meu melhor chapéu – disse a criada, e houve um silêncio intercalado com fungadas.

– Olhe aqui – disse Mabel –, trate de se animar. Apenas pense que é tudo um sonho. É o tipo de coisa que poderia sonhar se sua consciência estivesse pesada por causa do anel.

– Mas vou acordar de novo?

– Oh, sim, vai acordar de novo. Agora vamos cobrir seus olhos e passar por uma porta muito pequena. E não tente resistir ou vamos, como um relâmpago, trazer um policial pra participar do sonho.

Não tenho tempo pra descrever a entrada de Eliza na caverna. Ela foi com a cabeça primeiro: as garotas a empurraram e os garotos a pegaram. Se Gerald não tivesse pensado em amarrar as mãos da criada, alguém certamente teria sido arranhado. Por um momento, a mão de Mabel ficou presa entre a pedra fria e um salto de bota bem agitado.

Nem vou contar tudo o que ela disse enquanto a levavam pelo caminho com samambaias e atravessavam o arco para entrar na terra maravilhosa de cenário italiano. Não tinha sobrado muito vocabulário quando destamparam seus olhos debaixo de um salgueiro, onde a estátua de Diana, deusa romana da caça, com um arco na mão, se equilibrava sobre um dedo do pé (sempre achei essa pose nada apropriada pra atirar uma flecha).

– Agora – disse Gerald – pronto... nada a não ser beleza, bolo e outras coisas.

– Já passou da hora do nosso lanche – disse Jimmy. E era verdade.

Eliza, depois de ter sido convencida de que seu corpo estava invisível, e não transparente, e de que seus companheiros não podiam, apenas olhando, contar quantos pães ela tinha comido, fez uma refeição excelente. E os outros também. Se você quer realmente apreciar o seu lanche, coma carne de vitelo moída, batatas e risoto, tenha muitas horas de diversão pela frente e deixe o lanche pra mais tarde.

O verde e o cinza suaves e tranquilos do jardim estavam mudando – o verde estava ficando dourado, as sombras, pretas, e o lago onde os cisnes estavam espelhados de cabeça pra baixo, debaixo do Templo de Phoebus, apelido de Apolo, deus grego associado ao Sol, à música e à sabedoria, era banhado por uma luz rosada vinda de nuvens fofas do lado oposto ao pôr do sol.

– É bonito – disse Eliza. – É como a figura de um cartão postal, não é?... Aqueles que custam barato.

– Tenho de ir pra casa – disse Mabel.

– Não posso ir pra casa assim. Ficaria aqui e seria uma pessoa selvagem, e moraria naquela cabana branca se ela tivesse paredes e portas – disse Eliza.

– Está falando do Templo de Dionísio[22] –, disse Mabel apontando pra ele.

O sol se pôs rapidamente atrás da fila de pinheiros negros no topo da encosta, e o templo branco, que tinha sido cor-de-rosa, ficou cinza.

– Seria um lugar muito legal pra morar, mesmo como está – disse Kathleen.

– Tem um vento frio – falou Eliza. – Céus! Que quantidade enorme de degraus pra limpar! Por que fazem casas sem paredes? Quem moraria em...

Então parou de falar, olhou fixamente e acrescentou:

– O que é aquilo?

– O quê?

– Aquela coisa branca descendo as escadas. Ora, é um homem jovem em forma de estátua.

– Sim, as estátuas aqui ganham vida depois do pôr do sol – disse Gerald, com tom de naturalidade.

– Estou vendo.

Eliza não parecia surpresa ou assustada.

– Ali tem outro deles. Vejam suas pequenas asas nos pés, parecem pombos.

– Acho que é Mercúrio – disse Gerald.

– Está escrito *Hermes*[23] na base da estátua que tem asas nos pés – disse Mabel, mas...

---

[22] Deus grego da fertilidade e do vinho e protetor das artes. (N.T.)

[23] Hermes é o nome grego de Mercúrio, nome romano do deus protetor do comércio e mensageiro dos outros deuses. (N.T.)

– Pulou na água.

— Não estou vendo nenhuma estátua... — Falou Jimmy. — Porque está me cutucando, Gerald?

— Não percebe? — Gerald sussurrou, mas não precisava ter se preocupado, porque toda a atenção de Eliza estava explícita em seus olhos inquietos, que seguiam aqui e acolá os rápidos movimentos das estátuas invisíveis. — Não percebe? As estátuas aqui ganham vida depois que o Sol se põe... e você só pode vê-las se estiver invisível... e se realmente as vê, não fica assustado... só fica com medo se tocar nelas — disse Gerald.

— Vamos fazer a Eliza tocar em uma e ver o que acontece — disse Jimmy.

— Pulou na água — falou Eliza, admirada. — Oh, sabe nadar! E aquele com asas de pombos está sobrevoando o lago, brincando com ele. Acho isso lindo! É como os cupidos que você vê em bolos de casamento. E aqui está outro, um rapazinho com orelhas grandes e um filhote de veado caminhando ao seu lado! E vejam a mulher com o bebê, jogando pra cima e pegando, como se ele fosse uma bola. Queria saber se ela não tem medo. Mas é legal vê-los.

O enorme parque estava lá, diante das crianças, ficando cada vez mais acinzentado e quieto. Entre as sombras, que ficavam mais escuras, podiam ver estátuas brancas brilhando, imóveis. Mas Eliza via outras coisas. Passou a observar em silêncio, e eles também, e a noite caiu como um véu cada vez mais pesado e escuro. Então era noite, e a Lua foi subindo atrás das árvores.

— Oh! — gritou Eliza de repente. — Aqui está o querido rapazinho com o veado... está vindo na minha direção. Seja bem-vindo!

Logo depois, ela estava gritando, e seus gritos foram ficando mais fracos, e ouviram o som de botas velozes sobre o cascalho.

— Vamos! — gritou Gerald. — Ela tocou na estátua e ficou com medo. Exatamente o que aconteceu comigo. Corram! Ela vai enlouquecer todo mundo da cidade se chegar lá desse jeito: apenas uma voz e botas! Corram! Corram!

Correram. Mas Eliza tinha saído na frente, e quando ela correu sobre a grama, não puderam ouvir seus passos, tiveram que esperar pelo som das botas no cascalho, lá na frente. A moça estava sendo levada pelo medo, e o medo leva depressa.

Eliza, desarrumada, sem fôlego.

A criada pegou, pelo que pareceu, o caminho mais curto, invisível na luz brilhante da Lua, vendo o que só ela mesma sabia entre as clareiras e os bosques.

– Vou parar aqui. Vejo vocês amanhã – falou Mabel, ofegante, enquanto os perseguidores barulhentos seguiam o estardalhaço de Eliza sobre o pátio.

– Ela atravessou o estábulo.

– A entrada dos fundos – disse Gerald, respirando com dificuldade, quando viraram a esquina da rua da escola, e ele e Jeremy trombaram ao passar pelo barril de água de chuva.

Uma presença que não podia ser vista, mas era bastante agitada, parecia estar tentando destrancar a porta dos fundos. O relógio da igreja bateu meia hora.

– Nove e meia. – Gerald só teve ar pra dizer isso. – Puxe o anel. Talvez agora ele saia. – Falou pro degrau vazio da porta.

Mas foi Eliza – desarrumada, sem fôlego, com o cabelo atrapalhado, a gola torta, o vestido deformado – que estendeu a mão. Mão que puderam ver. E, nela, claramente visível à luz da lua, a argola escura, o anel mágico.

"Vai dar tudo certo", pensou o noivo de Eliza, na manhã seguinte. Estava esperando por ela quando a criada abriu a porta, com balde e flanela na mão.

– Sinto você não ter vindo ontem.

– Eu também. – Ela esfregou a flanela molhada no degrau. – O que você fez?

– Estava com um pouco de dor de cabeça – disse o noivo. – Fiquei deitado quase a tarde toda. E você?

– Oh, nada de mais! – disse Eliza.

"Então foi tudo um sonho", ela pensou quando ele foi embora, "mas vai servir de lição pra que eu não mexa mais em anéis velhos de outras pessoas".

"Então eles não falaram pra ela sobre o meu comportamento", pensou ele enquanto ia embora. "Foi mesmo o sol, acho..."

CAPÍTULO 6

Johnson era o herói do momento. Era ele que tinha encontrado e recuperado a prataria. Não tinha jogado a pedra – a opinião pública decidiu que Mabel e sua tia deviam estar enganadas quando falaram da existência de uma pedra. Mas ele não negou o bilhete de aviso.

Foi Gerald quem saiu depois do café da manhã pra comprar os jornais e quem leu em voz alta para os outros as duas colunas do jornal *Diário de Liddlesby* que contavam os fatos. Enquanto lia, mais e mais as pessoas ficavam boquiabertas. E quando Gerald terminou, dizendo "a promoção desse talentoso cidadão, com instintos de detetive melhores que os de Lecoq e de Holmes,[24] agora está garantida", houve um silêncio total.

— Ora – disse Jimmy, quebrando o silêncio –, ele não chega nem aos pés de nenhum dos dois, não é?

---

[24] Monsieur Lecoq é um detetive ficcional criado por Émile Gaboriau, um escritor francês do século XIX. É um precursor de Sherlock Holmes, o famoso detetive das histórias do britânico Sir Arthur Conan Doyle (1959-1930). (N.T.)

– Sinto – disse Kathleen – como se fosse nossa culpa... como se nós tivéssemos dito todas essas mentiras, porque, se não fosse por você, Jerry, eles não teriam conseguido. Como Johnson pôde dizer tudo isso?

– Bem – disse Gerald, tentando ser justo –, sabem como é, depois de tudo, o cara tinha de falar alguma coisa. Estou contente de ter... parou bruscamente.

– Está contente de ter o quê?

– Não importa – disse com ares de quem estava guardando um segredo oficial muito importante. – E então, o que vamos fazer hoje? A nossa fiel amiga vai chegar e vai querer seu anel. E você e Jimmy querem também. Ah, já sei: Mademoiselle não tem recebido nenhuma atenção por mais dias do que nosso herói gostaria de reconhecer.

– Queria que você parasse de se chamar sempre de "nosso herói" – disse Jimmy. – Afinal de contas, não é meu herói.

– Os dois são meus heróis – falou Kathleen, apressadamente.

– Boa menina. – Gerald sorriu de forma irritante. – Controle o nosso irmão bebezinho até a babá voltar.

– Vai sair sem nós? – Kathleen perguntou imediatamente.

> – Vou de forma ligeira,
>
> Nesse dia de feira,

cantarolou Gerald, e continuou:

> – E na feira, bela,
>
> comprar rosas pra donzela.

– E se querem ir também, calcem suas botas e sejam rápidos.

– Não quero ir – disse Jimmy, e fungou.

Kathleen olhou para Gerald com desespero.

– Oh, James, James! – disse Gerald, tristemente. – Às vezes você me faz esquecer de que é meu irmãozinho! Se alguma vez te trato como a um dos meus amigos e faço essas brincadeiras, como faria com o Turner ou o Moberley, ou qualquer um dos meus colegas... bem, é por isso.

– Você não os chama de "irmãos bebezinhos" – disse Jimmy, com sinceridade.

– Não. E tomarei muito cuidado pra isso não acontecer de novo. Venham, meu herói e minha heroína. O seu fiel escravo vai proteger vocês.

Os três se encontraram com Mabel, convenientemente, na esquina da praça onde todas as sextas-feiras as barracas, e os toldos, e os guarda-sóis verdes eram armados, e carnes de aves e de porco, objetos de cerâmica, vegetais, cortinas e tapetes, doces, brinquedos, ferramentas, espelhos e todos os tipos de coisas interessantes ficavam espalhados em mesas com suportes ou empilhados sobre carroças – cujos cavalos ficavam no estábulo e cujos eixos eram apoiados em caixas de madeira – ou simplesmente expostos, como no caso das louças e objetos de metal, diretamente sobre o chão de cimento.

O sol brilhava com vontade e ânimo e, como Mabel descreveu, "a natureza parecia alegre e sorridente". Havia alguns buquês de flores entre os vegetais, e as crianças tiveram dúvidas sobre qual deveriam escolher.

– Resedás são suaves – disse Mabel.

– Rosas são sempre rosas – falou Kathleen.

– Cravos são baratos – disse Jimmy.

E Gerald, enquanto cheirava os buquês, firmemente amarrados, de rosas-chá, concordou que o que Jimmy tinha dito resolvia o problema.

Então compraram cravos, um buquê de amarelos como o Sol, um buquê de brancos como leite e um buquê de vermelhos como as bochechas da boneca com a qual Kathleen nunca brincou. Levaram os cravos pra casa e usaram a fita verde que prendia o cabelo da Kathleen para amarrar todos juntos, o que foi feito, rapidamente, no degrau da porta.

Aí, discretamente, Gerald bateu na porta da sala de visitas, onde parecia que Mademoiselle ficava sentada o dia todo.

– *Entrez*! – disse ela, e Gerald entrou.

Não estava lendo, como de costume, mas inclinada sobre um caderno de desenho. Sobre a mesa tinha uma caixa de lápis de cor de aparência não inglesa e um estojo com tintas e pincéis.

– Com todo o nosso amor – disse Gerald, colocando as flores na frente dela.

– Mas, realmente, você é uma criança encantadora! Com isso, devo te dar um abraço... não é?

E antes que Gerald pudesse explicar que estava muito velho pra isso, ela deu dois beijinhos rápidos em suas bochechas.

– Está pintando? – ele perguntou apressadamente, pra esconder sua chateação por estar sendo tratado como um bebê.

Deu dois beijinhos rápidos em suas bochechas.

— Estou fazendo um esboço de ontem — respondeu. E antes que Gerald tivesse tempo de pensar como seria "ontem" em uma figura, ela mostrou um esboço das Yalding Towers.

— Oh, olhe só... fantástico! — foi o comentário do crítico. — Os outros podem ver?

E os outros vieram. Inclusive Mabel, que ficou parada, sem graça, atrás das crianças, olhando por cima do ombro de Jimmy.

— Como você é talentosa! — disse Gerald, respeitosamente.

— Para que serve o talento, quando a pessoa tem que passar a vida ensinando crianças? — disse Mademoiselle.

— Deve ser bem desagradável — Gerald reconheceu.

— Você também veio ver o desenho? — Mademoiselle perguntou a Mabel, acrescentando: — Uma amiga da cidade, certo?

– Como vai? – disse Mabel, educadamente. – Não, não sou da cidade, moro nas Yalding Towers.

Parece que o nome impressionou muito Mademoiselle, e Gerald torceu, ansioso, para que Mabel não fosse uma garota esnobe.

– Yalding Towers? – repetiu, a professora. – Mas isso é incrível! É possível, então, que você seja da família de Lord Yalding?

– Ele não tem família – disse Mabel. – Não é casado.

– Então você é... como vocês dizem?... prima... irmã... sobrinha?

– Não – disse Mabel, sentindo seu rosto quente e vermelho. – Não sou nada importante. Sou sobrinha da governanta de Lord Yalding.

– Mas você o conhece, não é?

– Não – disse Mabel. – Nunca o vi.

– Então ele nunca vai ao seu *château*?[25]

– Desde que moro lá, não. Mas vai chegar na próxima semana.

– Por que ele não mora lá? – Mademoiselle perguntou.

– Titia fala que ele é muito pobre – disse Mabel. E começou a contar a história do jeito que tinha escutado no quarto da governanta: – O tio de Lord Yalding deixou todo o seu dinheiro para um primo do Lord, e o pobre Lord só teve o suficiente pra manter o velho castelo em bom estado e viver discretamente em algum outro lugar. O dinheiro não dava pra morar lá, e não pode vender a propriedade, porque há um documento que proíbe isso.

– Que documento é esse? – perguntou Mademoiselle.

– Um documento que os advogados escreveram – disse Mabel, orgulhosa dos seus conhecimentos e encorajada pelo profundo interesse da governanta francesa.

– De acordo com esse documento, ele não pode vender ou doar o castelo; tem que deixá-lo pra um filho, mesmo se não quiser.

– Mas como o tio pôde ser tão cruel... deixar pra ele o *château* e nenhum dinheiro? – Mademoiselle perguntou. E Kathleen e Jimmy ficaram surpresos com o súbito e tão forte interesse em uma história que pra eles não tinha a menor graça.

– Oh, posso contar isso também – disse Mabel. – Lord Yalding queria se casar com uma moça; era uma garçonete, ou bailarina, alguma coisa assim. Seu tio era contra, mas ele não desistiu do casamento. Aí, o tio falou: "Bom, nesse caso..." e deixou tudo para o tal primo.

---

[25] Castelo (em francês no original). (N.T.)

– E você disse que ele não é casado?
– Não... a moça foi para um convento. Acho que foi emparedada viva.
– Emparedada...?
– Coberta por uma parede, sabe como é – disse Mabel, apontando para as rosas vermelhas e douradas do papel de parede –, prendem pra matar. É o que fazem em conventos.
– De maneira nenhuma – falou Mademoiselle. – Há mulheres muito boas e gentis em conventos. Só tem uma coisa que é detestável: os cadeados nas portas. Às vezes, as pessoas não podem sair, especialmente quando são muito jovens e seus parentes as puseram lá para que ficassem bem e fossem felizes. Mas empare... como é mesmo que você disse?... cobrir moças com paredes para matá-las? Não... isso não faz sentido. E o Lord... ele não procurou essa moça?
– Oh, sim... procurou muito. – Mabel garantiu. – Mas existem milhões de conventos, você sabe, e ele não tinha nem ideia de onde procurar, e o correio devolvia as suas cartas, e...
– *Ciel!*[26] – gritou Mademoiselle. – Mas parece que sabem de tudo na residência da governanta!
– Quase tudo – disse Mabel, com simplicidade.
– Acha que ele vai encontrá-la? Ou não?
– Oh, vai encontrá-la, sim – disse Mabel. – Quando estiver velho e fraco... e morrendo. Então, uma bondosa irmã de caridade vai ajeitar o travesseiro e, exatamente quando ele estiver morrendo, vai se revelar, dizendo "Meu amor perdido!", e seu rosto vai se iluminar com uma alegria maravilhosa e ele vai morrer com o nome dela nos lábios ressecados.
O silêncio de Mademoiselle era de puro espanto.
– Parece que você faz profecias! – falou, finalmente.
– Oh, não! – disse Mabel. – Tirei isso de um livro. Posso contar muitas outras histórias de amor fatal sempre que quiser.
A governanta francesa se levantou de repente, como se tivesse lembrado alguma coisa.
– Está quase na hora do jantar – disse. – A amiga de vocês... Mabelle, isso... vai ser a sua convidada e, em homenagem a ela, vamos fazer um pequeno banquete. Minhas lindas flores... ponha na água, Kathleen.

---

[26] Céus! (em francês no original). (N.T.)

Vou correr pra comprar os bolos. Lavem as mãos, vocês todos, e estejam prontos quando eu voltar.

E, sorrindo e acenando com a cabeça, subiu as escadas correndo.

– Como se fosse jovem – disse Kathleen.

– Ela é jovem – falou Mabel. – Montes de moças recebem propostas de casamento quando já não são tão jovens quanto ela. Já vi muitas cerimônias de casamento também, com noivas muito mais velhas. E por que não me disseram que ela era tão bonita?

– E é? – perguntou Kathleen.

– Claro que é! E que gentileza pensar em bolos pra mim e me chamar de convidada.

– Vejam bem – disse Gerald –, acho isso muito legal da parte dela. Sabem como é, governantas-professoras nunca ganham mais do que uma quantia insignificante, apenas o suficiente pra sobreviver, e aí está ela, gastando conosco o pouco que tem. Quem sabe, ao invés de sair, ficamos em casa hoje e brincamos com ela? Acho que está terrivelmente entediada, de verdade.

– Será que ela gostaria mesmo disso? – Kathleen questionou. – Tia Emily diz que adultos nunca gostam realmente de brincar. Fazem isso pra nos agradar.

– Mal sabem eles – respondeu Gerald – quantas vezes fazemos isso só pra agradá-los.

– Temos que fazer aquele teatro com as roupas da Princesa, não temos? Falamos que íamos fazer – disse Kathleen. – Vamos diverti-la com isso.

– Perto da hora do lanche é melhor – sugeriu Jimmy. – Assim vai ter uma interrupção feliz e a peça não vai ter que durar pra sempre.

– As coisas estão em lugar seguro? – Mabel perguntou.

– Totalmente. Eu te disse onde guardei. Venha, Jimmy, vamos ajudar a arrumar a mesa. Vamos pedir a Eliza pra pegar a melhor louça.

E foram.

– Foi sorte os assaltantes não terem ido atrás dos diamantes no cômodo do tesouro – disse Gerald, atingido por um pensamento súbito.

– Nem podiam – disse Mabel, quase num sussurro. – Eles não sabiam sobre isso. Acho que ninguém sabe, exceto eu... e vocês, e vocês juraram que vão manter segredo. (Isso, você se lembra, foi feito quase no começo desta história.) Sei que minha tia nem imagina. Só achei aquilo por acidente. Lord Yalding guardou bem o segredo.

– Queria ter um segredo como aquele pra guardar – disse Gerald.

– Se os assaltantes souberem – disse Mabel – isso vai se tornar público no julgamento. Nessas ocasiões, advogados fazem você falar tudo o que sabe e mais um monte de mentiras.

– Não vai ter julgamento nenhum – falou Gerald, pensativo, chutando o pé do piano.

– Nada de julgamento?

– Estava no jornal – Gerald continuou, devagar – "Os bandidos devem ter recebido aviso de algum cúmplice, pois os grandes preparativos para prendê-los quando voltassem para buscar suas coisas ilegalmente adquiridas foram inúteis. Mas a polícia tem uma pista."

– Que pena! – disse Mabel.

– Não precisa se preocupar... E é uma pena você pensar que é uma pena, porque o cúmplice era eu – acrescentou, se levantando e deixando o piano em paz.

– Não pude evitar – continuou. – Sei que vai pensar que sou um criminoso, mas não consegui. Não sei como detetives conseguem. Uma vez, visitei uma prisão com meu pai; e, depois que tinha dado a dica pro Johnson, lembrei disso, e aí, simplesmente, não pude evitar. Sei que sou uma besta e não mereço ser um cidadão britânico.

– Acho que foi bem legal da sua parte – disse Mabel, amavelmente. – Como avisou os bandidos?

– Apenas empurrei um papel debaixo da porta do homem – aquele que eu sabia onde morava – dizendo pra ele ficar escondido.

– Oh, preciso saber... o que escreveu, exatamente? – Mabel se animou com essa nova história.

– Dizia: "A polícia sabe de tudo, exceto o nome de vocês. Sejam corretos e vão ficar seguros. Mas se tiver mais algum roubo, vou abrir o jogo e, podem ter certeza, que a polícia vai agir." Sei que foi errado, mas não pude evitar. Não conte pros outros. Não entenderiam por que fiz isso. Eu mesmo não entendo.

– Eu entendo – disse Mabel. – É porque tem um coração nobre e bondoso.

– Bobagem, minha amável criança! – disse Gerald, subitamente perdendo aquele ar triste e imediatamente voltando a ser ele mesmo.

– Vá logo lavar as mãos; você está preta como carvão.

– Você também – disse Mabel. – Eu não... isso é tinta. Titia estava tingindo uma blusa hoje de manhã. Aprendeu na revista *Fazer em Casa* e está preta como carvão também, e a blusa está toda manchada. Pena que o anel não faz só uma parte de nós ficar invisível... a sujeira, por exemplo.

– Talvez – disse Gerald, inesperadamente – não vá fazer nem você inteira ficar invisível de novo.

– Por que não? Você não fez nada com ele... fez? – Mabel perguntou, preocupada.

– Não, mas não percebeu que você ficou invisível por vinte e uma horas, eu fiquei quatorze e a Eliza, só sete? Cada vez, sete a menos. E agora chegamos a...

– Você é incrivelmente bom em contas! – disse Mabel, admirada.

– Pense bem: cada vez, sete horas a menos, e sete menos sete é zero; tem que ser diferente dessa vez. E depois... não pode ser menos sete, porque não vejo como... a não ser que a pessoa ficasse mais visível... quer dizer, mais volumosa, entende?

– Não! – falou Mabel. Estou ficando confusa.

– E tem outra coisa estranha – Gerald continuou. – Quando você está invisível, as pessoas não te amam. Veja sua tia; e Kathleen nem ligou quando passei quase a noite toda fora. Ainda não sabemos tudo sobre esse anel. Epa! Aí vem Mademoiselle com os bolos. Corra, vamos lavar as mãos!

Correram.

Mademoiselle não trouxe apenas bolos: tinha ameixas, uvas e tortas com geleia, água tônica, suco de framboesa, chocolates em caixas bonitas e creme de leite "puro, grosso, integral", além de um grande buquê de rosas.

Para uma governanta, Mademoiselle estava estranhamente alegre. Serviu generosamente os bolos e as tortas, fez coroas de flores para todas as cabecinhas, brindou à saúde de Mabel, como a convidada do dia, com uma bonita bebida cor-de-rosa, resultado da mistura de suco de framboesa com água tônica, e até conseguiu convencer Jimmy a usar a coroa, dizendo que os deuses gregos, assim como as deusas, sempre usavam coroas em festas. Mas não comeu quase nada.

Desde que governantas francesas começaram a existir, nunca houve uma festa como essa feita por uma governanta francesa. Tinha brincadeiras

Soltou o mais lindo cabelo preto-azulado.

e histórias e gargalhadas. Jimmy mostrou todos os truques com garfos, rolhas, fósforos e maçãs que são tão merecidamente populares.

Mademoiselle contou histórias do seu tempo de escola, quando era "uma menina muito pequena com duas 'trences' apertadas" – e quando não entenderam "trences", pediu papel e lápis e desenhou a mais adorável figurinha dela mesma quando criança, com duas tranças grossas e curtas saindo da cabeça como agulhas de tricô em um novelo de lã. Depois, desenhou tudo o que eles pediram, até que Mabel puxou a jaqueta de Gerald e sussurrou:

– O teatro!

– Desenhe pra nós a frente de um teatro – disse Gerald, delicadamente, – um teatro francês.

– São iguais aos teatros ingleses – Mademoiselle falou.

– Você gosta de representar... quer dizer, de teatro? – perguntou o garoto.

– Sim... amo!

– Certo – disse Gerald. – Vamos representar uma peça pra você... hoje... esta tarde, se quiser.

– Eliza tem que lavar a louça – Cathy sussurrou –, e prometemos que ela ia poder ver isso.

– Ou esta noite – disse Gerald. – E, por favor, Mademoiselle, Eliza pode assistir também?

– Com certeza – falou Mademoiselle. – Divirtam-se bastante, minhas crianças.

– Mas é você – disse Mabel, de repente – que queremos divertir, porque te amamos muito... não é, garotos?

– Sim! – o coro veio sem hesitação. Mas os outros nunca teriam pensado em dizer isso por conta própria. Entretanto, quando Mabel falou, ficaram surpresos por sentir que era verdade.

– *Tiens*![27] – falou Mademoiselle. – Então amam a velha governanta francesa? Impossível! – e ela falou de um modo bastante difícil de entender.

– Você não é velha – disse Mabel. – Pelo menos, não muito. – Acrescentou, alegremente. – E é tão adorável quanto uma princesa.

– Então vá, bajuladora! – disse Mademoiselle, rindo. E Mabel se foi. Os outros já estavam na metade da escada.

Mademoiselle se sentou na sala, como sempre, e uma coisa boa foi ela não estar ocupada com algum estudo sério, porque parecia que a porta era aberta e fechada, quase sem parar, durante a tarde toda. Eles podiam usar as coberturas bordadas dos sofás e das poltronas? Podiam usar a corda de pendurar roupas pra secar? Eliza disse que não, mas podiam? Podiam usar os tapetes de couro de carneiro da lareira? Podiam lanchar no jardim? Pois o palco já estava quase pronto na sala de jantar e Eliza queria preparar a mesa. Mademoiselle podia emprestar algumas roupas coloridas – lenços de pescoço, robes, alguma coisa brilhante?

Sim, Mademoiselle podia, e emprestou... coisas de seda, belas demais pra serem de uma governanta. Mademoiselle tinha maquiagem?

---

[27] Vejam só! (em francês no original). (N.T.)

Sempre ouviram dizer que as mulheres francesas... Não. Mademoiselle não tinha... e, olhando para a cor do seu rosto, se via que ela não precisava disso. Mademoiselle achava que a farmácia vendia maquiagem? Tinha uma peruca pra emprestar? Com esse desafio, seus dedos pálidos tiraram uma dúzia de grampos, soltando o mais lindo cabelo preto-azulado, chegando até os joelhos, em linhas retas e pesadas.

– Não, crianças terríveis! – ela gritou. – Não tenho peruca, nem maquiagem. E meus dentes... sem dúvida, querem também!

E mostrou os dentes, em uma gargalhada.

– Eu disse que era uma princesa – falou Mabel – e agora sei: é Rapunzel. Sempre use seu cabelo solto assim! Podemos, por favor, usar os leques de penas de pavão que ficam em cima da lareira, e as alças que seguram as cortinas quando estão abertas, e todos os lenços que você tiver?

Mademoiselle emprestou tudo. Pegaram os leques e os lenços e algumas folhas grandes de papel pra desenho, tiradas do armário da escola, e o melhor pincel de Mademoiselle e o seu estojo de tintas.

– Quem diria – murmurou Gerald, pensativo, com o pincel na boca e observando a máscara de papel que tinha acabado de pintar – que ela era tão generosa? Fico pensando em como o vermelho carmim se parece tanto com o Extrato de Liebig.[28]

O fato é que tudo estava agradável naquele dia. Tem dias como aquele, você sabe, quando tudo dá certo desde o começo, todas as coisas que você quer estão em seus lugares, ninguém te entende mal, tudo que você faz fica admiravelmente certo.

Tão diferente daqueles outros dias que conhecemos muito bem, quando o cadarço do sapato arrebenta, você não acha o pente, a escova pula da sua mão e cai embaixo da cama, onde seu braço não alcança... Você deixa cair o sabonete, o botão da sua roupa se solta, um cílio cai no seu olho, você descobre que usou o último lenço limpo, sua gola te incomoda e, na última hora, a fivela do cinto estraga. Num dia como esse, você certamente se atrasa pro café da manhã e todos pensam que fez isso de propósito.

E o dia continua e continua, ficando pior e pior... Você perde seu livro de exercícios, deixa cair na lama o dever de casa de Matemática, a ponta do seu lápis quebra e, quando vai apontar o lápis, você quebra a

---

[28] Caldo de carne bovina altamente concentrado, criado no século XIX pelo químico alemão Justus Von Liebig (1803-1873) e comercializado como substituto barato e nutritivo da carne. (N.T.)

Algumas das cadeiras estavam totalmente ocupadas.

unha. Num dia como esse, você esmaga seu polegar na porta e confunde os recados pros adultos. Você vai comer seu lanche e seu pão cai com a geleia virada pra baixo. E quando, finalmente, você se deita pra dormir – geralmente, destruído – não é nem um pouco consolador saber que não teve culpa nenhuma disso tudo.

Esse dia não era um daqueles, como você já percebeu. Até o lanche no jardim – um pedaço do terreno era coberto com cimento, e serviu de chão firme pra mesa do lanche – foi delicioso, mas os pensamentos de quatro das cinco pessoas estavam ocupados com a peça de teatro, e a quinta pessoa tinha seus próprios pensamentos, que nada tinham a ver com lanche ou teatro.

Então, houve um intervalo de portas batendo, silêncios impressionantes, pés que voavam pra cima e pra baixo na escada.

O dia ainda estava claro quando bateu o sino do jantar. Isso tinha sido combinado na hora do lanche, e cuidadosamente explicado para Eliza. Mademoiselle pôs o livro de lado e passou do *hall*, amarelado pelo pôr do Sol, para a luz amarela fraca da sala de jantar. Eliza, que dava risadinhas nervosas, abriu a porta pra ela e a seguiu.

As persianas tinham sido fechadas, faixas de luz do dia apareciam acima e abaixo delas. As toalhas verdes e pretas das mesas do refeitório da escola estavam penduradas na corda de secar roupas. A corda cedeu, formando uma curva graciosa, mas cumpriu sua função de segurar as cortinas que tampavam a parte do cômodo que seria o palco.

Filas de cadeiras tinham sido formadas no outro lado do cômodo – todas as cadeiras da casa, era o que parecia – e Mademoiselle se assustou quando viu que algumas das cadeiras estavam totalmente ocupadas. E pelas pessoas mais esquisitas: uma mulher idosa com um gorro que tinha uma borda alta na frente e era amarrado no queixo com um lenço vermelho, uma moça com um chapéu de palha grande coberto de flores e as mãos mais estranhas sobre a cadeira da frente, homens com aparência grosseira, todos de chapéu.

– Mas – falou Mademoiselle, entre uma toalha de mesa e outra – então vocês convidaram outros amigos? Deviam ter me avisado, crianças.

Gargalhadas e alguma coisa do tipo "Viva!" foram as respostas que vieram de trás das dobras das cortinas de toalhas de mesa.

– Certo, Mademoiselle Rapunzel – gritou Mabel. – Prepare-se. Isso é só parte da diversão.

Eliza, ainda dando risadinhas, abriu caminho entre as filas de cadeiras, derrubando o chapéu de um dos visitantes, e acendeu mais uma luz.

Mademoiselle olhou o convidado sentado ao seu lado, inclinou-se pra ver mais de perto, deu um grito estridente e se sentou, bruscamente.

– Oh! Não estão vivos!

Eliza, com um grito ainda mais alto, tinha descoberto a mesma coisa e anunciou de forma diferente:

– Não têm parte de dentro!

Os sete membros da audiência sentados em meio àquela grande quantidade de cadeiras realmente não tinham interior. Seus corpos eram travesseiros e almofadas e cobertores enrolados, suas colunas vertebrais eram cabos de vassouras, e os ossos das pernas e dos pés eram bastões de hóquei e guarda-chuvas. Seus ombros eram os cabides especiais que Mademoiselle usava para manter a forma dos seus casacos; as mãos eram luvas recheadas com lenços; e os rostos eram as máscaras de papel pintadas durante a tarde pelo pincel despreparado de Gerald, presas a cabeças redondas feitas de fronhas recheadas.

Os rostos realmente eram de dar medo. Gerald tinha feito o melhor que podia, mas, mesmo depois de se esforçar muito, você dificilmente perceberia que alguns deles eram rostos, se não estivessem em posições que rostos normalmente ocupam, entre o colarinho e o chapéu. As sobrancelhas eram de alguém furioso, negras e franzidas; os olhos, do tamanho, e quase do formato, de moedas de um real; e em seus lábios e bochechas tinha muita, mas muita mesmo, tinta vermelha.

– Vocês mesmos fizeram a plateia, hein? Bravo! – gritou Mademoiselle, se recuperando e começando a aplaudir. Então, ao som daquelas palmas, a cortina subiu... ou melhor, se abriu. Uma voz abafada disse, com respiração difícil: "A Bela e a Fera", e o palco apareceu.

Era um palco de verdade: as mesas de jantar tinham sido colocadas juntas e cobertas com lençóis cor-de-rosa e brancos. Não era muito firme e estalava um pouco, mas era de se admirar. A cena era simples, mas convencia. Um pedaço grande e quadrado de papelão, com aberturas feitas com tesoura e uma vela acesa atrás, representava bem a lareira doméstica.

Uma panela bem grande de Eliza, sobre um banco redondo, com uma lâmpada embaixo – daquelas que ficam acesas a noite toda – não podia ser entendida, a não ser por uma atitude maldosa, como qualquer coisa que não fosse o recipiente de cobre usado pra lavar roupas.

Uma cesta com dois ou três espanadores da escola e um casacão dentro, e um pijama azul sobre a parte de trás de uma cadeira davam um toque final. O anúncio, que veio deslizando da parte lateral do palco, dizia: "A lavanderia da casa da Bela", nem seria necessário. Ali era nitidamente uma lavanderia.

Fora da cena:

— Parece uma plateia real, não parece? — Mabel sussurrou. — Vá, Jimmy... não se esqueça de que o mercador tem que ser pomposo e usar palavras compridas.

Jimmy, aumentado por travesseiros debaixo do melhor casacão de Gerald, que tinha sido comprado maior que ele de propósito pra durar pelo menos dois anos, um turbante de toalha na cabeça e segurando um guarda-chuva aberto, abriu o primeiro ato com um simples e rápido monólogo:

— Sou o mercador mais azarado que já existiu. Em tempos passados, fui o mercador mais rico de Bagdá, mas perdi todos os meus navios e agora moro em uma casa pobre caindo aos pedaços. Precisam ver como a chuva cai pelo telhado e minhas filhas ficam ensopadas. E...

A pausa pode ter parecido longa, mas Gerald entrou rapidamente, elegante no robe cor-de-rosa de Mademoiselle, representando a filha mais velha.

— Um belo dia chuvoso — falou, com afetação. — Pai, vire o guarda-chuva de cabeça pra baixo. Assim, não vamos precisar sair na chuva pra buscar água. Venham, irmãs, o querido papai conseguiu uma nova máquina de lavar roupa. Isso é um luxo!

Em volta do guarda-chuva, agora segurado de cabeça pra baixo, as três irmãs se ajoelharam e lavaram lençóis imaginários. Kathleen usava uma saia violeta de Eliza, uma blusa azul que era dela mesma e uma touca de lenços amarrados. Uma faixa branca de amarrar a camisola na cintura, um avental branco e dois cravos vermelhos no cabelo preto de Mabel não deixavam nenhuma dúvida sobre qual das três era a Bela.

A cena deu muito certo. Mademoiselle disse que a dança final, com toalhas balançando, foi o que há de mais charmoso. E Eliza se divertiu tanto que, como disse, sentiu uma dor aguda na barriga de tanto dar gargalhadas.

Você sabe muito bem como *A Bela e a Fera* seria encenada por quatro crianças que passaram a tarde criando suas fantasias e não tiveram tempo pra ensaiar o que iam dizer. Mas eles se divertiram e encantaram a plateia. O que mais pode uma peça de teatro fazer, mesmo uma de Shakespeare?

Mabel, em suas roupas de princesa, era uma excelente Bela; e Gerald, usando os tapetes da lareira da sala de visitas, era uma Fera com elegância indescritível.

Se Jimmy não era um mercador tagarela, desempenhou o papel com uma energia praticamente ilimitada, e Kathleen surpreendeu e agradou até a si mesma pela rapidez com que trocava de um papel secundário para outro: fadas, criados e mensageiros.

Foi no final do segundo ato que Mabel, usando uma fantasia que era o extremo da elegância e, por isso, não podia ser melhorada nem precisava ser trocada, falou pra Gerald, sufocado de calor debaixo da pesada grandiosidade da sua pele de fera:

– Olhe, você deve nos devolver o anel!

– Vou devolver – disse Gerald, que tinha se esquecido completamente dele. – Vou te entregar na próxima cena. Apenas não o perca ou coloque no dedo. Você pode desaparecer completamente e nunca mais ser vista de novo ou pode ficar sete vezes mais visível que qualquer outra pessoa, de forma que, perto de você, pareceríamos sombras, de tão volumosa que seria, ou...

– Pronto! – disse Kathleen, entrando apressada, de novo uma irmã malvada.

Gerald conseguiu pôr a mão no bolso, debaixo do seu tapete de lareira, e, quando revirou os olhos inquietos e disse: – "Adeus, querida Bela! Volte logo, pois se permanecer muito tempo longe da sua Fera fiel, ela vai morrer" – colocou o anel dentro da mão de Mabel e acrescentou:

– Este é um anel mágico que vai te dar tudo o que quiser. Quando desejar voltar para a sua generosa Fera, ponha o anel e fale o seu desejo. Num instante, vai estar ao meu lado.

Bela-Mabel pegou o anel: era mesmo o velho e bom anel.

As cortinas se fecharam enquanto dois pares de mãos aplaudiam calorosamente.

A cena seguinte foi esplendorosa. As irmãs estavam quase excessivamente naturais em seu desentendimento, e a irritação de Bela, quando jogaram água e sabão de verdade em seu vestido de princesa, foi vista como um milagre de boa atuação. Até o mercador deixou de significar meros travesseiros, e a cortina se fechou depois que garantiu que, sem a sua querida Bela, ele ia se consumir até virar uma sombra. E novamente dois pares de mãos aplaudiram.

Uma mão frouxa gesticulava.

— Aqui, Mabel, pegue — Gerald pediu, segurando um pesado porta-toalhas de madeira, o bule com fogareiro, uma bandeja e o avental verde de tecido felpudo do garoto que limpava botas e sapatos, que, junto com quatro gerânios do vaso da escada, o capim-dos-pampas da lareira da sala de visitas e as plantas de borracha indianas da janela da sala de visitas, representariam as fontes e o jardim do último ato. O aplauso foi desaparecendo aos poucos.

— Queria — disse Mabel, pegando o pesado bule com fogareiro — queria que aquelas criaturas que inventamos estivessem vivas. Temos que conseguir muitos aplausos.

– Estou muito feliz por não estarem – disse Gerald, arrumando o avental e o porta-toalhas. – São grosseiros! Fazem eu me sentir um tolo quando vejo seus olhos de papel.

As cortinas foram abertas novamente. Lá estava a Fera, coberta de tapetes de lareira, em um desanimado abandono, entre as belezas tropicais do jardim, os arbustos de capim-dos-pampas, as plantas de borracha indianas, as árvores de gerânio e a fonte de bule. Bela estava pronta pra fazer sua grande entrada, com a intensidade emocionante do desespero, quando tudo aconteceu de repente.

Mademoiselle começou: aplaudiu o cenário do jardim, com palmas curtas e apressadas das suas ligeiras mãos francesas. As mãos gordinhas de Eliza vieram em seguida, com palmas fortes, e então... alguém mais estava aplaudindo, seis ou sete pessoas, e suas palmas eram lentas e faziam um barulho abafado. Nove pares de olhos, ao invés de dois, estavam virados para o palco, e sete desses nove eram sérios, pintados em papel. E cada mão estava viva.

O aplauso foi ficando mais forte enquanto Mabel se aproximava da plateia e, quando ela parou e olhou, com uma expressão não ensaiada de espanto e terror, ficou ainda mais alto. Mas não era alto o suficiente pra abafar os gritos de Mademoiselle e Eliza, que avançavam rapidamente pra fora da sala, derrubando cadeiras e trombando uma na outra no vão da porta. Duas portas bateram ao longe, a porta da Mademoiselle e a porta da Eliza.

– Cortina! Cortina! Rápido! – gritou Bela-Mabel, com uma voz que não era nem a da Mabel, nem a da Bela. – Jerry, aquelas coisas ganharam vida. Oh, o que vamos fazer?

Gerald, em seus tapetes de lareira, deu um salto. Novamente, ouviram aquele aplauso monótono e abafado, enquanto Jimmy e Kathleen fechavam as cortinas.

– O que está acontecendo? – perguntavam, enquanto puxavam os panos.

– Você fez isso, desta vez! – Gerald falou pra Mabel, que estava vermelha e suando muito. – Oh, cuidado com essa corda! – disse ele.

– Você não pode queimá-los? Eu fiz isso?! – falou Mabel. – Gosto dessa ideia!

– Bem mais do que eu – disse Gerald.

– Oh, não tem problema – disse Mabel. – Vamos lá. Temos que ir lá e destruir aquelas coisas, não podem continuar vivas.

– Afinal de contas, a culpa é sua – disse Gerald, sem a menor delicadeza. – Não vê? Virou um anel de desejos. Eu sabia que alguma coisa diferente ia acontecer. Pegue meu canivete no meu bolso... tem um nó nessa corda. Jimmy e Cathy, aqueles Feiosos-Feiuras ganharam vida... porque Mabel desejou isso. Precisamos destruí-los.

Jimmy e Cathy espiaram pela cortina e deram um salto pra trás quando viram rostos brancos com olhos arregalados.

– Eu não – foi a curta resposta de Jimmy.
Cathy falou:
– Muito menos eu! – e mostrou firmeza.

Então, enquanto Gerald, quase livre dos tapetes da lareira, quebrava a unha do dedo polegar na lâmina muito afiada do seu canivete, ouviram sons rápidos e altos, e passos pesados do outro lado da cortina.

– Estão saindo! – gritou Kathleen. – Saindo... com suas pernas de cabos de vassouras e guarda-chuvas. Você não vai conseguir detê-los, Jerry, são terríveis demais!

– O pessoal da cidade vai ficar louco até amanhã à noite se não acharmos um jeito de detê-los – gritou Gerald. – Preciso do anel... vou desfazer o desejo.

Pegou o anel da mão de Mabel, que não mostrou resistência, e gritou:
– Desejo que as feiuras não estejam vivas.

E disparou em direção à porta. Viu, na imaginação, o desejo de Mabel desfeito, e o *hall* cheio de almofadas e travesseiros macios, chapéus, guarda-chuvas, casacos e luvas, objetos espalhados que tinham perdido sua curta vida pra sempre.

Mas o *hall* estava cheio, agora, de coisas vivas, coisas estranhas... todas horrivelmente simples, tanto quanto cabos de vassouras e guarda-chuvas podem ser simples. Uma mão frouxa gesticulava. Um rosto pontudo com bochechas vermelhas olhava pra Gerald, e uma boca grande e vermelha dizia alguma coisa que ele não conseguiu entender. A voz parecia com a do mendigo que morava na ponte e não tinha o céu da boca. Essas criaturas também não tinham céus das bocas, é claro que não tinham...

– Oe me eoear u om hoel? – disse a voz, novamente.

E precisou falar quatro vezes, até Gerald voltar a si o suficiente para entender que esse horror – vivo e, muito provavelmente, incontrolável – estava dizendo, com uma calma apavorante, e uma bem-educada persistência:

– Pode me recomendar um bom hotel?

CAPÍTULO 7

– Pode me recomendar um bom hotel?
Quem falou tinha a cabeça oca. Gerald tinha a melhor razão pra saber disso. O casaco de quem falou não tinha ombros dentro, só o cabide usado, cuidadosamente, pra guardá-lo. A mão levantada em forma de interrogação não era mão de maneira alguma; era uma luva frouxa, recheada com lenços de bolso; e o braço ligado a ela era apenas a sombrinha da Kathleen. Ainda assim, a coisa inteira estava viva e fazendo uma pergunta clara; e, pra qualquer um, qualquer um que fosse realmente um corpo, uma pergunta razoável.

Com a sensação de estar afundando pra dentro de si mesmo, Gerald percebeu que a hora de enfrentar a situação era agora ou nunca. E quando pensou isso, afundou pra ainda mais profundamente. Parecia impossível voltar um pouquinho que fosse.

– Desculpe-me, não entendi – foi, absolutamente, o melhor que pôde fazer.

O rosto de papel pintado e pontudo se virou pra ele mais uma vez e, mais uma vez, disse:

– Oe me eo ear u om ho el?

– Quer um hotel? – Gerald repetiu, tolamente. – Um bom hotel?

– U om ho el – repetiu a boca pintada.

– Sinto muito mesmo – Gerald continuou; podemos sempre ser bem-educados, claro, aconteça o que acontecer, e a boa educação veio pra ele de forma natural –, mas todos os nossos hotéis fecham muito cedo... por volta das oito, acho.

– Ata m sus orts e os aore – disse o Feioso-Feiura.

Até agora, Gerald não tinha entendido como aquela brincadeira – uma invenção apressada de chapéu, sobretudo, rosto de papel e mãos frouxas – podia ter se tornado, simplesmente por estar viva, alguém perfeitamente respeitável, aparentando uns cinquenta anos de idade, e obviamente famoso e respeitado em sua própria comunidade; o tipo de homem que só viaja na primeira classe e fuma charutos muito caros. Dessa vez, Gerald sabia, sem precisar de repetição, o que o Feioso-Feiura estava dizendo:

– Bata em suas portas e os acorde.

– Não adianta – Gerald explicou. – São todos surdos como pedras... cada uma das pessoas que possuem ou cuidam de um hotel nesta cidade. É...

Pensou rapidamente e disse:

– É lei. Só pessoas surdas podem cuidar de hotéis. Por causa do lúpulo na cerveja.

E se viu acrescentando:

– Sabe como é, lúpulo é muito bom pra dor de ouvido.

– Eao oe er m aoament! – falou o respeitável Feioso-Feiura.

E Gerald não ficou surpreso ao perceber que aquela coisa não estava prestando atenção no que dizia.

– É um pouco difícil – disse.

Os outros Feiosos-Feiuras estavam se aproximando. A mulher de gorro amarrado com lenço vermelho falou:

– Então, pode ser um alojamento.

Gerald viu que estava começando a entender melhor aquilo que os sem céu da boca diziam. A mulher começou a cantar espontaneamente, à toa, no ouvido de Gerald:

– Meu alojamento é no chão frio.

Mas... será que foi à toa mesmo?

– Sim, sei de um alojamento – Gerald falou devagar –, mas...

O mais alto dos Feiosos-Feiuras chegou mais perto. Estava vestindo o velho casacão marrom e a cartola que sempre ficavam pendurados no cabide de chapéus da escola, para desencorajar possíveis assaltantes, que acreditariam que um homem morava ali e que ele estava em casa. Tinha um jeito ao mesmo tempo mais esportivo e mais sociável que o que falou primeiro, e qualquer um podia ver que não era exatamente um cavalheiro.

– O e ero aer – começou a dizer, mas a moça Feiosa-Feiura de chapéu de palha coberto de flores interrompeu. Ela falava mais claramente que os outros, porque, como Gerald descobriu depois, sua boca tinha sido desenhada aberta, e a aba que foi cortada para fazer a abertura tinha sido dobrada pra trás e pra cima... de forma que ela tinha realmente algo parecido com um céu da boca, mesmo que fosse só de papel.

– O que quero saber – Gerald entendeu – é onde estão as carruagens que pedimos.

– Não sei – disse Gerald –, mas vou descobrir. Agora precisamos sair – acrescentou. – Estão vendo, a peça de teatro acabou e querem fechar as portas e apagar as luzes. Vamos sair!

– Ams air – repetiu o respeitável Feioso-Feiura, e caminhou pra porta da frente.

– Ams – disse a moça do chapéu com flores; e, Gerald me garantiu, seus lábios vermelhos abriram um sorriso.

– Vou ficar contente – disse Gerald, educadamente sincero – de fazer qualquer coisa por vocês, claro. As coisas acontecem tão estranhamente, quando menos se espera! Posso ir com vocês e arranjar um alojamento, se puderem esperar alguns minutos no... no pátio. É um pátio muito moderno – continuou, quando percebeu uma expressão de desdém em seus rostos brancos de papel –, não é um pátio comum; o barril – acrescentou criativamente – acabou de ser todo pintado de verde, e a lata de lixo é de ferro esmaltado.

Os Feiosos-Feiuras olharam uns pros outros, se consultando, e Gerald deduziu que a cor verde do barril e o esmalte da lata de lixo fizeram toda a diferença.

– Sinto muitíssimo – falou, aflito – ter de pedir que esperem, mas é que tenho um tio completamente louco e tenho que levar o seu mingau às nove e meia. Ele só come se eu levar, mais ninguém.

Gerald não se preocupou com o que disse. As únicas pessoas com quem se pode falar mentiras são os Feiosos-Feiuras: são apenas roupas e não têm interior, pois não são humanos, apenas um tipo de "visões reais" e, portanto, não podem ser enganados – mas podem parecer que são.

Pela porta de trás; que tem um vidro azul, amarelo, vermelho e verde; depois, pela escada que leva até o pátio, Gerald foi mostrando o caminho, e a tropa de Feiosos-Feiuras o seguindo. Alguns estavam de botas, mas os que tinham pés de cabos de vassouras ou de guarda-chuvas acharam os degraus muito incômodos.

– Se não se importam – disse Gerald –, esperem debaixo da janela. Meu tio é muito doido mesmo. Se visse... se visse estranhos... quer dizer, mesmo estranhos nobres... não sei o que aconteceria.

– Talvez – falou a moça do chapéu com flores, nervosa – fosse melhor procurarmos sozinhos pelo alojamento.

– Eu não aconselharia – disse Gerald, com o tom mais ameaçador que conseguiu encontrar. – A polícia daqui prende todos os estranhos. É uma nova lei, acabou de ser criada – acrescentou, convincente. – E vocês arrumariam um alojamento que certamente não desejam... Não suportaria ver vocês em uma prisão subterrânea e escura – acrescentou, amavelmente.

– U ao eo aaeer os jornais – disse o respeitável Feioso-Feiura, e acrescentou algo que soou como "não nesse estado infeliz".

Acomodaram-se debaixo da janela. Gerald lançou um último olhar pra eles e se perguntou, do fundo do coração, por que não estava com medo, enquanto seu lado mais racional o parabenizava por sua valentia, pois as coisas pareciam realmente apavorantes.

Com aquela iluminação, era difícil acreditar que eram, na verdade, apenas roupas e travesseiros e bastões. Ocos. Enquanto subia os degraus, Gerald ouviu a conversa deles, naquela língua esquisita, cheia de vogais; e achou que era a voz do respeitável Feioso-Feiura que dizia: "Rapaz muito atencioso", e, depois, a da moça do chapéu com flores: "Sim, muito".

Fechou a porta de vidro colorido e deixou pra trás o pátio com sete criaturas impossíveis. Na sua frente, estava a casa silenciosa, com, ele sabia muito bem, cinco seres humanos tão amedrontados quanto seres humanos podem ficar.

Talvez você esteja pensando que Feiosos-Feiuras não causam medo. Isso porque nunca viu um deles ganhar vida. Você precisa fazer um:

qualquer terno velho do seu pai, um chapéu que ele não esteja usando, um ou dois travesseiros, um rosto pintado num pedaço de papel, alguns bastões e um par de botas são suficientes; peça a seu pai um anel que realiza desejos, devolva depois que usar, e veja como vai se sentir.

É claro que a razão pra Gerald não estar com medo é que ele estava com o anel. E, como você já viu, quem usa aquilo não sente medo de coisa alguma, a não ser que a toque. Mas Gerald sabia bem como os outros estavam se sentindo. Foi por isso que parou por um minuto no *hall* e tentou imaginar o que realmente o acalmaria se estivesse sentindo aquele terror.

– Cathy! Oi! Ei, Jimmy! Olá, Mabel! – gritou bem alto, com uma voz alegre que soou falsa até pra ele mesmo.

A porta da sala de jantar abriu apenas três cautelosos centímetros.

– Caramba... aquelas criaturas!

E continuou, empurrando a porta suavemente com o ombro:

– Cuidado! Por que estão com a porta fechada?

– Você está... sozinho? – perguntou Kathleen, ofegante e em voz baixa.

– Sim, claro. Não seja tola!

A porta se abriu, revelando três pessoas assustadas e as cadeiras desarrumadas onde a plateia esquisita tinha sentado.

– Onde estão? Você desfez o desejo? Ouvimos uma conversa deles. Horrível!

– Estão no pátio – disse Gerald com o melhor fingimento de entusiasmo e alegria que conseguiu.

– É tão divertido! São como pessoas reais, muito gentis e animados. É a melhor brincadeira! Não contem pra Mademoiselle nem pra Eliza. Vou cuidar delas. Depois, Kathleen e Jimmy devem ir pra cama, e eu vou levar Mabel pra casa; e assim que sairmos, vou achar algum tipo de alojamento pra eles... são tão engraçados! Queria muito que vocês todos fossem comigo.

– Engraçados? – repetiu Kathleen, triste e incrédula.

– De morrer de rir! – Gerald assegurou, com firmeza. – Agora, apenas escutem o que vou dizer pra Mademoiselle e Eliza e confirmem tudo, sem pensar duas vezes.

– Mas – falou Mabel – você não pode estar dizendo que vai me deixar sozinha assim que sairmos e vai embora com aquelas criaturas horríveis. Parecem demônios.

– Imagino as mentiras que ele deve estar falando.

– Espere até vê-los de perto – aconselhou Gerald. – Ora, são totalmente comuns... A primeira coisa que um deles fez foi me pedir pra recomendar um bom hotel! No começo, não consegui entender, porque ele não tem o céu da boca, lógico.

Foi um erro dizer isso, e Gerald percebeu imediatamente.

Mabel e Kathleen estavam de mãos dadas, de um jeito que mostrava claramente como, minutos antes, tinham estado agarradas uma na outra, numa mistura de aflição e terror. Naquele momento, se agarraram de novo. E Jimmy, que estava sentado na beira do que tinha sido o palco, chutando um lençol cor-de-rosa, ficou visivelmente apavorado.

– Não importa – Gerald explicou. – Estou falando dos céus das bocas. Logo vão entender. Quando estava vindo pra cá, escutei um deles dizendo que eu era um rapaz muito atencioso. Não teriam percebido uma coisa assim se fossem demônios, não é?

– Não quero saber o quanto pensam que você é atencioso. Se não me levar pra casa, não é, e pronto. Você vai? – Mabel exigiu.

– Claro que vou. Essa brincadeira não vai acabar assim. Agora, vou cuidar de Mademoiselle.

Tinha vestido o casaco enquanto conversavam. Subiu correndo as escadas e os outros, juntos no *hall*, puderam ouvir a leve "não-há-nada-de-errado-acontecendo-não-sei-por-que-fugiram" batida na porta, o tranquilizador "sou eu, apenas eu... Gerald", a pausa, a porta sendo aberta e a conversa que veio em seguida. Depois, ouviram Mademoiselle e Gerald na porta de Eliza, com palavras de confiança, e o terror volúvel de Eliza diplomaticamente acalmado.

– Imagino as mentiras que ele deve estar falando – Jimmy resmungou.

– Oh! Mentiras, não – disse Mabel. – Está apenas contando a parte da verdade que precisam saber.

– Se você tivesse nascido homem – falou Jimmy, com tom de provocação –, seria um hipócrita repugnante e viveria escondido dentro de chaminés.

– Se eu fosse apenas um garotinho – Mabel rebateu –, não morreria de medo de um monte de casacos velhos.

– Sinto muito por terem ficado assustadas – a voz melosa de Gerald flutuou escada abaixo. – Não achamos que iam ficar com medo. Foi um bom truque, hein?

– Veja! – Jimmy sussurrou. – Está dizendo que foi um truque nosso.

– E foi mesmo – falou Mabel, com firmeza.

– Realmente, foi um truque admirável – disse Mademoiselle. – E como fizeram os bonecos se moverem?

– Oh, sempre fazemos isso... com cordas – Gerald explicou.

– É verdade, também – Kathleen sussurrou.

– Vamos ver vocês fazerem esse truque tão extraordinário novamente – disse Mademoiselle chegando ao pé da escada.

– Oh, já desmanchei tudo! – disse Gerald.

– Foi mesmo – Kathleen sussurrou pra Jimmy.

E Gerald continuou:

– Ficamos tão chateados por terem se assustado; pensamos que não iam querer vê-los de novo.

– Então – disse Mademoiselle, animada, enquanto espiava a bagunçada sala de jantar e via que os indivíduos realmente tinham desaparecido –, que tal jantarmos e conversarmos sobre a bela peça de teatro de vocês?

Gerald explicou que seus irmãos gostariam muito de fazer isso. Quanto a ele, Mademoiselle ia concordar que tinha que levar Mabel até sua casa, e por mais gentil que ela tivesse sido ao convidá-la pra passar a noite lá, isso não seria possível, por causa do amor delirante e ansioso da tia. E não adiantava sugerir que Eliza levasse Mabel, porque Eliza ficava nervosa de noite, a não ser quando estava acompanhada do seu noivo.

Então Mabel colocou seu próprio chapéu e pôs uma capa que não era sua; e ela e Gerald saíram pela porta da frente, entre palavras amáveis e encontros marcados para o dia seguinte.

Assim que a porta da frente foi fechada, Gerald pegou Mabel pelo braço e a levou rapidamente pra esquina da rua do pátio. Bem na esquina, parou.

– Agora – disse –, o que quero saber é... você é ou não covarde?

– Covarde é você! – disse Mabel, mas só mecanicamente, pois viu que ele estava falando sério.

– Porque eu não tenho medo de Feiosos-Feiuras. São tão inofensivos quanto animais domésticos. Mas um covarde poderia ficar com medo e revelar tudo. Se é covarde, fale logo, e voltamos e falamos que está com medo de andar até a sua casa e que vou avisar pra sua tia que vai passar a noite conosco.

– Não sou covarde – disse Mabel, e acrescentou, olhando atentamente ao seu redor, com uma expressão de quem está verdadeiramente aterrorizado: – Não tenho medo de nada.

– Vou deixar você compartilhar minhas dificuldades e meus perigos – falou Gerald. – Pelo menos, é o que estou querendo fazer. E posso dizer que não faria isso nem pro meu próprio irmão. Se estragar meu plano, não falo com você nunca mais, e também não deixo que os outros falem.

– Você é um bruto, isso é o que é! Não preciso de ameaças pra ficar corajosa. Eu sou.

– Mabel – disse Gerald, com voz mais baixa e comovente, pois viu que tinha chegado a hora de mudar de tom –, eu sei que é corajosa. Acredito em você. Foi por isso que organizei as coisas dessa forma. Tenho certeza que possui a coragem de um leão por baixo dessa aparência simples. Posso confiar em você? Até a morte?

Mabel sentiu que dizer qualquer coisa, além de "sim" seria jogar fora uma preciosa reputação de coragem. E "sim" foi o que disse.

– Então, espere aqui perto do poste. Quando eu estiver chegando com eles, lembre-se: são tão inofensivos quanto serpentes... quer dizer, pombas. Fale com eles do mesmo jeito que falaria com qualquer pessoa. Entendeu?

Estava saindo, quando parou com a pergunta natural dela:

– Pra qual hotel falou que ia levá-los?

– Oh, caramba! – o angustiado Gerald agarrou os cabelos com as duas mãos.

– Está vendo, Mabel? Já está me ajudando.

Até naquele momento, o garoto ainda tinha tato:

– Esqueci completamente! Ia te perguntar... não tem um alojamento ou algum lugar, no terreno do castelo, onde poderiam passar a noite? O encanto vai ter fim, alguma hora, como foi com o de ficar invisível, e vão ser apenas um monte de casacos e coisas que podemos levar pra casa um dia. Tem um alojamento ou algum lugar?

– Tem uma passagem secreta, um túnel – Mabel começou a falar... mas, naquele momento, a porta do pátio foi aberta e um Feioso-Feiura pôs a cabeça pra fora e olhou ansiosamente pra rua.

– Certo! – Gerald correu ao seu encontro.

Tudo que Mabel pôde fazer foi não correr na direção oposta, com um objetivo oposto. Era tudo que podia fazer, e foi o que fez, e ficou orgulhosa de si mesma cada vez que se lembrou dessa noite.

Então, com todo o cuidado necessário quando se tem um tio completamente louco por perto, os Feiosos-Feiuras, uma tropa sinistra, atravessaram a porta do pátio.

– Use os dedos do pé pra andar, querida – sussurrou o Feioso-Feiura de boina para a moça do chapéu com flores; e mesmo naquela situação emocionante, Gerald se perguntou como ela poderia fazer isso, já que os dedos de um pé eram nada mais que a ponta de um taco de golfe e os do outro, um bastão de hóquei.

Mabel achou que recuar até o poste na esquina não era vergonha alguma, mas, chegando lá, se obrigou a parar. E ninguém, exceto Mabel, algum dia saberá o quanto isso custou.

Pense bem: ficar lá, parada, firme e calma, e esperar que aquelas inacreditáveis coisas ocas cheguem até ela, fazendo barulho na calçada com seus pés pesados, ou flutuando pelo caminho silenciosamente, como era o caso da moça do chapéu com flores, conduzida por uma saia que tocava o chão e que tinha, Mabel sabia muito bem, absolutamente nada dentro.

Ficou parada, imóvel; as palmas das mãos estavam frias e úmidas, mas ficou imóvel, repetindo sem parar:

– Não são de verdade... não podem ser de verdade. É só um sonho... não são de verdade. Não podem ser.

Aí Gerald chegou, e todos os Feiosos-Feiuras se juntaram ao seu redor, e ele falou:

– Essa é a Mabel, uma das nossas amigas... a Princesa da peça, lembram? – e acrescentou, sussurrando ao ouvido de Mabel:

– Seja valente.

Mabel, com todos os nervos tensos como as cordas de um banjo, passou por um momento horrível: não sabia se conseguiria ser valente ou se seria apenas uma menininha doida gritando e correndo. Foi quando o respeitável Feioso-Feiura apertou frouxamente a sua mão ("Não pode ser de verdade", falou consigo mesma), e a Feiosa-Feiura de gorro amarrado com lenço vermelho segurou seu braço com uma luva macia no final de um cabo de guarda-chuva:

– Você, minha querida coisinha esperta! Venha, ande comigo! – Convidou de uma forma infantil e extrovertida, naquele jeito de falar quase completamente sem consoantes.

Então, subiram a High Street como se – Gerald falou – fossem pessoas comuns.

Era uma procissão estranha, mas a cidade de Liddlesby dorme cedo, e a polícia de Liddlesby, assim como a da maior parte das cidades, usa botas que podem ser ouvidas a um quilômetro de distância. Se Gerald escutasse essas botas, teria tempo suficiente pra mudar de caminho e evitar o encontro.

O garoto não poderia negar que sentia orgulho da coragem de Mabel, quando ouviu suas respostas bem-educadas aos comentários ainda mais bem-educados da amável Feiosa-Feiura. Nem sabia quanto

Era uma estranha procissão.

tempo faltava pro berro que ia estragar tudo e trazer pra rua a polícia e os moradores, para a ruína de todos.

Não encontraram pessoas, a não ser um homem, que murmurou: – Guy Fawkes,[29] socorro! – e atravessou a rua apressadamente. No dia seguinte, quando contou pra esposa, ela não acreditou e disse que ele estava julgando as pessoas e, o pior, de maneira irracional.

Mabel se sentiu como se estivesse participando de um pesadelo, mas Gerald também estava lá; Gerald, que tinha perguntado se ela era covarde. Não, não era. Mas logo seria, sabia disso. Porém continuou a participar da amável conversa de vogais daquelas pessoas impossíveis. Sempre tinha ouvido sua tia falar sobre pessoas impossíveis. Agora sabia como eram.

A luz do crepúsculo de verão tinha se transformado em luz da Lua de verão. As sombras dos Feiosos-Feiuras eram muito mais horríveis do

---

[29] Um grupo de católicos havia planejado explodir o Parlamento Britânico, com o rei dentro, em 1605. Na noite anterior, um deles, Guy Fawkes, foi encontrado no porão com os explosivos, e o plano falhou. Há uma tradição na Inglaterra de queimar guys (bonecos como o de Judas, no Brasil) em uma fogueira todo dia 5 de novembro. (N.T.)

que eles próprios. Mabel desejou que a noite fosse escura, e logo corrigiu seu desejo, com um leve arrepio.

Gerald, respondendo a um interrogatório do Feioso-Feiura de cartola sobre escolas, esportes, passatempos e ambições, se perguntava quanto tempo o encanto ainda ia durar. Parecia que o anel funcionava em grupos de sete. Essas coisas teriam sete horas de vida... ou quatorze... ou vinte e uma? Sua mente se perdeu na complicada tabuada de multiplicação do número sete (difícil, mesmo em ocasiões bem mais tranquilas) e só se encontrou, chocada, quando a procissão estava em frente aos portões do Castelo.

Fechados, claro.

– Estão vendo? – explicou, enquanto os Feiosos-Feiuras sacudiam os portões de ferro com mãos inacreditáveis, em vão. – Está muito tarde. Tem outra entrada, mas vão ter que passar por um buraco.

– As damas... – o respeitável Feioso-Feiura começou a se opor, mas as damas, a uma só voz, afirmaram que amavam aventuras.

– São tão incrivelmente emocionantes – acrescentou a de gorro.

Então, foram até a entrada da caverna. Foi um pouco difícil encontrá-la à luz da Lua, que sempre disfarça as coisas mais conhecidas. Gerald entrou primeiro, com o farol da bicicleta, que tinha pegado rapidamente, quando os seres estranhos saíram do pátio. A tensa Mabel foi depois, e aí os Feiosos-Feiuras, com ruídos ocos de braços e pernas se chocando contra a pedra, rastejaram, e em meio a estranhos sons de admiração, basicamente vogais, seguiram a luz ao longo do caminho, passaram pelas samambaias e por debaixo do arco.

Quando chegaram ao deslumbrante jardim italiano, banhado pela luz da Lua, um "Oh!" de surpresa e admiração bastante fácil de entender saiu de mais de uma boca pintada no papel; e parece que o respeitável Feioso-Feiura disse que aquilo era, sem dúvida, uma atração turística.

Certamente, aqueles terraços de mármore e aqueles caminhos sinuosos de cascalho nunca tinham ecoado passos tão estranhos. Nem sombras tão loucamente inacreditáveis tinham, apesar de todo o encantamento, alguma vez baixado sobre aqueles gramados suaves, cinzentos, cheios de orvalho.

Gerald estava pensando nisso, ou em alguma coisa parecida (o que realmente pensou foi: "Aposto que nunca aconteceu coisa semelhante, nem mesmo aqui!"), quando viu a estátua de Hermes pular do pedestal e correr em sua direção, com toda aquela curiosidade animada de um menino de rua doido pra entrar numa briga de rua.

Percebeu, também, que era o único que via aquele ser avançando. E sabia que era o anel que permitia que visse o que não era visto pelos outros. Então, tirou o anel do dedo. Sim, Hermes estava no seu pedestal, imóvel como o boneco de neve que você vê em filmes de Natal. Pôs o anel novamente, e lá estava Hermes, circulando entre o grupo e olhando atentamente pra cada um dos inconscientes Feiosos-Feiuras.

– Isso parece um hotel excelente – disse o Feioso-Feiura de cartola. Tudo feito com o que se pode chamar de bom gosto.

– Temos de entrar pela porta de trás – falou Mabel, de repente. – Sempre trancam a porta da frente às nove e meia.

Um Feioso-Feiura baixo e gordo, usando um boné de críquete amarelo, que até então quase não tinha falado nada, murmurou alguma coisa sobre uma fuga e sobre se sentir muito jovem de novo.

Já tinham contornado o lago com bordas de mármore, onde um peixe dourado nadava e brilhava com uma luz trêmula, e onde a besta de pedra pré-histórica tinha ido se banhar. Sob a luz da Lua, diamantes brancos cintilavam na água e, de todos, só Gerald viu que o lagarto enorme e cheio de escamas estava lá, naquele momento, rolando e chafurdando entre as flores de lótus.

Subiram apressadamente os degraus do Templo de Flora. Atrás da construção, onde nenhum arco elegante se abria para o céu, tinha uma daquelas colinas muito inclinadas, quase penhascos, que diversificavam a paisagem daquele jardim.

Mabel passou atrás da estátua da deusa, apalpou a pedra por algum tempo, e então o farol de Gerald, brilhando como um holofote, mostrou uma entrada muito alta e muito estreita. A pedra que era a porta e que fechava a entrada se moveu devagar, ao toque dos dedos de Mabel.

– Por aqui – disse ela, e respirou fundo. Os pelos da sua nuca estavam frios e arrepiados.

– Você, meu jovem, nos guia com o farol – disse o Feioso-Feiura suburbano, com seu jeito franco, mas agradável.

– Eu... eu preciso ficar por último, pra fechar a porta – falou Gerald.

– A Princesa pode fazer isso. Vamos ajudar – disse a de chapéu com flores, muito alegre; e Gerald achou que ela era terrivelmente intrometida.

Insistiu, gentilmente, que seria o responsável pelo fechamento seguro daquela porta.

– Não gostariam que eu tivesse problemas, tenho certeza – argumentou. E os Feiosos-Feiuras, bem-educados e sensatos, pela última vez, concordaram que isso, entre todas as coisas, era o que mais lamentariam.

– Você leva isso – disse Gerald, entregando o farol de bicicleta pro Feioso-Feiura mais velho. – É o líder natural. Siga em frente.

– Tem algum degrau? – perguntou pra Mabel, sussurrando.

– Não por um bom tempo – ela sussurrou de volta. – Vai direto por séculos e depois muda de direção.

– Cochichando, hein? – falou de repente o menor de todos os Feiosos-Feiuras. – Falta de educação.

– Não tem educação mesmo – sussurrou a moça Feiosa-Feiura. – Não ligue pra ele... venceu na vida pelos próprios esforços – e pegou no braço da Mabel com uma frouxidão horripilante.

O respeitável Feioso-Feiura guiando com o farol, os outros seguindo atrás confiantemente, desaparecendo um por um dentro daquela entrada estreita; e Gerald e Mabel, parados, sem nem ao menos respirar, com medo de que um suspiro pudesse retardar a procissão, quase choraram de alívio.

Antes da hora, como eles viram logo depois. Pois, de repente, ouviram barulhos e uma confusão dentro do túnel, e enquanto tentavam fechar a porta às pressas, os Feiosos-Feiuras tentavam, furiosamente, abri-la de novo.

Se encontraram alguma coisa assustadora no túnel escuro, se acharam, com suas cabeças ocas, que esse poderia não ser o caminho pra porta de trás de um hotel realmente bom, ou se uma inesperada intuição os convenceu de que estavam sendo enganados, Mabel e Gerald nunca souberam.

Mas souberam que os Feiosos-Feiuras não eram mais seres amigáveis que agiam como pessoas comuns: uma mudança violenta tinha acontecido. Gritos de "Não, não!", "Não vamos continuar!", "Ele tem de nos guiar!" quebravam a tranquilidade da noite perfeita, de sonho. Ouviam berros de mulheres, gritos roucos de Feiosos-Feiuras decididos a resistir e, o que era pior, o firme empurrão pra abrir aquela estreita porta de pedra que quase tinha sido fechada atrás do bando horripilante.

Pela fresta, podiam ser vistos à luz do farol: um bando de seres escuros se contorcendo. Um enchimento em forma de mão segurava a porta pelos dois lados; braços de bastões se estendiam raivosamente em direção ao mundo que, se a porta fosse fechada, não veriam mais. E as falas sem consoantes não tinham mais o tom de paz e harmonia: eram ameaçadoras, cheias de perigos e horrores inimagináveis.

O enchimento em forma de mão caiu sobre o braço de Gerald e, imediatamente, todos os terrores que ele tinha, até então, conhecido apenas na imaginação, ficaram reais. Viu – como naquele tipo de retrospectiva que mostra todo o passado de quem está se afogando – o que tinha pedido a Mabel pra fazer, e que ela tinha feito.

– Empurre, empurre em nome da sua vida! – gritou, e colocando o calcanhar contra o pedestal de Flora, empurrou com toda a força.

– Não consigo mais... oh, não consigo! – gemeu Mabel, e tentou usar o calcanhar da mesma forma, mas suas pernas eram muito curtas.

– Não podem sair, não podem! – Gerald falou, com voz ofegante.

– Vão ver só, quando sairmos. – A voz veio do lado de dentro, num tom que a fúria e a falta de céu da boca não deixariam qualquer ouvido entender, com exceção daqueles afiados pelo medo selvagem de um momento indescritível.

– O que está acontecendo aí? – gritou, de repente, uma nova voz, uma voz com todas as consoantes claras e definidas, encorajadoras. E, inesperadamente, uma nova sombra desceu sobre o chão de mármore do Templo de Flora.

Então, o recém-chegado ouviu a voz de Gerald:

– Venha, ajude a empurrar! Se saírem, vão matar todos nós.

Um ombro largo, coberto de veludo, abriu caminho entre os ombros de Gerald e Mabel. O calcanhar de um homem forte buscou a ajuda do pedestal da deusa. A porta pesada e estreita foi cedendo devagar, fechou e se trancou.

E o bando de Feiosos-Feiuras furiosos, revoltados, ameaçadores ficou do lado de dentro, enquanto Gerald e Mabel – oh, alívio inacreditável! – ficaram de fora. Mabel se deixou cair sobre o chão de mármore, chorando lágrimas de vitória e de cansaço. Se eu estivesse lá, teria olhado pro outro lado pra não ver, caso Gerald tivesse se entregado aos mesmos sentimentos.

O recém-chegado – Gerald decidiu mais tarde que parecia um guarda florestal – olhou pra... bem, certamente, pra Mabel, e disse:

– Ora, não seja bobinha. (Provavelmente, disse: "Não sejam dois bobinhos.") Quem são eles. E que história é essa?

– Não posso contar, de jeito nenhum – Gerald falou, com voz ofegante.

– Vamos ter de cuidar disso, não vamos? – disse o recém-chegado, amavelmente. – Venham até onde tem luar, e lá vamos discutir a situação.

Mesmo com seu mundo em estado de bagunça total, Gerald achou tempo pra pensar que, muito provavelmente, um guarda florestal que usava palavras como aquelas viveu um passado romântico.

Mas, ao mesmo tempo, viu que um homem como aquele seria bem menos fácil de "convencer" com uma história sem lógica do que Eliza ou Johnson ou, até mesmo, Mademoiselle. Na verdade, ele parecia, diante da única história que tinham pra contar, impossível de ser convencido.

Gerald se levantou – se é que já não estava de pé, ou que ainda estivesse de pé – e pegou a mão fraca e agora quente da chorosa Mabel. Quando fez isso, o "inconvencível" pegou a sua mão, tirou as duas crianças da sombra da cúpula do Templo de Flora e as levou para os degraus, que estavam cobertos com a branca e muito clara luz da Lua. Sentado entre as crianças, acomodou a mão de cada uma sob seus braços aveludados de uma forma carinhosa e tranquilizadora e disse:

– Então, pronto! Contem tudo!

Mabel apenas chorava. Temos de compreendê-la: tinha sido muito corajosa, e não duvido que todas as heroínas, de Joana d'Arc a Grace Darling,[30] tiveram seus momentos de choro.

Mas Gerald disse:

– Não adianta. Se eu inventasse uma história, você não se deixaria enganar.

– De qualquer jeito, isso é um elogio ao meu bom senso – disse o estranho. – O que devo fazer para que me digam a verdade?

– Se disséssemos a verdade – falou Gerald –, você não acreditaria.

– Experimentem – disse o aveludado. Não tinha barba ou bigode, e seus olhos eram grandes e brilhavam quando tocados pela luz da Lua.

– Não posso – disse Gerald. E estava claro que falava a verdade. – Ou você pensaria que somos loucos e nos faria calar a boca ou, então...

---

[30] Grace Horsley Darling (1815-1842) foi uma heroína inglesa que, junto com o pai, arriscou a própria vida e salvou 13 pessoas de um navio que naufragou perto do farol onde moravam. (N.T.)

não, não é uma boa ideia. Obrigado pela ajuda e, por favor, precisamos ir pra casa.

– Fico me perguntando – disse o estranho, pensativo – se têm alguma imaginação.

– Já que fomos nós que inventamos todos eles... – Gerald começou a contar, entusiasmado, mas parou logo, com uma cautela que por pouco chegaria atrasada.

– Se o que você chama de "todos eles" são aquelas pessoas que ajudei a aprisionar naquela sepultura remota – disse o estranho, soltando a mão de Mabel pra pôr seu braço nos ombros da menina –, lembrem--se de que os vi e ouvi. E, com todo respeito pela imaginação de vocês, duvido que qualquer invenção seja tão real.

Gerald pôs os cotovelos sobre os joelhos e o queixo nas mãos.

– Recupere o seu autocontrole – disse o aveludado. – Enquanto isso, vou dizer a minha opinião: acho que não imaginam a minha situação; vim de Londres pra tomar conta de uma grande propriedade.

– Pensei que era um guarda florestal – disse Gerald.

Mabel encostou a cabeça no ombro do estranho:

– Herói disfarçado; então, entendi – e fungou.

– De jeito nenhum – disse ele. – Administrador seria mais apropriado. Na primeiríssima noite, saio pra respirar um ar de Lua cheia e, chegando perto de uma construção branca, escuto sons de uma luta violenta e pedidos desesperados de ajuda. Dominado pelo entusiasmo do momento, ajudo e prendo não sei quem atrás de uma porta de pedra. Ora, é um absurdo perguntar quem foi que tranquei, quer dizer, ajudei a trancar, e quem foi que ajudei?

– É bastante razoável – Gerald admitiu.

– Então... – disse o estranho.

– Então – falou Gerald –, acontece que não... – acrescentou, depois de uma pausa – acontece que eu simplesmente não posso contar.

– Então, vou ter de perguntar a eles. – disse o aveludado. – Vou até lá... abro a porta e descubro por mim mesmo.

– Conte – disse Mabel. – Não ligue se ele não acreditar. Eles não podem ficar soltos.

– Muito bem – falou Gerald –, vou contar. Preste atenção, senhor administrador, vai nos dar a palavra de honra de um cavalheiro inglês; porque, é claro, vejo que é isso que você é, administrador ou não. Vai prometer que não vai dizer pra ninguém o que vamos te contar, e que não vai nos colocar no hospício, por mais loucos que possamos parecer?

– Sim – disse o estranho. – Acho que posso prometer isso. Mas se tiveram uma briga de mentira e prenderam aquelas pessoas naquele buraco, não acham que é melhor libertá-las? Devem estar terrivelmente assustadas. Afinal de contas, acho que são apenas crianças.

– Espere até ouvir – Gerald respondeu. – Não são crianças... longe disso! Devo apenas falar sobre eles ou começar pelo começo?

– Pelo começo, claro – disse o estranho.

Mabel tirou sua cabeça do ombro do aveludado e disse:

– Vou começar então. Achei um anel e disse que ele podia fazer com que eu ficasse invisível. Disse isso de brincadeira. E ele fez mesmo. Fiquei invisível por horas. Não importa onde consegui esse anel. Agora, Gerald, você continua.

Gerald continuou; e continuou por um bom tempo, pois era uma história muito boa de ser contada.

– Então – terminou –, estão presos lá; e quando se passarem sete horas ou quatorze ou vinte e uma ou qualquer múltiplo de sete, vão ser apenas casacos velhos de novo. Ganharam vida às nove e meia. Acho que vão ficar vivos por sete horas... quer dizer, até quatro e meia. Agora podemos ir pra casa?

– Vou acompanhar vocês – disse o estranho, com um novo tom de gentileza exagerada. – Venham... vamos embora.

– Não acredita em nós – disse Gerald. – É claro que não. Ninguém poderia. Mas se eu quisesse, poderia fazer você acreditar.

Os três ficaram de pé, e o estranho olhou fixamente nos olhos de Gerald, até este responder ao seu pensamento.

– Não, não pareço louco, pareço?

– Não, você não é. Mas, olhe, é um garoto extraordinariamente sensato. Não acha que pode estar com febre ou coisa assim?

– E Cathy e Jimmy e Mademoiselle e Eliza e o homem que disse "Guy Fawkes, socorro!", e *você*, você viu que eles se movem... você ouviu os gritos deles. Está com febre ou coisa assim?

– Não... ou, pelo menos, nada além de excesso de informações malucas. Venham, vou levar vocês pra casa.

– Mabel mora no Castelo – disse Gerald, quando o estranho

começou a andar em direção ao caminho que levava até o grande portão de entrada.

– Nada a ver com Lord Yalding – disse Mabel, apressadamente. – Sou sobrinha da governanta – segurou a mão dele durante todo o caminho. Na entrada de criados, levantou o rosto pra ser beijado, e entrou.

– Pobre coisinha! – disse o administrador, enquanto caminhavam em direção ao portão.

E foi com Gerald até a entrada da escola.

– Olhe aqui – disse o garoto antes de entrar –, sei o que vai fazer. Vai tentar abrir aquela porta.

– Muito esperto! – disse o estranho.

– Ora... não faça isso. Ou, de qualquer modo, espere até o dia clarear e nos deixe estar lá também. Podemos chegar por volta das dez horas.

– Está bem... encontro vocês lá, por volta das dez – respondeu o estranho. – Uau! Vocês são os garotos mais esquisitos que já conheci.

– Somos esquisitos – Gerald reconheceu. – Mas você também seria se... Boa noite.

Enquanto caminhavam sobre o gramado macio em direção ao Templo de Flora, as quatro crianças conversavam, como tinham feito a manhã inteira, sobre as aventuras da noite passada e sobre a coragem de Mabel. Não eram dez horas, e sim meio-dia e meia, pois Eliza, com o apoio de Mademoiselle, tinha insistido para que "arrumassem", e muito cuidadosamente, a "bagunça" da noite anterior.

– Você é uma heroína Victoria Cross,[31] querida – disse Cathy, calorosamente. – Merece uma estátua em sua homenagem!

– A estátua ganharia vida se fosse colocada aqui – disse Gerald, com ironia.

– Eu não teria medo – disse Jimmy.

– À luz do dia – Gerald afirmou – tudo parece muito diferente.

---

[31] Victoria Cross é a mais importante condecoração agraciada pela monarquia britânica a militares por bravura frente ao inimigo. (N.T.)

Um rosto pontudo pintado em papel olhava atentamente pra fora.

– Espero que ele esteja mesmo lá – disse Mabel. – Era tão legal, Cathy... um perfeito administrador, com a alma de um cavalheiro.

– Mas não está – disse Jimmy. – Acho que você apenas sonhou, assim como sonhou com as estátuas ganhando vida.

Subiram os degraus de mármore sob o brilho do Sol, e era difícil acreditar que esse era o lugar onde, sob a luz da Lua, na noite anterior, o medo tinha colocado suas mãos frias nos corações de Mabel e de Gerald.

– Devemos abrir a porta – sugeriu Kathleen – e começar a levar os casacos pra casa?

– Vamos ouvir primeiro – disse Gerald. – Talvez ainda não sejam apenas casacos.

Puseram os ouvidos nas dobradiças da porta de pedra. Atrás dela, os Feiosos-Feiuras tinham gritado e ameaçado na noite passada. Estava tudo parado, assim como a doce manhã. Foi quando se viraram que enxergaram o homem que tinham vindo encontrar. Estava do outro lado do pedestal de Flora. Mas não estava de pé. Estava deitado de barriga pra cima, imóvel, com os braços abertos.

– Oh, vejam! – gritou Cathy, e apontou.

O rosto do administrador tinha uma estranha cor esverdeada e havia um corte em sua testa; as bordas do corte eram azuis, e um pouco de sangue tinha escorrido sobre o mármore branco. Na mesma hora, Mabel apontou também, mas não gritou, como Cathy tinha feito. E o que ela mostrou era um grande arbusto de azaleia, com folhas brilhantes; no meio dele, um rosto pontudo pintado em papel olhava atentamente pra fora – muito branco e muito vermelho, sob a luz do Sol – e, quando as crianças o viram, ele se escondeu atrás das folhas cintilantes.

CAPÍTULO 8

Estava tudo muito claro. Certamente, o pobre administrador tinha aberto a porta antes de acabar o encanto, enquanto os Feiosos-Feiuras ainda eram alguma coisa além de simples casacos e chapéus e bastões. Deviam ter saído apressadamente e feito isso com ele. Agora lá estava o homem, inconsciente.

"Teria sido um taco de golfe ou um bastão de hóquei que fez aquele corte horrível em sua testa?", Gerald se perguntou. As garotas tinham corrido até a vítima, e a cabeça dele já estava no colo de Mabel. Kathleen tinha tentado colocá-la em seu colo, mas Mabel foi mais rápida.

Jimmy e Gerald sabiam, ambos, o que era a primeira coisa que o inconsciente precisava, mesmo antes de Mabel falar, impaciente:

— Água! Água!

— Dentro de quê? — Jimmy perguntou, olhando duvidosamente para as próprias mãos e depois pro lago rodeado de mármore, abaixo da encosta verde, onde estavam as flores de lótus.

– Seu chapéu... qualquer coisa – disse Mabel.

Os dois garotos se foram.

– E se correrem atrás de nós? – Jimmy perguntou.

– Quem? – Gerald falou rapidamente.

– Os Feiosos-Feiuras – Jimmy sussurrou.

– Quem tem medo? – Gerald falou.

Mas olhou pra direita e pra esquerda muito cuidadosamente, e escolheu o caminho que não levava aos arbustos. Pôs água no chapéu de palha e voltou ao Templo de Flora, carregando-o cuidadosamente com as duas mãos.

Quando viu como a água passava rapidamente pela palha, tirou o lenço do bolso da camisa com os dentes e jogou dentro do chapéu. Foi com isso que as garotas limparam o sangue da sobrancelha do administrador.

– Precisamos de sais aromáticos – disse Kathleen, quase chorando.

– Sei que precisamos.

– Seria bom – Mabel reconheceu.

– Sua tia não tem?

– Sim, mas...

– Não seja covarde – disse Gerald. – Pense na noite passada. Eles não te machucariam. Ele deve ter insultado os Feiosos-Feiuras ou coisa assim. Olhe aqui, corra. Vamos cuidar para que nada corra atrás de você.

Não havia escolha a não ser entregar a cabeça do interessante inválido pra Kathleen. Então, Mabel fez isso, olhou bem ao redor da encosta rodeada de azaleias e partiu em direção ao castelo.

Os outros três se debruçaram sobre o imóvel administrador inconsciente.

– Não está morto, está? – Jimmy perguntou, ansioso.

– Não – Kathleen o acalmou. – Seu coração está batendo. Mabel e eu sentimos o seu pulso, como os médicos fazem. Como ele é assustadoramente bonito!

– Não assim tão cheio de poeira – Gerald admitiu.

– Nunca sei o que quer dizer com bonito – disse Jimmy. E, de repente, uma sombra caiu sobre o mármore ao lado deles e uma quarta voz falou (e não era a de Mabel, que apesar de ainda poder ser vista correndo, estava bem longe).

– Um jovem muito simpático – disse a voz.

As crianças levantaram os olhos... e viram o rosto do Feioso-Feiura mais velho de todos, o respeitável. Jimmy e Kathleen gritaram. Sinto muito, mas gritaram.

– Psiu! – disse Gerald, bravo. Ele ainda estava usando o anel. – Fiquem calados! Vou dar um jeito nele – acrescentou, em um sussurro.

– Triste acontecimento – falou o respeitável Feioso-Feiura. Falava com um sotaque esquisito: tinha alguma coisa estranha nos seus erres, e os emes e enes eram os de uma pessoa trabalhando sob um Sol intoleravelmente quente. Mas não era a voz apavorante, cheia de vogais, da noite anterior.

Kathleen e Jimmy se inclinaram sobre o administrador. Mesmo inconsciente, o fato de ele ser um humano parecia trazer alguma proteção. Mas Gerald, forte, com a imensa coragem que o anel dá a quem o usa, olhou bem no rosto do Feioso-Feiura e começou a agir.

O rosto era quase o mesmo que ele tinha pintado no papel de desenho da escola – mas não era o mesmo, pois não era mais papel: era um rosto real, e as mãos, magras e quase transparentes, também eram mãos reais. Enquanto ele se movia pra ver melhor o administrador, ficou claro que tinha pernas, braços... pernas e braços vivos, e uma espinha dorsal de verdade. Estava vivo mesmo e, certamente, querendo vingança.

– Como isso aconteceu? – Gerald perguntou, com um esforço bem-sucedido pra demonstrar calma.

– Muito triste – disse o Feioso-Feiura. – Os outros devem ter se perdido no caminho ontem à noite. Nunca acharam o hotel.

– Você achou? – Gerald perguntou, confuso.

– Claro! – disse o Feioso-Feiura muito respeitável. – Exatamente como você disse: um hotel muito bom. Quando saí, não foi pela frente, porque queria revisitar este cenário maravilhoso à luz do dia e o pessoal do hotel parecia não saber o caminho. Encontrei os outros todos naquela porta, furiosos. Ficaram ali a noite inteira, tentando sair. Então, a porta se abriu – este cavalheiro deve ter aberto – e antes que eu pudesse protegê-lo, o homem mal-educado de cartola... você lembra...

Gerald se lembrava.

– ...bateu na cabeça dele e ele caiu ali onde está. Os outros foram para lados diferentes, e eu estava indo procurar ajuda quando vi vocês.

Nesse ponto, Jimmy chorava e Kathleen estava branca como uma folha de papel.

Jimmy desmanchou os Feiosos-Feiuras.

— Qual é o problema, meu homenzinho? — disse o respeitável Feioso-Feiura, gentilmente. — Jimmy passou imediatamente das lágrimas para os berros.

— Tome, pegue o anel! — Gerald disse, num sussurro furioso, e colocou o anel no dedo quente e úmido de Jimmy. A voz do garoto ficou muda no meio de um berro. E Gerald entendeu o que Mabel tinha passado na noite anterior. Mas era dia, e ele não era um covarde.

— Precisamos achar os outros — disse.

— Acho — disse o Feioso-Feiura mais velho — que foram se banhar. Suas roupas estão no bosque.

E apontou com um dedo firme.

– Vocês dois vão até lá e vejam – disse Gerald. – Vou continuar a cuidar da cabeça deste rapaz.

No bosque, Jimmy, agora corajoso como um leão, descobriu quatro pilhas de roupas, cabos de vassouras, bastões de hóquei e máscaras, tudo o que tinha sido usado pra fazer os cavalheiros Feiosos-Feiuras da noite anterior.

Sobre um assento de pedra, bem ao Sol, estavam sentadas duas mulheres Feiosas-Feiuras, e Kathleen se aproximou cuidadosamente. Ter coragem é mais fácil com o brilho do Sol do que à noite, todos sabemos disso. Quando ela e Jimmy chegaram bem perto do banco, viram que as Feiosas-Feiuras eram apenas bonecas, tal e qual os que as crianças sempre tinham feito. Não havia vida neles. Jimmy os desmanchou, e Kathleen deu um suspiro de alívio.

– O encanto está quebrado, veja! – disse ela. – Mas o cavalheiro velho, aquele, é real. É apenas parecido com o Feioso-Feiura que fizemos.

– Pode ser, mas está usando o casaco que estava pendurado no *hall* – disse Jimmy.

– Não, é apenas semelhante. Agora vamos voltar ao estranho inconsciente.

Voltaram, e Gerald implorou ao idoso Feioso-Feiura que fosse ficar entre os arbustos com Jimmy – porque – disse – acho que o pobre administrador está voltando a si, e pode não gostar de ver pessoas desconhecidas... e Jimmy vai te fazer companhia. Ele é o melhor de nós pra ir com você – acrescentou apressadamente.

E isso, já que Jimmy estava com o anel, era totalmente verdade.

Os dois desapareceram atrás dos arbustos de azaleia. Mabel chegou com os sais bem na hora que o administrador abriu os olhos.

– Assim é a vida. Mesmo que eu não tivesse ido, ele acordaria.. mas...

Ajoelhou-se imediatamente e segurou o vidro debaixo do nariz do administrador até ele espirrar e, com esforço, empurrar a mão dela pra longe e fazer a simples pergunta:

– O que está acontecendo?

– Você machucou a cabeça – disse Gerald. – Fique deitado.

– Nada... mais... de sais – disse o homem, sem energia, e se deitou.

Logo depois, sentou-se e olhou ao redor. Havia um silêncio tenso. Ali estava um adulto que sabia o segredo da noite anterior, e nenhuma das crianças tinha certeza sobre qual seria o castigo da lei num caso em que as pessoas, não importa a idade, criaram Feiosos-Feiuras e os trouxeram à vida... Vida perigosa, de brigas, de raiva. O que aquele homem diria? O que faria? Ele disse:

– Que estranho! Fiquei muito tempo inconsciente?

– Horas – disse Mabel, sinceramente.

– Não muito – disse Kathleen.

– Não sabemos. Achamos você assim – disse Gerald.

– Estou bem, agora – disse o administrador, e seus olhos pousaram no lenço manchado de sangue. – Vejam só! Realmente bati a cabeça. E vocês me socorreram. Muito obrigado mesmo. Mas é estranho.

– O que é estranho? – a boa educação obrigou Gerald a perguntar.

– Bem, acho que não é exatamente estranho... creio que vi vocês um pouco antes de desmaiar ou o que for... mas sonhei o sonho mais extraordinário enquanto estava inconsciente e vocês estavam nele.

– Só nós? – perguntou Mabel, aflita.

– Oh, muitas outras coisas... coisas impossíveis... mas vocês eram bastante reais.

Todos respiraram fundo, aliviados. Foi realmente, como concordaram mais tarde, uma sorte ele se confundir.

– Tem certeza de que está bem? – perguntaram, quando ficou de pé.

– Perfeitamente, obrigado.

O administrador olhou atrás da estátua de Flora e disse enquanto se levantava:

– Sabem, sonhei que tinha uma porta ali, mas é claro que não tem. Não sei como agradecer por terem cuidado de mim – acrescentou, olhando pra eles com o que as meninas chamaram de "olhos bonitos e dóceis" –, foi sorte terem vindo. Podem vir quando quiserem – acrescentou. – Dou a vocês a liberdade de frequentar esse local.

– É o novo administrador, não é? – falou Mabel.

– Sim. Como sabe? – perguntou depressa.

Mas os garotos não responderam. Em vez disso, descobriram pra que lado ele estava indo e foram pro outro lado, depois de apertos de mãos e promessas de ambas as partes de se encontrarem de novo em pouco tempo.

– Querem saber? – disse Gerald enquanto viam o corpo alto e forte do administrador ficar cada vez menor sobre o verde intenso da encosta de grama. – Vocês têm alguma ideia de como vamos passar o dia? Porque eu tenho.

Os outros não tinham.

– Vamos nos livrar daquele Feioso-Feiura que está com Jimmy. Sim, vamos achar a maneira certa... e assim que tivermos feito isso, vamos pra casa guardar o anel em um envelope muito bem fechado. Assim, ele vai perder o poder mágico e não vai mais fazer brincadeiras imprevisíveis conosco. Então, vamos subir no telhado e ter um dia calmo: livros e maçãs. Estou cansado de aventura, é sério!

Os outros concordaram.

– Então, pensem – disse. – Pensem como nunca pensaram antes: como vamos ficar livres do Feioso-Feiura?

Todos tentaram, mas seus cérebros estavam cansados depois de tanta ansiedade e de tantos perigos, e nada do que pensaram, como disse Mabel, "valia ser pensado, quanto mais falado".

– Será que Jimmy está bem? – falou Kathleen, ansiosa.

– Oh, ele está bem! Está com o anel – disse Gerald.

– Tomara que não deseje alguma coisa que nos traga problemas – disse Mabel, mas Gerald pediu que ela se calasse e o deixasse pensar.

– Creio que penso melhor sentado – disse, e se sentou. – E, às vezes, podemos pensar melhor em voz alta. O Feioso-Feiura é real; não se enganem a esse respeito. E ficou real dentro do túnel. Se o levássemos de volta pra lá, talvez ele mudasse de novo, aí poderíamos levar os casacos e as outras coisas pra casa.

– Não tem outro jeito? – Kathleen perguntou. E Mabel, mais sincera, falou, rude:

– Não vou entrar naquele túnel, não vou mesmo!

– Com medo! Em plena luz do dia! – Gerald zombou.

– Não seria plena luz do dia lá dentro – disse Mabel. E Kathleen sentiu um calafrio.

– Se a gente fosse até ele e, de repente, arrancássemos o seu casaco? – ela disse. – Ele é apenas panos... então, não continuaria a ser real.

– Não continuaria? – disse Gerald. – Não sabe como ele é debaixo do casaco...

Kathleen sentiu outro calafrio, e durante todo esse tempo o Sol estava brilhando alegremente, e as estátuas brancas, as árvores verdes, as fontes e os terraços pareciam tão felizes quanto o cenário de uma peça de teatro.

– De qualquer modo – disse Gerald –, vamos tentar trazê-lo de volta e fechar a porta. É o máximo que podemos fazer. E, depois, maçãs e

Robinson Crusoé, ou *Os Robinsons Suíços*[32] ou qualquer livro que quiserem, desde que não tenha encantamentos. Agora, temos de fazer isso. E ele não está – na verdade, não é mais – horrível... É real, podemos ver.

– Acho que isso faz toda a diferença – disse Mabel, e tentou acreditar no que dizia.

– E é plena luz do dia... vejam o sol – Gerald insistiu. – Venham!

Deu a mão a cada uma e caminharam, decididos, em direção ao conjunto de azaleias onde Jimmy e o Feioso-Feiura deveriam estar esperando. Enquanto caminhavam, Gerald falou:

– Ele é real... O sol está brilhando... tudo vai acabar daqui a pouco.

E repetiu essas coisas muitas vezes para que nada desse errado.

Quando se aproximaram dos arbustos, ouviram sons rápidos vindos das folhas brilhantes roçando umas nas outras e se separando, e antes que as garotas tivessem tempo de parar, Jimmy apareceu, tentando abrir os olhos na claridade da luz. Os galhos se fecharam atrás dele e não fizeram mais sons nem se afastaram para que mais alguém aparecesse. Jimmy estava sozinho.

– Onde está ele? – perguntaram as garotas, de uma só vez.

– Andando pra baixo e pra cima num caminho entre pinheiros – falou Jimmy, fazendo contas num livro. – Diz que é maravilhosamente rico e tem que ir à cidade visitar a Bolsa de Valores ou qualquer coisa assim; um lugar onde trocam papéis por ouro, "se você for esperto", ele disse. Eu gostaria de ir à Bolsa de Valores, e vocês?

– Não ligo muito pra ações da Bolsa – disse Gerald. – Chega! Mostre onde ele está... precisamos nos livrar dele.

– Ele tem um automóvel – Jimmy continuou, afastando as folhas de azaleia mornas e brilhantes –, um jardim com quadra de tênis, um lago e uma carruagem com cavalos e, às vezes, passa as férias em Atenas, como se fosse logo ali.

– O melhor a fazer – falou Gerald, atravessando os arbustos – é dizer a ele que o caminho mais curto pra cidade é pelo hotel que pensa que achou ontem à noite. Aí, ele entra no túnel, nós o empurramos, saímos correndo e fechamos a porta.

---

[32] Robinson Crusoé é um náufrago que sobrevive em uma ilha deserta, em um livro homônimo escrito por Daniel Defoe (1660-1731). *Os Robinsons Suíços* (*The Swiss Family Robinson*), de Johann David Wiss (1743-1818), também conta as aventuras de uma família que, como Crusoé, tem de sobreviver em uma ilha após um naufrágio. São duas histórias realistas, sem mágica alguma. (N.T.)

– Vai morrer de fome lá – disse Kathleen – se for mesmo de verdade.

– Espero que não durem muito tempo os encantamentos do anel... Mas essa é a única solução que consigo imaginar.

– É maravilhosamente rico – continuou Jimmy, distraído, entre os estalos das folhas. – Está construindo uma biblioteca pública pras pessoas do lugar onde mora, e estão pintando seu retrato pra pendurar lá. Acha que vão gostar.

Atravessaram os arbustos de azaleias e chegaram a um caminho de grama macia, entre pinheiros de vários tipos, diferentes e estranhos.

– Ele está logo ali, depois da curva – disse Jimmy. – Simplesmente nada em dinheiro. Não sabe o que fazer com tanto. Está construindo um cocho para os cavalos, e um bebedouro com um busto dele no topo. Por que não constrói uma piscina particular do lado da sua cama, de forma que é só rolar pra dentro dela de manhã? Eu queria ser rico assim, logo mostraria pra ele...

– É um desejo razoável – disse Gerald. – Não sei por que não pensamos em fazer isso. Oh, não! – acrescentou, com razão. Ali, nas sombras verdes do caminho de pinheiros, no silêncio do bosque, quebrado apenas pelo balançar das folhas e pela respiração agitada das infelizes três outras crianças, Jimmy teve seu desejo realizado.

Em rápidas, mas perfeitamente claras e nítidas etapas, Jimmy ficou rico. E o mais horrível foi que, apesar de verem tudo acontecer, as crianças não sabiam o que estava acontecendo, e não podiam ter feito nada pra impedir, mesmo se soubessem.

Tudo o que puderam ver foi Jimmy – o pequeno e querido Jimmy, com quem brincaram, brigaram e fizeram as pazes, desde quando podiam lembrar – envelhecendo horrivelmente, sem parar.

Tudo aconteceu em poucos segundos.

Ainda assim, naqueles poucos segundos, o garoto virou um adolescente, um jovem adulto, um homem de meia-idade. Então, com um tipo de ataque de tremedeira indescritivelmente terrível e definitivo, se transformou num cavalheiro idoso, bonito, mas usando roupas pouco elegantes, olhando de cima pra eles, através de um par de óculos, e perguntando sobre o caminho mais próximo pra estação de trem.

Se não tivessem visto a mudança acontecer, com todos os seus horríveis detalhes, jamais adivinhariam que aquele idoso cavalheiro, decidido, rico, de cartola, sobrecasaca e uma grande sigla vermelha

Dois chapéus foram levantados.

bordada na curva do colete... era o Seu Jimmy. Mas como tinham visto tudo, conheciam a horrível verdade.

– Oh, Jimmy, não! – gritou Mabel, desesperada.

Gerald disse:

– Isso é extremamente repugnante!

E Kathleen desatou a chorar descontroladamente.

– Não chore, garotinha! – disse "Aquele-que-tinha-sido-Jimmy". – E você, garoto, não pode dar uma resposta educada a uma pergunta educada?

– Ele não nos conhece! – lamentou Kathleen.

– Quem não conhece vocês? – disse Aquele-que-tinha-sido, impaciente.

– Vo-você... vo-você! – Kathleen soluçou.

– Certamente não – disse "Aquele-que". – Mas não precisa sofrer tanto por causa disso.

– Oh, Jimmy, Jimmy, Jimmy! – Kathleen soluçava ainda mais alto do que antes.

– Não nos conhece – afirmou Gerald –, ou... Olha aqui, Jimmy, vo-você não está brincando, está? Porque se estiver, é simplesmente uma tolice cruel...

– Meu nome é senhor... – disse "Aquele-que-tinha-sido-Jimmy", e deu seu nome real.

Pensando bem, talvez seja mais fácil dar a essa pessoa idosa e decidida, isto é, Jimmy que cresceu e ficou rico, um nome mais simples que esse que acabei de usar. Vamos chamá-lo de Aquele (abreviação de "Aquele-que-tinha-sido-Jimmy").

– O que vamos fazer? – sussurrou Mabel, apavorada; e falou, alto:

– Oh, senhor James, ou qualquer nome que você se chame, por favor, me dê o anel.

Pois o poderoso anel estava claramente visível no dedo de Aquele.

– Claro que não – disse Aquele, com firmeza. – Você parece ser uma criança muito gananciosa.

– Mas o que vai fazer? – Gerald perguntou, em um tom monótono de desesperança total.

– Seu interesse é muito agradável – disse Aquele. – Vão ou não me dizer o caminho pra estação de trem mais próxima?

– Então – disse Aquele, ainda muito educadamente, mas nitidamente furioso –, talvez possam me dizer o caminho pro hospício mais próximo.

– Oh, não, não, não! – gritou Kathleen. – Você não é tão cruel assim.
– Talvez não. Mas vocês são – retrucou Aquele. – Se não são doidos, são idiotas. Mas vejo um cavalheiro ali na frente que talvez seja normal. Na verdade, parece que o conheço.

Realmente, um cavalheiro estava se aproximando. Era o idoso Feioso-Feiura.

– Oh, não se lembra de Jerry? – Kathleen gritou. – E Cathy, sua própria Cathy, Menina Cat? Querido, meu querido Jimmy, não seja tão tolo!

– Garotinha – disse Aquele, olhando pra ela irritado, por trás dos óculos –, sinto muito por você não ter sido educada de uma forma melhor.

E caminhou pesadamente na direção do Feioso-Feiura. Dois chapéus foram levantados, algumas palavras foram trocadas e os dois idosos andaram, lado a lado, pelo caminho verde de pinheiros, seguidos por três crianças infelizes, horrorizadas, completamente confusas; e, o que é pior de tudo, sem a menor ideia do que fazer.

– Desejou ser rico e, claro, ficou – disse Gerald. – Vai ter dinheiro para a passagem do trem e tudo o mais.

– E quando o encanto passar... e é certo que vai passar, não é?... ele vai se achar em algum lugar impressionante... talvez um hotel muito bom... e sem saber como foi parar lá.

– Queria saber quanto tempo os Feiosos-Feiuras duraram – disse Mabel.

– Sim – disse Gerald –, isso me lembrou de uma coisa. Vocês duas têm de pegar os casacos e as outras coisas. Escondam tudo onde quiserem, e levaremos pra casa amanhã... se tiver amanhã – acrescentou, com um tom sinistro.

– Oh, não! – falou Kathleen, mais uma vez respirando pesadamente, a um passo de começar a chorar. – Ninguém poderia imaginar que tudo podia ser tão terrível, mesmo com o Sol brilhando desse jeito.

– Olha aqui – disse Gerald –, é claro que tenho de colar no Jimmy. Vocês duas têm de ir pra casa e dizer pra Mademoiselle que Jimmy e eu pegamos um trem com um cavalheiro. Digam que ele parecia um tio. E se parece mesmo... alguma espécie de tio. Vai ter uma discussão horrível depois, mas é o que tem de ser feito.

– Tudo parece um montão de mentiras – disse Kathleen. – Parece que mal dá pra achar uma palavra que seja verdade.

Mabel entrega pra Kathleen as roupas e as outras coisas.

– Não se preocupe – falou o irmão. – Não são mentiras, são tão verdades quanto qualquer outra coisa nessa encrenca mágica em que nos metemos. É como mentir em sonho: não podemos evitar.

– Bem, o que sei é que eu queria que tudo isso acabasse.

– Não adianta você querer – disse Gerald, apavorado. – Até logo. Tenho de ir, e vocês têm de ficar. Se isso serve de consolo, não acredito que qualquer uma dessas coisas seja real; não pode ser, é muita loucura. Falem com Mademoiselle que Jimmy e eu vamos estar de volta para o lanche. Se não estivermos, é porque não teve jeito. Não posso controlar nada, a não ser Jimmy, talvez.

E começou a correr, pois as garotas tinham ficado pra trás e o Feioso-Feiura e o Aquele (o antigo Jimmy) tinham acelerado o passo.

Mabel e Kathleen ficaram ali – observando.

– Temos de achar as roupas – disse Mabel. – Eu costumava querer ser uma heroína, mas é diferente quando isso realmente acontece, não é?

– Sim, muito – disse Kathleen. – Onde vamos esconder as roupas quando as pegarmos? Não... naquele túnel, não!

– Nunca – disse Mabel, com firmeza. – Vamos esconder as roupas dentro do dinossauro grande de pedra. É oco.

– Ele ganha vida... dentro da pedra – disse Kathleen.

– Não, à luz do Sol, não – Mabel falou, confiante. – E sem o anel, também não.

– Nada de maçãs e livros hoje – disse Kathleen.

– É... mas vamos fazer a coisa mais infantil possível, assim que chegarmos em casa. Vamos fazer um chá para as bonecas. Com isso, vamos esquecer qualquer encantamento.

– Então, vai ter de ser uma grande festa – disse Kathleen, descrente.

Enquanto isso, lá vai Gerald, pequeno, mas bastante determinado, seguindo dois cavalheiros idosos com passos rápidos na poeira branca e leve da rua ensolarada.

Com um sentimento de satisfação, sua mão se enterra nas moedas pesadas e misturadas no bolso da calça – sua parte nos lucros com as mágicas feitas na quermesse. Seus tênis silenciosos o levam até a estação, onde, sem ser visto, escuta, no guichê de venda de passagens, a voz do Aquele-que-foi-Jimmy.

– "Uma de primeira classe para Londres" – diz a voz. E Gerald, depois de esperar que Aquele e o Feioso-Feiura andassem calmamente até a plataforma, conversando educadamente sobre política, investimentos e Bolsa de Valores, compra uma passagem de ida e volta para Londres, na classe econômica.

O trem chega, rangendo e soltando fumaça. Os observados ocupam seus assentos em um vagão com uma listra azul. O observador entra em um compartimento amarelo de madeira. Um apito toca, uma bandeira é agitada. O trem fecha as portas, arranca e sai.

– Não entendo – diz Gerald sozinho, em seu vagão de classe econômica – como trens de ferro e mágica podem andar juntos...

Mas andam.

Mabel e Kathleen, procurando nervosamente entre os arbustos de azaleia e os pinheiros exóticos, encontram seis pilhas separadas de casacos, chapéus, saias, meias, tacos de golfe, bastões de hóquei e cabos de vassoura.

Ofegantes e suadas (afinal, o sol do meio-dia não tem piedade), carregam tudo pro topo da colina, onde, entre muitas árvores, fica o imenso dinossauro de pedra, com um buraco na barriga.

Kathleen mostra a Mabel como fazer pra ajudá-la a subir e entra no interior frio de pedra do monstro. Mabel entrega pra ela as roupas e as outras coisas.

– Tem muito espaço – diz Kathleen. – A cauda desce até o chão. É como um túnel secreto.

– E se alguma coisa sair dele e pular em você? – Mabel pergunta. Kathleen desce rapidamente.

As explicações pra Mademoiselle prometem ser difíceis, mas, como Kathleen disse depois, "qualquer coisinha é suficiente pra distrair a atenção de um adulto". Alguém passa do lado de fora da janela, exatamente na hora em que estão explicando que os garotos foram pra Londres com um cavalheiro que realmente parecia muito com um tio.

– Quem é esse homem? – diz Mademoiselle, apontando; coisa que pessoas bem-educadas não fazem.

É o administrador voltando do consultório médico com um curativo sobre aquele corte horrível que ficou tanto tempo sem cuidados naquela manhã.

As meninas contam que é o administrador das Yalding Towers, e ela diz: "*Ciel!*" – e não faz mais perguntas embaraçosas sobre os garotos.

O almoço – muito tarde – é uma refeição silenciosa. Depois da refeição, Mademoiselle sai de casa com um chapéu cheio de rosas cor-de-rosa, carregando uma sombrinha também cor-de-rosa. As garotas, em silêncio absoluto, organizam um chá para as bonecas, com chá de verdade. Na segunda xícara, Kathleen desata a chorar. Mabel, chorando também, a abraça.

– Queria – soluça Kathleen. – Oh, queria muito saber onde os garotos estão! Eu ia ficar mais tranquila!

Gerald sabia onde estavam, e isso não servia nem um pouco de conforto pra ele. Se pensarmos bem, ele era a única pessoa que podia saber onde estavam, porque Jimmy não sabia que era um garoto – e na verdade, não era – e nem se podia esperar que o Feioso-Feiura soubesse alguma coisa real, do tipo "onde os garotos estavam".

No mesmo momento em que a segunda xícara de chá (muito forte, mas não o suficiente pra trazer algum conforto) era servida pelas mãos trêmulas de Kathleen, Gerald estava espionando – realmente, não existe outra palavra pra isso – na escada do Aldermanbury Buildings, na Old Broad Street.

No andar abaixo dele, tinha uma porta com uma placa onde se lia: "Sr. F. F. Feiura, corretor da Bolsa de Valores (e outros investimentos)"; e, no andar de cima, outra porta exibia o nome do irmãozinho de Gerald que, de repente, cresceu e se tornou rico de uma forma tão mágica e tão trágica, ao mesmo tempo.

Não havia explicações sob o nome de Jimmy. Gerald não imaginava em que profissão Aquele (que tinha sido Jimmy) tinha feito fortuna. Tinha avistado, quando a porta foi aberta para o seu irmão entrar, uma mistura confusa de funcionários e mesas de trabalho feitas de mogno. Sem dúvida, Aquele tinha uma grande empresa.

O que Gerald deveria fazer? O que poderia fazer?

É quase impossível, especialmente pra alguém tão jovem como Gerald, entrar em um grande escritório em Londres e explicar que o seu idoso e respeitado proprietário não é o que parece, mas sim, na verdade, o seu irmãozinho que de repente envelheceu e ficou rico por causa de um maldoso anel de desejos. Se você acha que isso é possível, tente. Apenas, tente.

Também não podia bater na porta do senhor F. F. Feiura, corretor da Bolsa de Valores (e outros investimentos), e informar aos funcionários que seu patrão era, na verdade, nada além de uma pilha de roupas velhas que tinham ganhado vida, acidentalmente, e que, por alguma mágica sem explicação, tinham se tornado um rico senhor, durante uma noite passada num hotel muito bom que não existia.

Como você pode ver, a situação era de muitas dificuldades. E já tinha passado tanto tempo da hora normal do jantar de Gerald que sua fome tinha aumentado a ponto de parecer que essa era a maior de todas as dificuldades.

É bastante possível morrer de fome na escada de um prédio em Londres, se as pessoas que você está esperando demorarem tempo suficiente em seus escritórios. Essa verdade foi se aproximando de Gerald cada vez mais dolorosamente.

A certa altura, um garoto com um cabelo que parecia um capacho novo subiu as escadas assoviando. Tinha uma sacola azul na mão.

– Dou uma boa quantia de dinheiro pra você se me trouxer o mesmo valor em bolinhos – disse Gerald, tomando aquela decisão imediata típica dos grandes comandantes.

– Mostre suas duas quantias – o garoto respondeu com, no mínimo, a mesma rapidez. Gerald mostrou.

– Está bem, me dê o dinheiro.

– Pagamento na entrega – disse Gerald, usando as palavras típicas dos vendedores de tecidos da época, palavras que nunca tinha pensado em usar.

O garoto sorriu, admirado.

– Você sabe das coisas – disse. – É esperto.

– Não sou bobo – Gerald reconheceu com um orgulho modesto. – Vá depressa, seja um bom companheiro. Tenho de esperar aqui. Posso tomar conta da sua sacola, se quiser.

– Também sou esperto – comentou o garoto, pondo a sacola no ombro. – Estou preparado pra esse truque da confiança há anos... desde antes de ter a sua idade.

E partiu, com essas palavras de despedida.

Voltou, no devido tempo, com muitos bolinhos. Gerald lhe deu o dinheiro e pegou os bolinhos. Quando o garoto, um minuto depois, saiu pela porta do senhor F. F. Feiura, corretor da Bolsa de Valores (e outros investimentos), Gerald perguntou, fazendo um movimento com o polegar na direção da porta:

– Que tipo de pessoa ele é?

– Muito dinheiro – disse o garoto. – Muito mesmo. Automóvel e tudo o mais.

– Sabe alguma coisa a respeito do outro, o do andar de cima?

– É ainda mais rico e mais importante que esse. Dono de uma empresa muito antiga, com cofre subterrâneo especial no Banco da Inglaterra pra guardar sua fortuna... Tudo em arcas, como aquelas que ficam encostadas na parede do escritório do comerciante de milho. Ora, não me importaria de ficar lá por meia hora, com as portas abertas e a polícia em alguma comemoração festiva. Nem um pouco! Ei, vai explodir se comer todos esses bolinhos!

– Quer um? – Gerald falou, e estendeu o saco.

– Dizem em nosso escritório – falou o garoto, pagando o bolinho dignamente, com informações extras – que esses dois querem destruir um ao outro... Oh, só nos negócios... tem sido assim por anos.

Gerald se perguntou, desesperado, que mágica, e quanto dela tinha sido necessário, pra construir uma história, um passado, pra estas duas criaturas tão recentes: o rico Jimmy e o Feioso-Feiura. Se conseguisse levá-los pra longe dali, todas as lembranças a respeito deles desapareceriam?

Na cabeça desse garoto, por exemplo? Nas cabeças de todas as pessoas que faziam negócios com eles em Londres? Os escritórios com funcionários e mesas de mogno também desapareceriam? Os funcionários seriam reais? Ele mesmo era real? E o garoto?

– Consegue guardar um segredo? – Gerald perguntou. – Topa uma brincadeira?

– Tenho de voltar pro escritório – disse o garoto.

– Então vá! – falou Gerald.

– Não fique estressado, ia dizer que isso não é problema. Sei fazer meu nariz sangrar, se tiver que explicar meu atraso.

Gerald deu os parabéns ao garoto por essa habilidade, ao mesmo tempo tão útil e tão simples, e disse:

– Olhe, vou te dar mais dinheiro... dinheiro honesto.

– Pra quê? – o garoto perguntou, naturalmente.

– Pra você me ajudar.

– Fale logo!

– Sou um investigador particular – disse Gerald.

– Detetive? Não parece.

– Qual é a vantagem de ser um se você parece um? – Gerald perguntou, impaciente, começando a comer outro bolinho. – Aquele velho companheiro do andar de cima... é procurado.

– Polícia? – perguntou o garoto, com um leve tom de indiferença.

– Não... mágoas de relacionamentos.

– Entendo. Volte – disse o garoto. – Tudo perdoado e esquecido. Sei como é.

– E tenho de levá-lo até eles, de alguma forma. Então, se pudesse ir lá e levar uma mensagem de alguém que quer se encontrar com ele pra falar de negócios...

– Espere um pouco – disse o garoto. – Conheço um truque que vale dois desse. Você entra e conversa com o velho Feiura. Sabemos que ele daria tudo pra ter o velho fora do seu caminho por um dia ou dois. Hoje mesmo estavam falando isso no escritório.

– Deixe-me pensar – disse Gerald, pondo o último bolinho sobre seu joelho, obviamente pra segurar a cabeça com as mãos.

– Não se esqueça de pensar também no dinheiro que me prometeu – disse o garoto.

Então, fez-se silêncio na escada, quebrado apenas pela tosse de um funcionário do escritório de Aquele e pelo som de uma máquina de escrever do escritório do senhor F. F. Feiura.

Nesse momento, Gerald se levantou e acabou de comer o bolinho.

– Você está certo – disse. – Vou arriscar. Aqui está o seu dinheiro.

Gerald tirou os farelos de bolinho da roupa, limpou a garganta e bateu na porta do senhor F. F. Feiura. A porta foi aberta e ele entrou.

O garoto com cabelo de capacho esperou um pouco antes de subir, confiante no seu bem treinado nariz, e a espera valeu a pena. Desceu alguns degraus, até a curva da escada, e ouviu a voz do senhor F. F. Feiura, tão conhecida por ali, dizer, com um tom suave e cuidadoso:

– Então vou pedir pra ele me mostrar o anel... e vou deixá-lo cair. Você pega. Mas não se esqueça, é só um acidente, e você não me conhece. Não posso ter meu nome envolvido numa coisa assim. Tem certeza de que ele está perturbado?

– Total – disse Gerald. – Não vive sem aquele anel. Vai atrás dele em qualquer lugar. Sei que vai. E pense em suas mágoas de relacionamentos.

– Eu penso... penso – disse o senhor Feiura, amavelmente. – É só nisso que penso, claro.

Gerald subiu a escada até o outro escritório, e ouviu a voz de Aquele dizendo aos seus funcionários que estava saindo pra almoçar. Então o horrível Feioso-Feiura e Jimmy, dificilmente menos feio aos olhos de Gerald, desceram a escada. No andar de baixo dois garotos tentavam não ser percebidos. Os velhos saíram pra rua falando de investimentos e ações, altas e baixas no mercado. Os dois garotos os seguiram.

– Caramba! – sussurrou o garoto com cabeça de capacho, admirado. – O que você está aprontando?

– Vai ver – disse Gerald, indiferente. – Venha!

– Diga logo. Preciso voltar.

– Bom, eu conto, mas não vai acreditar. Aquele velho cavalheiro não é nem um pouco velho... é meu irmão mais novo que de repente se transformou naquilo que você está vendo. O outro não é real; é apenas um conjunto de roupas e coisas, e nada no interior.

– Parece mesmo, preciso confessar – O garoto admitiu. – Mas diga: você realmente acredita nisso, não é?

– Ora, meu irmão foi transformado nesse velho por um anel mágico.

– Não existe mágica – disse o garoto. – Aprendi isso na escola.

– Está bem – disse Gerald. – Adeus.

– Oh, continue! – disse o garoto. – Você realmente acredita!

– Pois é, aquele anel mágico. Se conseguir pegá-lo, vou desejar simplesmente que estejamos todos num certo lugar. E vamos estar. E aí vou poder cuidar dos dois velhos.

– Cuidar?

– Sim, o anel não vai desfazer nenhum desejo. Com o tempo, os desejos se desfazem sozinhos, como uma mola esticada voltando ao formato original. Mas vou te dar um desejo bem novinho... tenho quase certeza disso. De qualquer maneira, vou arriscar.

– Você é um malandro, não é? – disse o garoto, em tom respeitoso.

– Espere e verá.

– Ei, você não vai entrar nesse lugar chique, vai? Não pode!

O garoto se calou, assustado com a sofisticação do restaurante Pym's.

– Sim, vou... Não vão poder nos expulsar se nos comportarmos bem. E você vem junto. Vou pagar o almoço.

Não sei por que Gerald se apegou tanto a esse garoto. Não era um garoto muito legal. Talvez fosse porque era a única pessoa que Gerald conhecia em Londres, com quem podia conversar, com exceção do Aquele-que-tinha-sido-Jimmy e do Feioso-Feiura, mas ele não queria conversar com esses dois.

O que aconteceu em seguida aconteceu tão depressa que, como Gerald falou depois, foi "exatamente como mágica". O restaurante estava cheio, homens ocupados mastigavam às pressas a comida trazida às pressas por garçonetes ocupadas. Pratos e garfos tilintavam, cervejas borbulhavam ao serem despejadas nos copos, pessoas conversavam, e havia o cheiro de muitas comidas gostosas.

Duas costeletas, por favor. – Gerald tinha acabado de falar, brincando com um punhado de moedas, de forma que todos pudessem vê-las e não duvidassem das suas honestas intenções.

Então ouviu, vindo da mesa ao lado:

– Ah, sim, muito interessante essa velha relíquia de família.

Gerald gritou, naquele lugar cheio de gente.

O anel foi tirado do dedo de Aquele, e o senhor F. F. Feiura – murmurando alguma coisa sobre um objeto raro – esticou seu impossível braço para pegá-lo. O garoto com cabeça de capacho assistia a tudo, assustado.

– Existe mesmo um anel – ele reconheceu.

Então, o anel escorregou da mão do senhor Feioso-Feiura e deslizou pelo chão. Gerald pulou rapidamente sobre ele, como um animal selvagem sobre a sua presa. Colocou a argola no dedo e gritou, naquele lugar cheio de gente:

– Queria que o Jimmy e eu estivéssemos dentro daquele túnel atrás da estátua de Flora – foi o único lugar que lembrou na hora.

As luzes e sons e cheiros do restaurante desapareceram, assim como uma gota de cera some no fogo. Não sei, e Gerald nunca soube também o que aconteceu naquele restaurante. Ele até procurou, ansioso, uma notícia nos jornais sobre um "Extraordinário desaparecimento de cidadão famoso", mas nada encontrou.

Também não sei o que o garoto com cabeça de capacho fez ou pensou. Gerald, muito menos. Acho até que ele gostaria de saber, mas eu não me importo nem um pouco. Enfim, a Terra continuou a girar do mesmo jeito, independente do que ele pensou ou fez.

As luzes e os sons e os cheiros do Pym's desapareceram. No lugar das luzes, agora havia escuridão; no lugar dos sons, silêncio; e no lugar do cheiro de cerveja, tabaco, peixe, repolho, cebola, cenoura, carne de boi, porco, carneiro e vitela, havia o cheiro de mofo e umidade de um lugar debaixo da terra, fechado por muito tempo.

Gerald estava se sentindo tonto e enjoado, e tinha alguma coisa em seu subconsciente que, ele sabia, ia fazer com que se sentisse ainda mais tonto e enjoado, logo que lembrasse o que era. Por enquanto, era importante pensar em palavras adequadas pra acalmar o cidadão que tinha sido Jimmy, pra mantê-lo tranquilo até que o tempo – como uma mola esticada voltando ao formato original – quebrasse o encanto e fizesse tudo ficar como era antes, e como deveria ser sempre.

Mas lutou, em vão, pra encontrar as palavras certas. Não conseguiu. E nem foi necessário, pois, do meio daquela escuridão profunda, veio uma voz, que não era a voz daquele cidadão que tinha sido Jimmy, mas sim a voz do próprio Jimmy, o irmãozinho de Gerald que tinha manifestado o infeliz desejo de ter riquezas: o pedido só pôde ser atendido com a transformação do pobre e jovem Jimmy em um homem velho e rico. A voz disse:

– Jerry, Jerry, você está acordado? Tive um sonho tão sinistro!

Houve então um momento em que nada foi dito ou feito. Gerald procurou na escuridão profunda e no silêncio profundo e no cheiro profundo de terra abafada até encontrar e pegar a mão de Jimmy.

– Está tudo bem, Jimmy – disse. – Agora não é mais sonho. Foi aquele maldito anel de novo. Tive de desejar que estivéssemos aqui pra tirar você totalmente do seu sonho.

– Desejar que estivéssemos onde?

Jimmy segurou a mão de Gerald de um jeito que, à luz de um dia normal, ele mesmo seria o primeiro a dizer que era coisa de bebezinho.

– Dentro do túnel atrás da estátua de Flora – disse Gerald. E acrescentou:

– Está tudo bem, de verdade.

– Oh, aposto que está tudo bem – Jimmy respondeu no escuro, com uma irritação que não foi suficiente pra soltar a mão de Gerald, e continuou:

– Mas como vamos sair daqui?

Gerald lembrou o que o faria se sentir mais tonto e mais enjoado do que quando fez o voo-relâmpago entre a Cheapside Street, a rua do restaurante em Londres, e as Yalding Towers, minutos antes. Mesmo assim, disse, com firmeza:

– Vou desejar estar do lado de fora, claro.

Mas sabia, o tempo todo, que o anel não ia desfazer o desejo que tinha expressado. E, realmente, não desfez.

Gerald desejou – e entregou o anel cuidadosamente para Jimmy, no meio da escuridão. Jimmy desejou – e ainda estavam lá, naquele túnel escuro atrás do Templo de Flora, que tinha levado (pelo menos, no caso do Feioso-Feiura) a "um hotel muito bom". E a porta de pedra estava fechada e eles não sabiam nem onde ela ficava.

– Se ao menos eu tivesse alguns fósforos – disse Gerald.

– Por que não me deixou no sonho? – Jimmy perguntou, quase chorando. – Tinha luz lá, e eu ia comer salmão com pepinos.

– Eu – respondeu Gerald, com tristeza – ia comer carne com batatas fritas.

O silêncio, a escuridão e o cheiro de terra eram tudo que tinham agora.

– Sempre quis saber como seria – disse Jimmy, em um tom baixo e calmo – ser enterrado vivo. Agora sei! Oh!

De repente, sua voz ficou bem estridente:

– Não é real, não é! É um sonho... é isso que é!

Houve uma pausa, durante a qual você poderia contar até dez. Então...

– Sim – disse Gerald, bravamente, no meio do cheiro, do silêncio e da escuridão. – É só um sonho, meu irmão. Vamos apenas nos manter firmes e gritar o tempo todo, só por brincadeira. Mas é apenas um sonho, é claro.

– É claro – falou Jimmy, no silêncio, na escuridão e no cheiro de terra abafada.

CAPÍTULO 9

Existe uma cortina fina como uma teia de aranha, clara como vidro, forte como ferro eternamente pendurada entre o mundo da magia e o mundo que, pra nós, parece real. E, a partir do momento em que as pessoas descobrem um dos pequenos e fracos pontos dessa cortina, que são caracterizados por anéis mágicos e amuletos e coisas do tipo, tudo pode acontecer.

Assim, não é surpreendente o fato de Mabel e Kathleen – conduzindo conscientemente o chá para as bonecas mais sem graça de todos os que já tinham organizado – terem sentido, as duas ao mesmo tempo, um estranho, irracional, mas completamente irresistível, desejo de voltar imediatamente ao Templo de Flora. Tão irresistível que nem lavaram o serviço de chá nem comeram todas as uvas-passas.

Foram como se deve ir quando é o impulso do encantamento que está guiando: contra o bom senso e quase contra a vontade. E quanto mais perto chegavam do Templo de Flora, na tranquilidade dourada da tarde, mais certeza cada uma tinha de que não podiam, de forma alguma, ter feito outra coisa.

Isso explica exatamente como foi que, quando Gerald e Jimmy, de mãos dadas na escuridão daquele lugar, deram o primeiro grito "só por brincadeira", o grito foi imediatamente respondido do lado de fora.

Um raio de luz apareceu na parte do túnel onde eles menos imaginaram que fosse a saída. A porta de pedra se abriu devagar, e logo depois lá estavam eles, do lado de fora, no Templo de Flora, piscando os olhos na bondosa luz do dia, entregues aos abraços de Kathleen e às perguntas de Mabel.

— E deixaram aquele Feioso-Feiura solto em Londres? — Mabel perguntou. — Podiam ter desejado que ele também viesse com vocês.

— Ele está bem onde está — disse Gerald. — Eu não conseguia pensar em nada direito. Além disso, não, obrigado! Agora, pra casa, e vamos guardar o anel em um envelope bem fechado.

— Ainda nem usei o anel — falou Kathleen.

— Não acredito que ainda quer usar, depois de ter visto que tipo de coisas ele faz conosco — disse Gerald.

— Não ia fazer coisas desse tipo se eu exprimisse o desejo.

— Prestem atenção — disse Mabel. — Vamos pôr o anel de volta na sala dos tesouros e acabar com isso. Na verdade, ele nunca deveria ter saído de lá. Foi um tipo de roubo. Foi tão errado quanto Eliza ter pegado o anel emprestado pra impressionar seu noivo.

— Não me importo de devolver o anel, se é o que você quer — disse Gerald. — Só que, se algum de nós tiver um desejo sensato, vai pegá-lo de novo, não vai?

— Vai, é claro! — Mabel concordou.

E lá se foi o bando pro castelo, e mais uma vez Mabel apertou o botão que fazia os painéis subirem e as joias aparecerem, e o anel foi colocado de volta no meio daqueles enfeites esquisitos e sem graça que Mabel uma vez tinha dito que eram mágicos.

— Como parece inocente! — Gerald falou. — Ninguém pensaria que tem encantamento nele. É como um anel qualquer. Fico pensando se o que Mabel disse a respeito das outras coisas é verdade.

— E se experimentarmos? — disse Mabel.

— Não! — disse Kathleen. — Acho que coisas encantadas são maldosas. Elas simplesmente se divertem nos pondo em situações difíceis ou perigosas.

– Só queria tentar... – disse Mabel. – Bem, tudo tem sido tão perturbador! E esqueci o que eu disse sobre as outras coisas.

Os outros disseram que também tinham se esquecido. Talvez tenha sido por isso que, quando Gerald disse que uma fivela de bronze teria o efeito de uma bota de sete léguas, nada aconteceu; quando Jimmy, ainda com um pouquinho que restou do "cidadão", falou que o colar de ferro garantiria que você sempre tivesse dinheiro no bolso, seu próprio bolso continuou vazio; e quando Mabel e Kathleen inventaram as mais variadas e maravilhosas qualidades para diversos anéis e colares e broches, absolutamente nada aconteceu.

– Só o anel é que é mágico – disse Mabel, no final. – Caramba! – acrescentou, com uma voz bastante diferente.

– O quê?

– E se nem o anel for?

– Mas sabemos que é.

– Eu não – disse Mabel. – Acredito que hoje ele não é nem um pouco mágico. Acho que, naquele dia... nós apenas sonhamos todas aquelas coisas. No dia que inventei aquele absurdo sobre o anel.

– Não – disse Gerald. – Naquela hora você estava com as suas roupas de princesa.

– Que roupas de princesa? – disse Mabel, arregalando os olhos escuros.

– Oh, não seja tola! – falou Gerald, aborrecido.

– Não sou tola – disse Mabel. – E acho que está na hora de partirem. Tenho certeza de que Jimmy quer seu lanche.

– É claro que quero – disse Jimmy. – Mas você estava com as roupas de princesa naquele dia... Venham, vamos fechar tudo e deixar o anel em seu abrigo eterno.

– Que anel? – disse Mabel.

– Não liguem pra ela – disse Gerald –, está apenas tentando ser engraçada.

– Não, não estou – falou Mabel. – Mas estou inspirada como uma Pitonisa ou uma Sibila.[33] Que anel?

---

[33] Na mitologia, a Pitonisa (*Python*) era a sacerdotisa do templo do deus Apolo, na Grécia antiga. Acreditava-se que ela possuía o dom da profecia. As Sibilas (*Sibyllae*) fazem parte da mitologia greco-romana e também eram sacerdotisas com o dom da profecia e do conhecimento do futuro. (N.T.)

– O anel de desejos – disse Kathleen. – O anel da invisibilidade.

– Não estão percebendo agora – disse Mabel, com os olhos mais arregalados do que nunca – que o anel é o que dissermos que ele é? Foi assim que nos fez ficar invisíveis... eu quis dizer simplesmente isso. Oh, não podemos deixá-lo parado aqui, se realmente é o que vocês dizem. Na verdade, não é roubo, se é assim tão útil. Digam o que ele é.

– É um anel de desejos – disse Jimmy.

– Já vimos isso antes, e você teve o seu desejo bobo – disse Mabel, cada vez mais entusiasmada. – Pois digo que não é um anel de desejos: é um anel que deixa a pessoa que colocá-lo no dedo com três metros e meio de altura.

Enquanto falava, pegou o anel e, antes mesmo dela terminar, o anel ficou muito acima das cabeças das crianças, no dedo de uma Mabel impossível, que estava, realmente, com três metros e meio de altura.

– Agora você conseguiu! – admirou-se Gerald... e estava certo.

Mabel não precisava ter dito que o anel não era mais um anel de desejos. Ficou claro que não era isso, e sim o que ela tinha dito que era.

– E não sabemos, de modo algum, quanto tempo o efeito vai durar – disse Gerald. – Vejam a invisibilidade.

É difícil ver isso, mas os outros entenderam o que ele quis dizer.

– Pode durar dias – falou Kathleen. – Oh, Mabel, isso foi uma tolice!

– Isso, pise na ferida – disse Mabel, magoada. – Deviam ter acreditado em mim quando disse que o anel era o que eu dissesse que era. Aí eu não teria que mostrar pra vocês, e não estaria deste tamanho absurdo. O que vou fazer agora? Gostaria de saber!

– Temos de escondê-la até voltar ao seu tamanho normal... É isso! – disse Gerald, bem prático.

– Sim... mas onde? – falou Mabel, batendo no chão um pé de mais de sessenta centímetros de comprimento.

– Em um dos cômodos vazios. Você teria medo?

– Claro que não – disse Mabel. – Oh, queria que tivéssemos simplesmente guardado o anel e esquecido dele.

– Ora, não fomos nós que pegamos ele de novo? – disse Gerald, com mais verdade do que gramática.

– Vou guardar de volta agora – falou Mabel, puxando o anel do próprio dedo.

– Eu não faria isso se fosse você – disse Gerald, bondoso. – Não quer ficar desse tamanho, quer? E, a não ser que o anel esteja em seu dedo quando o tempo do encanto acabar, aposto que ele não vai se desfazer.

Mabel se sentou no chão de repente.

A mal humorada Mabel apertou o botão. Devagar, os painéis voltaram para seus lugares, e todas as joias brilhantes ficaram escondidas. Mais uma vez, o cômodo tinha oito paredes, painéis, luz do Sol e nenhum móvel. Só isso.

– Agora – disse Mabel –, onde vou me esconder? Ainda bem que a titia deixou que eu passasse a noite com vocês. Do jeito que estão as coisas, um de vocês vai ter de passar a noite comigo. Não vou ser largada sozinha, com essa altura absurda.

"Altura" era a palavra certa: Mabel tinha dito três metros e meio... e sua altura agora era de três metros e meio. Mas não estava nem um centímetro mais larga do que quando media um metro e quarenta e três centímetros, e o efeito era, como Gerald comentou, "admiravelmente parecido com uma minhoca gigante". Suas roupas tinham, lógico, crescido também, e ela parecia uma garotinha refletida num daqueles espelhos compridos e curvos de Rosherville Gardens,[34] que fazem pessoas gorduchas

---

[34] Rosherville Gardens era um dos maiores e mais populares locais de diversão na Inglaterra do século XIX. Foi inaugurado em 1837 e fechado um pouco antes da Primeira Guerra Mundial. Ficava perto do Rio Tâmisa e tinha teatros ao ar livre, casas de chá, jardim zoológico, labirinto, jardins botânicos e vários outros espaços de entretenimento. (N.T.)

parecerem tão alegremente esbeltas e pessoas esbeltas parecerem tão tristemente esqueléticas. Mabel se sentou no chão de repente, e foi como uma régua grande de madeira, com quatro partes dobráveis, se dobrando.

– Não adianta sentar aí, garota – disse Gerald.

– Não estou sentando aqui – respondeu Mabel. – Só me abaixei pra poder passar pela porta. Acho que agora vou ter que engatinhar pela maior parte dos lugares.

– Não estão com fome? – Jimmy perguntou, inesperadamente.

– Não sei – disse Mabel, chorosa. – É um caminho tão longo pra sair daqui!

– Vou vigiar – disse Gerald –, ver se o caminho está livre...

– Olhem aqui – falou Mabel –, acho que é melhor eu ficar ao ar livre até escurecer.

– Não pode. Certamente, alguém vai te ver.

– Não, se eu passar pela cerca viva – disse Mabel. – Tem uma com uma passagem por dentro. Se eu rastejasse lá como uma serpente... a passagem acaba no meio das azaleias, perto da estátua do dinossauro... podemos acampar lá.

– E o lanche? – perguntou Gerald, que não tinha jantado.

– Não tem – falou Jimmy, que também não tinha jantado.

– Oh, não vão me abandonar! – disse Mabel. – Vejam... vou escrever pra titia. Ela vai dar pra vocês algumas coisas pra um piquenique, se estiver acordada. Se não estiver, uma das criadas vai dar.

E escreveu em uma folha do precioso bloco de notas de Gerald:

Queridíssima titia,

Por favor, pode nos dar algumas coisas pra um piquenique? Gerald vai trazer. Eu podia ir buscar pessoalmente, mas estou um pouco cansada. Acho que estou crescendo muito depressa.

Sua sobrinha amorosa,
Mabel

P.S.: Muitas coisas, por favor, porque alguns de nós estão com muita fome.

Foi difícil, mas possível, Mabel se arrastar pelo túnel na cerca viva. Possível, mas devagar, de forma que os três mal tiveram tempo de se acomodar entre as azaleias e se perguntarem, aflitos, o que Gerald estaria fazendo, pois estava demorando muito. Foi quando ele chegou, ofegante, carregando uma cesta pesada, coberta com um pano. Pôs a cesta sobre o carpete de grama fina, gemeu, e acrescentou:

– Vai valer a pena. Onde está a nossa Mabel?

O rosto comprido e pálido de Mabel apareceu entre folhas de azaleia, bem perto do solo.

– Desse jeito, pareço com qualquer outra pessoa, não é? – perguntou, ansiosa. – Todo o resto de mim ocupa quilômetros debaixo de vários arbustos.

– Cobrimos os espaços entre os arbustos com samambaias e folhas – disse Kathleen, fugindo da pergunta. – Não se mexa muito, Mabel, ou vai derrubar tudo.

Jimmy estava tirando as coisas da cesta, impaciente. Era um lanche generoso. Um pão bem grande, manteiga em uma folha de repolho, uma garrafa de leite, uma garrafa de água, bolo e groselhas amarelas grandes e macias, tudo dentro de uma caixa que no passado conteve uma garrafa muito grande com alguma coisa sem igual, para alguém usar no cabelo e no bigode.

Mabel tirou seus inacreditáveis braços de dentro dos arbustos e se apoiou em um dos cotovelos compridos e magros. Gerald cortou o pão e passou manteiga, enquanto Kathleen, gentilmente, corria ao redor de Mabel, que tinha pedido pra ela conferir se as coberturas verdes não tinham caído de alguma de suas partes mais distantes.

Depois, houve um silêncio faminto, quebrado apenas por aqueles pedidos curtos e firmes, típicos de ocasiões como essa:

– Mais bolo, por favor.
– Onde está o leite?
– Passe as groselhas pra cá.

Ficaram todos mais calmos, mais satisfeitos depois de comerem a sua porção. Um sentimento agradável, metade cansaço e metade tranquilidade, tomou conta dos quatro. Até os distantes pés da infeliz Mabel, cruzados debaixo da terceira azaleia, a noroeste do piquenique, sentiram. Gerald conseguiu exprimir os sentimentos dos outros, quando disse, com um pouco de tristeza:

– Bem, sou um novo homem, mas não conseguiria comer nem mais uma groselha, mesmo se me pagassem.

– Eu poderia – disse Mabel. – Sim, sei que todas se foram, e que comi toda a minha parte. Mas poderia. Acho que é porque estou muito comprida.

Uma paz deliciosa preencheu o ar de verão. A uma pequena distância, entre os arbustos, estava o imenso monstro de pedra cinza com manchas verdes de fungos. Ele também parecia em paz e feliz. Gerald viu seus olhos numa fresta da folhagem. De alguma forma, seu olhar pareceu amigável.

– Aposto que gostaria de uma boa refeição – disse Gerald, espreguiçando agradavelmente.

– Quem?

– O dino... como é mesmo o nome? – disse Gerald.

– Ele fez uma refeição hoje – Kathleen falou e deu uma risada.

– Sim, não foi? – disse Mabel e também deu uma risada.

– Não deve rir muito – falou Kathleen, preocupada. – Ou vai derrubar as coisas verdes.

– O que querem dizer com "refeição"? – Jimmy perguntou, desconfiado. – Estão rindo de quê?

– Fez uma refeição. Coisas colocadas dentro dele – disse Kathleen, ainda dando risada.

– Oh, sejam engraçadas, se quiserem – falou Jimmy, irritado. – Não queremos saber... queremos, Jerry?

– Eu quero – disse Gerald, decidido. – Estou louco pra saber. Quando acabarem de fingir que não vão contar, me acordem.

Tampou os olhos com o chapéu e se deitou, fazendo uma expressão de quem está com sono.

– Oh, não seja bobo! – disse Kathleen imediatamente. – É que nós alimentamos o dinossauro, pelo buraco de sua barriga, com as roupas dos Feiosos-Feiuras!

– Então podemos levá-las pra casa – disse Gerald, mastigando a ponta branca de um caule de grama. – Está tudo certo.

– Olhem aqui – disse Kathleen, de repente –, tive uma ideia. Preciso do anel por pouco tempo. Não vou contar a ideia porque, se não der certo, vão dizer que sou uma tola. Vou devolver antes de irmos embora daqui.

– Oh, não estão indo embora! – implorou Mabel. E tirou o anel. – Aqui está – acrescentou, séria. – Simplesmente, estou muito feliz por você tentar qualquer ideia, mesmo que seja tola.

A ideia de Kathleen era bastante simples. Talvez o anel mudasse seu poder se alguém lhe desse outro nome... Alguém que não estivesse encantado por ele. Então, no momento em que o anel passou da mão comprida e pálida de Mabel para uma de suas mãos redondas, mornas e vermelhas, ela deu um pulo e gritou:

– Vamos esvaziar o dinossauro agora!

Kathleen começou a correr velozmente em direção ao monstro pré-histórico. Tinha sido um bom começo; queria dizer em voz alta, mas não o suficiente pra que os outros ouvissem: "Este é um anel de desejos. Ele realiza qualquer coisa que você pedir". E disse. E ninguém ouviu, com exceção dos pássaros, de um ou dois esquilos e, talvez, de um fauno[35] de pedra com um rosto bonito, que olhou sorrindo quando ela passou rapidamente pelo seu pedestal.

O caminho a seguir era subir a colina. O dia estava ensolarado, e Kathleen tinha corrido o máximo que pôde, mas seus irmãos a alcançaram antes dela chegar à grande sombra escura do dinossauro. Assim, quando chegou, estava realmente muito cansada e sem condições de decidir calmamente qual seria o melhor desejo.

– Vou subir e jogar as coisas, porque sei bem onde coloquei cada uma – disse.

Gerald e Jimmy ajudaram a irmã a subir, e ela desapareceu dentro do buraco escuro do monstro. Logo, uma chuva começou a descer do buraco: uma chuva de coletes vazios, calças com pernas balançando pra todo lado, casacos com mangas descontroladas.

– Cuidado com as cabeças! – gritou. E caíram bengalas, tacos de golfe, bastões de hóquei, cabos de vassouras, trombando uns nos outros e fazendo muito barulho.

– Vamos! – falou Jimmy.

– Espere um pouco – disse Gerald –, estou subindo. – Segurou na beirada do buraco com as duas mãos e deu um pulo. Assim que seus ombros atravessaram a abertura e seus joelhos tocaram o chão dentro do dinossauro, ouviu os passos de Kathleen e sua voz dizendo:

– Não é muito legal aqui dentro? Acho que estátuas são sempre legais. Queria muito ser uma estátua. Oh!

O "Oh!" foi um grito de horror e aflição. E foi logo interrompido por um terrível silêncio de pedra.

---

[35] Na mitologia romana, fauno é um deus (metade homem, metade animal, com chifres e pés de cabra) protetor dos rebanhos e dos pastores. (N.T.)

Kathleen teve seu desejo realizado: virou uma estátua.

– O que está acontecendo? – Gerald perguntou.
Mas seu coração sabia. Com o pouco de luz que vinha de fora, pôde ver uma coisa branca diante da parede cinza do interior do monstro. Ainda ajoelhado, mexeu no bolso, riscou um fósforo e, quando a chama azul ficou amarela, olhou pra cima, pra ver o que já sabia que

ia ver: o rosto de Kathleen, branco, de pedra, sem vida. Seus cabelos eram brancos também, e suas mãos, roupas, sapatos... tudo era branco, com a brancura dura e fria do mármore. Kathleen tinha tido seu desejo realizado: virou uma estátua.

Houve um longo e total silêncio dentro do dinossauro. Gerald não conseguia falar. Foi rápido demais, terrível demais. Foi pior do que tudo o que já tinha acontecido. Então, o menino olhou pra baixo e, quebrando o silêncio de pedra, falou com Jimmy, que estava no verde, ensolarado, vivo e ativo mundo lá fora:

– Jimmy – disse, de forma bem natural e simples. – Kathleen disse que o anel era um anel de desejos, e ele ficou sendo, claro. Agora sei o que estava planejando, correndo daquele jeito. E então a malandrinha desejou ser uma estátua.

– E é? – perguntou Jimmy, lá embaixo.

– Suba aqui e veja – disse Gerald.

Jimmy subiu, em parte com um pulo, em parte puxado por Gerald.

– Ela é mesmo uma estátua – disse, apavorado. – Não é horrível?

– Não, de forma alguma – disse Gerald, com firmeza. – Venha, vamos contar pra Mabel.

Contaram pra Mabel, que tinha ficado lá na cerca viva, discretamente, com seu longo corpo coberto por azaleias. Contaram de forma clara, direta e rápida.

– Oh, que horror! – disse Mabel, e mexeu o corpo, deixando cair pequenos tufos de folhas e samambaias. De repente, sentiu o Sol quente na parte de trás das pernas. – E agora? Oh, que horror!

– Vai ficar normal de novo – falou Gerald, com uma calma aparente.

– Sim, mas e eu? – Mabel insistiu. – Não estou com o anel. E meu tempo vai acabar antes do dela. Vocês poderiam buscar o anel? Podem tirá-lo da mão dela? Eu ponho de volta assim que recuperar meu tamanho normal... podem acreditar.

– Bem, não precisa chorar assim por causa disso – disse Jimmy, como resposta aos soluços que tinham servido de vírgulas e pontos finais na fala de Mabel. – Pelo menos *você* não precisa.

– Ah, não sabem! – falou Mabel. – Vocês não sabem o que é ficar comprida como estou. Por favor, tentem, tentem pegar o anel. Afinal, ele é mais meu do que de vocês, de todo jeito, porque fui eu que achei, e fui eu que disse que era mágico.

O senso de justiça, sempre presente no peito de Gerald, foi despertado com esse apelo.

– Acho que o anel também virou pedra... as botas viraram, e todas as roupas. Mas vou ver. Só que, se não puder trazê-lo, é porque não posso, e não adianta fazer um escândalo.

O primeiro fósforo aceso dentro do dinossauro mostrou o anel escuro na mão branca da Estátua Kathleen. Os dedos estavam esticados. Gerald pegou no anel e, para a sua surpresa, ele deslizou facilmente pra fora do frio e liso dedo de mármore.

– Oh, Cathy, querida, sinto muito! – falou e apertou a mão de mármore.

Então, pensou que talvez ela pudesse escutá-lo. E contou pra estátua exatamente o que ele e os outros pretendiam fazer. Isso ajudou a organizar suas ideias sobre o que ele e os outros realmente pretendiam fazer. De modo que quando, depois de dar um tapinha animador nas costas de mármore da estátua, voltou para as azaleias, pôde dar suas ordens com a clara precisão de "um líder por natureza", como disse depois. E como nenhum dos outros tinha pensado em plano algum, o seu foi aceito, como são os planos de "líderes por natureza".

– Aqui está o seu precioso anel – falou com Mabel. – Agora não tem mais medo de coisa alguma, tem?

– Não – disse Mabel, surpresa. – Tinha me esquecido disso. Olhem, vou ficar aqui, ou um pouco mais acima, no bosque, se deixarem todos os casacos comigo, pra que eu não sinta frio durante a noite. Assim, vou estar perto quando Kathleen sair da pedra.

– Sim – falou Gerald. – Era exatamente essa a ideia do líder por natureza.

– Vocês dois vão pra casa e falem com Mademoiselle que Kathleen ficou nas Yalding Towers. O que é a verdade – falou Mabel.

– Sim, disse Jimmy. – Certamente!

– O tempo de duração do encanto tem sido múltiplos de sete horas – disse Gerald. – Sua invisibilidade durou vinte e uma horas, a minha durou quatorze e a de Eliza, sete. Quando era um anel de desejos, o número era o sete. Mas agora não sabemos realmente qual será. Assim, não sabemos qual de vocês duas vai voltar ao normal primeiro. De toda forma, vamos fugir pela janela, depois de dizer boa noite pra Mademoiselle e vir até aqui pra ver como estão, antes de irmos pra cama. Acho melhor você ficar um pouco mais acima, mais perto do dinossauro. Cobriremos você antes de irmos.

Mabel se arrastou até ficar sob a cobertura das árvores mais altas; ficou de pé, tão alta e magra quanto um álamo e tão irreal quanto a resposta errada de uma operação aritmética complexa. Pra ela era fácil agachar e pôr a cabeça no buraco do dinossauro. Assim, podia ver o corpo branco de Kathleen.

– Está tudo bem, querida – falou com a estátua de pedra. – Vou ficar bem perto de você. Pode me chamar logo que sentir que está voltando ao normal.

A estátua permaneceu imóvel, como as estátuas geralmente fazem, e Mabel tirou a cabeça do buraco, se deitou, foi coberta e deixada: os garotos foram pra casa. Era a única coisa razoável a ser feita. Não seria nada bom Mademoiselle ficar aflita e pôr a policia pra procurá-los. Todos sabiam disso. O choque de descobrir a desaparecida Kathleen não só na barriga de um dinossauro de pedra, mas, pior ainda, transformada em uma estátua de mármore, poderia muito bem perturbar a mente de qualquer policial, sem falar na de Mademoiselle, que, sendo estrangeira, era sem dúvida uma mente mais delicada e mais fácil de se perturbar. Já em relação a Mabel...

– Vê-la desse jeito – disse Gerald –, uau!... Isso deixaria qualquer um pirado, exceto nós.

– Somos diferentes – disse Jimmy. – Nossa mente teve, mesmo, que se acostumar com certas coisas. Seria muito difícil perturbá-la agora.

– Mesmo assim... pobre Cathy! – disse Gerald.

– Sim, claro! – falou Jimmy.

O Sol tinha desaparecido lentamente atrás das árvores escuras, e a Lua nascia. Mabel, com o corpo descomunal coberto de casacos, coletes e calças, dormia tranquilamente no frio do anoitecer.

No interior do dinossauro, Kathleen, bem viva dentro do corpo de mármore, também dormia.

Tinha ouvido as palavras de Gerald, tinha visto os fósforos acesos. Era exatamente a Kathleen de sempre, só que dentro de uma embalagem que a impedia de se mover. E de chorar, mesmo que quisesse. Mas não tinha desejado chorar. Por dentro, o mármore não era duro ou frio.

Mabel se deitou, foi coberta e deixada.

Parecia, de alguma forma, forrado de calor, alegria e segurança. Suas costas não doíam, apesar de um pouco inclinadas. Seus braços e pernas não estavam doloridos pelas horas de imobilidade.

Estava tudo bem... ou melhor que bem. Tinha só que esperar calmamente, e confortavelmente, até sair da embalagem de mármore e ser de novo a Kathleen de sempre. Então, esperou alegre e sossegada – e, naquele momento, esperar se tornou não esperar, fazer nada. Presa no interior agradável do mármore, adormeceu tranquila e calma como se estivesse em sua própria cama.

Foi acordada pelo fato de não estar deitada em sua cama: na verdade, não estava deitada em lugar algum. Estava de pé, e seus pés já recuperavam a sensibilidade. Os braços também: mantidos abertos naquela posição esquisita, estavam cansados e doloridos. Kathleen esfregou

O monstro em forma de lagarto deslizou pra dentro da água.

os olhos, bocejou e se lembrou de tudo. Tinha sido uma estátua, uma estátua dentro do dinossauro de pedra.

– Agora estou viva de novo – foi sua primeira conclusão. – E vou sair daqui.

Sentou-se, pôs o pé no buraco, que era cinzento do lado de dentro da barriga do monstro, e imediatamente um longo e vagaroso sacolejar a jogou pro lado. O dinossauro estava se movendo!

– Oh! – disse Kathleen, dentro do monstro – Que horror! Deve ter luar, e ele ganhou vida, do jeito que Gerald falou!

Era isso mesmo. Pelo buraco, ela podia ver o chão mudando de grama pra samambaia, depois pra musgo, enquanto o dinossauro se balançava pesadamente pelo caminho. Não quis pular do buraco enquanto ele se movia, com medo de que ele a esmagasse com seus pés gigantes.

Com esse pensamento, veio outro: onde estava Mabel? Em algum lugar... algum lugar por perto? E se um daqueles enormes pés pisasse em alguma parte de todo aquele comprimento inconveniente da amiga? Do tamanho que Mabel estava, seria bastante difícil o bicho não pisar em uma ou outra parte dela, caso estivesse no caminho... Muito difícil, por mais que ele tentasse evitar. E o dinossauro não ia tentar. Por que faria isso?

Kathleen estava aflita, segurando na abertura redonda. O imenso monstro balançava de um lado pro outro. Estava indo mais depressa. Não era uma boa ideia... não... ela não devia pular. De qualquer forma, naquele momento, com certeza estavam bem longe de Mabel.

O dinossauro ia cada vez mais depressa. O piso de sua barriga ficou bem inclinado: estavam descendo a colina. Galhos estalavam e se quebravam enquanto atravessavam um conjunto de carvalhos; o cascalho era triturado, esmagado pelos pés de pedra.

Então, pedra encontrou pedra. Houve uma pausa, depois um "tibum!" O monstro tinha pisado na água... No lago onde, ao luar, Janus[36] e ele costumavam nadar juntos. Hermes brincava no ar, acima da água.

Kathleen pulou rapidamente do buraco sobre a superfície plana de mármore que ficava na beira do lago. Saiu correndo e parou, ofegante, à sombra do pedestal de uma estátua. Quase foi tarde demais, pois antes mesmo dela se agachar, o monstro em forma de lagarto deslizou pra dentro da água, afundando muitas folhas de lótus, e nadou em direção à ilha central.

– Fique quieta, mocinha, vou pular! – A voz veio do pedestal e, no momento seguinte, Phoebus tinha pulado os degraus do seu pequeno templo e parado perto dela.

– É nova aqui? – disse Phoebus, olhando pra Kathleen sobre seu ombro gracioso. – Se tivesse visto você alguma vez, não teria esquecido.

– Sou – disse Kathleen – muito, muito nova. E não sabia que você falava.

– Por que não? – Phoebus deu uma risada. – Se você pode...

– Mas eu estou viva.

---

[36] Janus era um deus romano que tinha duas faces, uma olhando para a frente e outra para trás, pois representava os começos e os fins, o passado e o futuro. Também era o deus das portas e portões. Deu origem ao nome do mês de janeiro. (N.T)

— O que é isso?— perguntou, começando a tremer.

– E eu não? – ele perguntou.
– Oh, sim, acho que sim – disse Kathleen, distraída, mas já sem medo.
– Só pensei que era preciso estar com o anel pra ver vocês se moverem.

Phoebus pareceu entender o que ela disse (por mérito próprio, pois ela realmente não tinha se expressado com clareza).

– Ah, isso é pra mortais – falou. – Nós podemos ouvir e ver uns aos outros no pouco tempo em que ganhamos vida. Isso é parte do belo encantamento.

– Mas eu sou mortal – disse Kathleen.

– É tão modesta quanto charmosa – disse Phoebus Apollo, distraído. – A água branca está me chamando! Vou indo.

No momento seguinte, círculos de líquido prateado se espalharam pelo lago e foram se alargando, mais ainda ao redor do ponto onde as palmas unidas das mãos brancas do deus Sol atingiram a água quando ele mergulhou.

Kathleen se virou e começou a subir a colina em direção aos arbustos de azaleia. Precisava encontrar Mabel, e as duas tinham de ir pra casa imediatamente. Se pelo menos a amiga estivesse de um tamanho que lhe permitisse ir pra casa com ela! Bem, provavelmente, naquela altura do encantamento, estava. Animada com esses pensamentos, a menina andou mais depressa. Passou pelos arbustos de azaleia, lembrou-se do rosto pontudo de papel pintado olhando pra fora entre as folhas brilhantes, achou que ia ficar com medo... mas não ficou.

Foi bem fácil encontrar Mabel, bem mais fácil do que se ela estivesse como Kathleen tinha desejado encontrá-la. De uma boa distância, sob o luar, pôde ver o corpo em forma de minhoca, com seus três metros e meio de comprimento estendidos no chão e coberto com casacos e calças e coletes. Mabel parecia um tubo coberto de panos. Kathleen tocou suavemente sua longa bochecha, e ela acordou.

– O que está acontecendo? – perguntou, sonolenta.

– Sou eu, só isso! – explicou Kathleen.

– Como suas mãos estão frias! – falou Mabel.

– Acorde – disse Kathleen –, vamos conversar.

– Não podemos ir pra casa agora? Estou terrivelmente cansada, e a hora de comer já passou há muito tempo.

– Você ainda está muito comprida pra ir pra casa – disse Kathleen, tristemente. Então Mabel se lembrou.

Continuou deitada com os olhos fechados. De repente, ficou agitada e gritou, meio chorosa:

– Oh, Cathy! Estou tão esquisita... pareço uma daquelas cobras de mola esticada que temos de encolher pra guardar na caixa. Estou... sim... sei que estou...

Estava mesmo. Kathleen, observando Mabel, concordou que ela estava exatamente como uma cobra feita de arame em espiral quando a criança tira da caixa. E então os pés de Mabel foram se aproximando, seus longos e finos braços foram se encolhendo, o seu rosto não tinha mais quase meio metro de comprimento.

– Está voltando ao normal... é isso! Oh, estou tão feliz! – gritou Kathleen.

– Sei que estou – disse Mabel. E enquanto dizia isso, foi ficando mais Mabel, não apenas por dentro, pois isso ela tinha sido o tempo todo, mas em sua aparência exterior.

– Você está normal. Oh, viva! Viva! Estou tão feliz! – disse Kathleen, amável. – Agora podemos ir pra casa imediatamente, amiga.

– Ir pra casa? – perguntou Mabel, sentando-se e olhando pra Kathleen, com seus grandes olhos escuros. – Ir pra casa assim?

– Assim como? – Kathleen perguntou, impaciente.

– Ora, você! – foi a esquisita resposta de Mabel.

– Estou bem – disse Kathleen. – Vamos!

– Está querendo dizer que... não sabe? – disse Mabel. – Olhe pra você... suas mãos... seu vestido... tudo.

Kathleen olhou para as suas mãos: tinham a brancura do mármore. Seu vestido, também... e os sapatos, as meias, até mesmo o cabelo. Estava branca como leite.

– O que é isso? – perguntou, começando a tremer. – Por que estou dessa cor terrível?

– Não vê? Oh, Cathy, você não vê? Não voltou ao normal. Ainda é uma estátua.

– Não sou... estou viva... estou conversando com você.

– Sei disso, querida – disse Mabel, tentando acalmá-la, como se acalma uma criança rebelde. – Deve ser por causa do luar.

– Mas pode ver que estou viva.

– Claro que posso. Estou usando o anel.

– Mas estou normal. Sei que estou.

– Não vê – disse Mabel amavelmente, pegando a mão branca de mármore – não vê que não está normal? Tem luar, e você é uma estátua:

apenas ganhou vida, como todas as outras estátuas. E quando a Lua sumir, você será uma estátua novamente. Aí é que está o problema de voltarmos pra casa. Você ainda é mesmo uma estátua, só ganhou vida, como as outras coisas de mármore. Onde está o dinossauro?

– Tomando o seu banho – disse Kathleen. – Assim como todas as bestas de pedra.

– Bem – falou Mabel, tentando ver o lado positivo das coisas –, então, pelo menos temos um motivo pra sermos gratas!

CAPÍTULO 10

— SE — disse Kathleen tristemente, sentada em seu mármore — se realmente sou uma estátua que ganhou vida, por que você não tem medo de mim?

— Estou usando o anel — falou Mabel com firmeza. — Anime-se, Cathy! Logo vai estar melhor. Tente não pensar sobre isso.

Ela falava como se fala com uma criança que cortou o dedo ou caiu no jardim e ralou os joelhos no cascalho.

— Sei disso — Kathleen respondeu, distraída.

— Estava pensando — disse Mabel, animada —, podemos descobrir muita coisa sobre este lugar encantado se as outras estátuas não forem orgulhosas demais pra falar conosco.

— Não são — Kathleen garantiu. — Pelo menos, Phoebus, não. Foi extremamente educado e amável comigo.

— Onde está ele?

— No lago... pelo menos, estava — disse Kathleen.

– Então, vamos descer até lá – disse Mabel. – Oh, Cathy! É muito bom ter meu tamanho normal de novo.

Levantou-se de repente. As samambaias murchas e os galhos secos que tinham coberto seu corpo longo e se amontoado em cima dela quando voltou ao tamanho normal, caíram no chão, como as folhas caem quando tempestades súbitas as arrancam das árvores.

Mas a branca Kathleen não se moveu. Então, ficaram as duas sentadas na grama – que estava cinza sob a luz da Lua –, rodeadas pela calma da noite. Estava tudo parado como numa pintura. Apenas o ruído da água jorrando nas fontes e o apito distante do trem Expresso Ocidente quebravam o silêncio cada vez mais profundo.

– Que satisfação, irmãzinha! – disse uma voz atrás delas. Uma voz alegre. Elas se viraram rapidamente, assustadas, como se vira um pássaro amedrontado. Ali, ao luar, estava Phoebus, ainda pingando água do lago e sorrindo pra elas, muito simpático, muito amável.

– Oh, é você! – disse Kathleen.

– Ninguém mais – falou Phoebus, alegremente. – Quem é sua amiga, a criança humana?

– Esta é Mabel – disse Kathleen.

Mabel se levantou, fez uma reverência, hesitou e estendeu a mão.

– Sou seu escravo, mocinha – disse Phoebus, apertando a mão dela, com dedos de mármore. – Mas não entendo como pode nos ver e por que não está com medo.

Mabel mostrou a mão com o anel.

– Está explicado – disse Phoebus. – Mas, já que tem o anel, por que mantém essa aparência humana sardenta? Vire uma estátua e nade conosco no lago.

– Não sei nadar – disse Mabel, sem interesse.

– Nem eu – falou Kathleen.

– Sabe sim – disse Phoebus. – Todas as estátuas que ganham vida são ótimas em todos os exercícios de atletismo. E você, criança de olhos escuros e cabelos parecidos com a noite, deseje virar uma estátua e venha se divertir conosco.

– É melhor não, se puder me desculpar – disse Mabel, cautelosa. – Sabe como é... este anel... a gente deseja coisas e nunca sabe quanto tempo vão durar. Eu ficaria feliz de virar uma estátua agora, mas de manhã desejaria que não tivesse acontecido.

– Dizem que humanos são sempre assim – divagou Phoebus. – Mas, criança, parece que não conhece os poderes do seu anel. Deseje com exatidão, e ele vai fazer com exatidão. Se você não define um limite de tempo, encantamentos estranhos, criados por Arithmos, o excluído deus dos números, vão aparecer e estragar seu desejo. Fale assim: "desejo que, até o Sol nascer, eu seja uma estátua viva de mármore, como a minha amiga, e que depois disso, volte a ser como antes, a Mabel de olhos escuros e cabelos coloridos pela noite".

– Oh, ia ser tão divertido! – gritou Kathleen. – Faça isso, Mabel! E se nós duas formos estátuas, vamos ter medo do dinossauro?

– Não existe medo no mundo do mármore vivo – disse Phoebus. – Somos ou não irmãos, nós e o dinossauro, irmãos semelhantes, feitos de pedra e vida?

– Se eu fizesse isso, saberia nadar?

– Nadar, e flutuar, e mergulhar... E, junto com as damas do Olympus,[37] distribuir o banquete noturno, comer a comida e beber o vinho dos deuses, ouvir a música dos imortais, conhecer a risada dos eternos.

– Um banquete! – disse Kathleen. – Oh, Mabel, faça isso! Se estivesse faminta como estou, não ia pensar duas vezes.

– Mas não vai ser comida de verdade – argumentou Mabel.

– Vai ser comida real pra você, assim como pra nós – disse Phoebus. – Não existe outra forma de ser real, nem mesmo em seu mundo multicolorido.

Mabel ainda hesitou. Depois, olhou para as pernas de Kathleen e falou, de repente:

– Tudo bem, eu vou. Mas primeiro vou tirar as minhas botas e meias. As botas têm uma aparência simplesmente horrorosa... especialmente os cadarços. E uma meia de mármore que fica descendo, você sabe... a minha está assim.

Quando acabou de falar, já tinha tirado as botas, as meias e o avental.

– Mabel tem senso de beleza – falou Phoebus, em tom de aprovação. – Formule o desejo, criança, e vou levar vocês até as damas do Olympus.

---

[37] Na mitologia, o Olympus (Monte Olimpo) era a moradia dos deuses mais importantes. (N.T.)

Mabel, um pouco trêmula, fez o que ele dizia, e agora havia duas pequenas estátuas vivas sob a luz da Lua. O alto Phoebus pegou a mão de cada uma.

– Venham... corram! – gritou.

E correram.

– Oh, isso é legal! – Mabel falou com voz ofegante. – Vejam meus pés brancos na grama! Achei que ia ser tenso ser estátua, mas não é.

– Não existe tensão no mundo dos imortais – riu o deus do Sol. – E esta noite vocês são como nós.

E desceram a ladeira em direção ao lago.

– Pulem! – ele gritou. – Elas pularam, e a água ficou agitada em volta de três seres brancos e brilhantes.

– Oh, eu sei nadar! – Mabel exclamou e deu um suspiro.

– Eu também! – disse Kathleen.

– Claro que sabem – falou Phoebus. – Agora, três voltas no lago e depois vamos depressa para a ilha.

Lado a lado, os três nadaram. Phoebus, bem devagar, para ficar no ritmo das crianças. As roupas de mármore não pareciam atrapalhar nem um pouco, como as suas certamente atrapalhariam se você pulasse no enorme tanque das fontes de Trafalgar Square[38] e tentasse nadar. E nadaram lindamente, com aquela facilidade e aquela ausência de esforço que você já deve ter sentido quando nadava... em sonhos.

Era o mais adorável dos lugares pra nadar: os caules das flores de lótus, que incomodam os nadadores humanos, de forma alguma atrapalhavam os movimentos das pernas e dos braços de mármore. A Lua estava alta e muito clara no céu. Os salgueiros, os ciprestes, os templos, os arbustos, as árvores e o maravilhoso castelo, tudo contribuía para o romântico charme da cena.

– Esta é a coisa mais legal que o anel já trouxe pra nós – disse Mabel, enquanto dava uma braçada lenta, mas perfeita.

– Achei que iam gostar – falou Phoebus, amável. – Agora, mais uma volta e, depois, a ilha.

Pisaram na ilha entre juncos, muitas ervas de diferentes e raras

---

[38] Grande praça na região central de Londres. É um dos lugares mais visitados da cidade. Seu nome é uma homenagem à vitória da Inglaterra contra as tropas de Napoleão Bonaparte na Batalha de Trafalgar, em 1805. (N. T.)

Lado a lado, os três nadaram.

espécies e algumas sâmaras maduras, cheirosas e cremosas. A ilha era maior do que parecia quando vista da beira do lago, e parecia estar coberta por árvores e arbustos.

Mas quando, com Phoebus mostrando o caminho, começaram a andar pisando sobre a sombra das árvores, perceberam que lá na frente, depois das árvores, havia uma luz bem mais próxima deles do que o outro lado do lago.

As árvores que ultrapassaram formavam um círculo grosso e escuro ao redor de um espaço grande e vazio. Parecia uma multidão ao redor de um campo de futebol, como disse Kathleen.

Primeiro, viram uma larga e macia faixa de gramado. Depois, degraus de mármore descendo em direção a um grande tanque redondo, também de mármore, onde não se viam flores de lótus, só peixes – dourados e prateados – que nadavam ligeiros pra todo lado, como *flashes* ou chamas. E esse espaço todo, com grama, água e mármore, era iluminado por uma luz clara, branca e radiante, sete vezes mais forte que o mais branco luar; e se viam sete luas nas águas do tanque. As garotas olharam para o céu, esperando ver sete luas. Mas a velha Lua brilhava sozinha, como sempre tinha brilhado, sobre elas. Perceberam que as do tanque eram apenas reflexos também, pelo modo como suas formas mudavam quando os peixes criavam pequenas ondas com o movimento das caudas e nadadeiras.

– A Lua tem sete reflexos – disse Mabel inexpressivamente, e apontou (o que pessoas bem-educadas não fazem).

– Claro! – disse Phoebus, amável. – Tudo em nosso mundo é sete vezes mais do que no de vocês.

– Mas não tem sete de você – falou Mabel.

– Não, mas sou sete vezes mais – disse o deus do Sol. – Você sabe, existem números, existe quantidade, sem falar em qualidade. Você entende, tenho certeza.

– Não muito bem... – disse Kathleen.

– Explicações sempre me cansam – Phoebus interrompeu. – Vamos nos juntar às damas?

Do outro lado do tanque, viram um grupo grande, tão branco que parecia formar um buraco branco nas árvores. Tinha uns trinta a quarenta seres no grupo – todos estátuas, e todos vivos. Alguns estavam com os pés brancos mergulhados entre os peixes dourados e prateados, criando ondinhas sobre as sete luas. Alguns atiravam rosas uns nos outros – rosas tão perfumadas que, mesmo do outro lado do tanque, as garotas podiam sentir seu cheiro. Outros dançavam de mãos dadas, em roda; e dois, sentados nos degraus, jogavam cama de gato – um jogo realmente muito antigo – com um fio de mármore branco.

À medida que se aproximavam, os recém-chegados ouviam gritos de saudação e risadas alegres.

– Atrasado de novo, Phoebus! – alguém gritou.

E outro:

– Algum problema com os seus cavalos?

Um outro gritou alguma coisa relacionada com coroa de louros.

– Estou trazendo duas convidadas – disse Phoebus, e logo as estátuas se juntaram ao redor dos três, passando a mão nos cabelos das garotas, dando palmadinhas em suas costas, chamando-as pelos nomes mais adoráveis.

– As coroas de flores estão prontas, Hebe?[39] – a mais alta e mais esplêndida de todas gritou. – Faça mais duas!

E muito pouco tempo depois, Hebe desceu a escada, os braços redondos carregando muitas coroas de rosas. Tinha uma para cada cabeça de mármore.

Todos pareceram sete vezes mais bonitos com a coroa – o que, no caso de deuses e deusas, é quase impossível. As crianças lembraram que, no banquete do suco de framboesa, Mademoiselle tinha dito que deuses e deusas sempre usavam coroas durante as refeições.

---

[39] Deusa grega da juventude. (N.T.)

A própria Hebe arrumou as rosas nas cabeças das crianças; e Aphrodite Urânia,[40] a mais querida de todas, com voz de mãe naqueles momentos em que você mais ama a sua, pegou as garotas pelas mãos e disse:

– Venham, precisamos deixar o banquete pronto. Eros... Psychê... Ganymed...[41] Hebe! Vocês, jovens, podem arrumar as frutas.

– Não vejo fruta nenhuma – disse Kathleen, enquanto quatro estátuas esbeltas se separavam do resto do grupo e caminhavam na direção das crianças.

– Mas vai ver – disse Eros, um amor de rapaz. E as outras jovens concordaram:

– É só apanhá-las.

– Assim – disse Psychê, levantando os braços de mármore na direção de um galho de salgueiro. E mostrou a mão para as crianças: estava segurando uma romã madura.

– Entendi – disse Mabel. – É só... – Pôs os dedos no galho do salgueiro e, num instante, um pêssego grande, firme, mas macio, estava entre eles.

– Isso, só isso – falou sorrindo Psychê, que também era um amor, como qualquer um podia ver.

Depois disso, Hebe apanhou algumas cestas de prata em uma árvore bem próxima, e os quatro trabalharam muito, colhendo frutas. Enquanto isso, as estátuas mais velhas se ocupavam arrancando taças de ouro e jarros e pratos dos galhos dos carvalhos ainda pequenos e de outras árvores, e iam colocando ali todas as coisas deliciosas de comer e de beber que qualquer um podia desejar. Depois, foi tudo espalhado nos degraus. Era um piquenique celestial.

Todos se sentaram ou deitaram por perto, e o banquete começou. E... oh! O gosto da comida servida naqueles pratos! A doce maravilha das bebidas que escorriam das taças de ouro para os lábios de mármore! E as frutas! Não existem frutas iguais na Terra, assim como não existem risadas como as daquelas gargantas, nem música como a que se misturou ao silêncio daquela noite de maravilhas!

---

[40] Urânia (celestial) era a palavra que se associava à deusa grega da espiritualidade, Aphrodite, para distingui-la de Aphrodite Pantemos, sua versão mais terrena, deusa do amor e da beleza no mundo material. (N.T.)

[41] Eros (Cupido, na mitologia romana) era o deus grego do amor; Psychê era a deusa da alma e se casou com Eros; Ganymede era um herói divino da mitologia grega, nascido em Troia e levado para servir de copeiro no Olimpo. (N.T.)

– Oh! – gritou Kathleen. E, entre seus dedos, o caldo do seu terceiro pêssego escorreu e caiu como lágrimas nos degraus de mármore.
– Queria muito que os meninos estivessem aqui agora!
– O que será que estão fazendo? – perguntou Mabel.
– Neste momento – disse Hermes, que tinha acabado de fazer um voo em círculo, como fazem os pombos, e se juntado novamente ao grupo –, depois de terem fugido pela janela, estão vagando, tristes e aflitos, procurando por vocês perto do pedestal do dinossauro. Receiam que tenham morrido, e até chorariam, se não soubessem que lágrimas não as trariam de volta.

Kathleen se levantou e limpou as migalhas da comida dos deuses de seu marmóreo colo.

– Muito obrigada a todos – disse. – Foi muito gentil da parte de vocês nos receber; nos divertimos muito, mas acho que agora temos de ir, por favor.

– Se é ansiedade por causa dos seus irmãos – disse Phoebus amavelmente –, é muito fácil eles se juntarem a vocês. Só preciso do anel por um momento.

Pegou o anel da mão meio resistente de Kathleen, mergulhou a argola no reflexo de uma das sete luas e devolveu. Ela segurou o anel com força.

– Agora – disse o deus do Sol – formule o desejo que Mabel fez pra ela mesma. Diga...

– Eu sei – Kathleen interrompeu. – Desejo que os garotos sejam estátuas vivas de mármore como Mabel e eu, até o Sol nascer, e que depois disso voltem a ser como são agora.

– Se não tivesse me interrompido... – disse Phoebus. – Mas tudo bem, não podemos esperar cabeças maduras sobre ombros de mármore jovem. Deveria ter desejado que estivessem aqui... e não... tudo bem. Hermes, velho amigo, vá lá e traga os garotos. Explique tudo enquanto estiverem vindo.

Mergulhou o anel novamente em um dos reflexos da Lua e o devolveu para Kathleen.

– Tome – disse. – Agora está pronto para o próximo encantamento.

– Não é costume nosso questionar convidados – disse Hera,[42] a rainha, dirigindo seus grandes olhos para as crianças. – Mas, se fazer

---

[42] Hera (Juno, na mitologia romana) era a deusa grega do casamento. (N.T)

Era um piquenique celestial.

perguntas não fosse rude, eu ia perguntar como esse anel foi parar nas mãos de crianças humanas.

– Essa – falou Phoebus – é uma longa história. Depois do banquete, a história, e depois da história, a canção.

Parece que Hermes tinha "explicado tudo" muito bem, porque quando Gerald e Jimmy, da brancura do mármore, chegaram voando, cada um agarrado a um pé do deus alado, estavam bastante à vontade. Cumprimentaram os deuses e as deusas e tomaram seus lugares muito naturalmente, como se tivessem participado de banquetes no Olympus todos os dias de suas vidas.

Hebe tinha feito coroas de rosas pra eles. Enquanto observava os garotos comendo e bebendo como se, dentro do mármore, estivessem em casa, Kathleen estava muito feliz porque, em meio a fontes de onde jorrava o suco de pêssegos imortais não tinha se esquecido dos irmãos.

– Agora – disse Hera, depois que os garotos tinham bebido e comido tudo que quiseram, e até mais do que podiam – agora, a história.

– Sim – disse Mabel, animada, e Kathleen ecoou:

– Oh, sim! Agora, a história. Que maravilha!

– A história – disse Phoebus inesperadamente – vai ser contada pelos nossos convidados.

– Oh, não! – disse Kathleen, desapontada.

– Os garotos, talvez? Creio que são mais corajosos – disse Zeus,[43] o rei, tirando a coroa, que estava um pouco apertada, e esfregando as orelhas.

– Não posso, realmente – disse Gerald. – Além disso, não sei nenhuma história.

– Muito menos eu – falou Jimmy.

– O que eles querem é a história de como conseguimos o anel – disse Mabel, apressada. – Se quiserem, vou contar. Era uma vez uma garotinha chamada Mabel – acrescentou, com mais pressa ainda; e continuou...

Contou toda, ou quase toda, a história do castelo encantado que você lê nestas páginas.

Os deuses de mármore do Olympus ouviam, encantados – quase tão encantados quanto o castelo em si. E aqueles agradáveis momentos ao luar eram como pérolas caindo em um lago profundo.

---

[43] Zeus, deus do céu e dos fenômenos naturais, era o soberano dos deuses. (N.T.)

– E então – Mabel finalizou, de repente –, Kathleen desejou que os garotos viessem também, e Lord Hermes foi buscá-los, e aqui estamos todos.

Uma explosão de comentários e perguntas interessadas brotou ao redor, mas foram subitamente interrompidos por Mabel.

– Agora – ela disse, mudando o assunto – agora queremos que vocês nos contem.

– Contar...?

– Como vocês ganham vida, como sabem do anel... e tudo o que *realmente* sabem.

– Tudo o que sei? – Phoebus deu uma gargalhada, pois foi pra ele que Mabel perguntou, e não apenas a sua boca deu uma gargalhada: todas as bocas brancas em volta fizeram o mesmo.

– Toda a sua vida, minha humana criança, não seria suficiente pra conter todas as palavras que eu diria pra contar tudo o que sei.

– Bem, pelo menos sobre o anel, e como ganham vida – disse Gerald. – Sabem como é, é muito complicado pra nós.

– Conte pra eles, Phoebus – disse a dama mais querida de todas. – Não enrole as crianças.

Phoebus, então, recostando-se numa pilha de peles de leopardo que Dionysus tinha generosamente arrancado de uma árvore, contou.

– Todas as estátuas – disse – podem ganhar vida, se quiserem, quando a Lua brilha, mas estátuas que ficam em cidades feias nunca querem. Por que deveriam se cansar observando coisas sem beleza?

– Certamente – disse Gerald, muito bem-educado pra preencher a pausa.

– Nos bonitos templos de vocês, humanos – o deus do Sol continuou –, as imagens de padres e de guerreiros, que ficam de pernas cruzadas sobre os próprios túmulos, ganham vida e ficam andando sem destino certo, dentro de suas vestes de mármore, pelos templos, pelos bosques e pelos campos. Mas só podem ser vistos uma noite por ano. Vocês nos viram porque têm o anel e, dentro desse mármore que vestem, são como irmãos pra nós. Mas é apenas naquela noite única que todos podem nos ver.

– E quando é essa noite? – Gerald perguntou, novamente bem-educado, durante uma pausa.

– No festival da colheita – disse Phoebus. – Nessa noite, quando sobe no céu, a Lua lança um conjunto de raios luminosos sobre o altar de alguns templos. Um deles está na Grécia, enterrado sob a montanha que Zeus, num momento de muita raiva, jogou ali. Outro é aqui nestas terras: aqui mesmo, neste grande jardim.

– Então – disse Gerald, muito interessado –, se fôssemos até esse templo nesse dia único, poderíamos ver vocês, mesmo não sendo estátuas ou não tendo o anel.

– Exatamente – disse Phoebus. – E mais: nessa noite especial, temos que responder a todas as perguntas feitas por mortais.

– E essa noite... quando é?

– Ah! – disse Phoebus, e deu uma gargalhada. – Vocês não iam gostar de saber!

Nesse momento, o grande Rei dos Deuses de mármore bocejou, acariciou sua longa barba e disse:

– Ah, chega de histórias, Phoebus! Afine a sua lira.

– Mas... e o anel? – sussurrou Mabel, enquanto o deus do Sol afinava as cordas brancas de um tipo de harpa de mármore que estava a seus pés. – Como vocês sabem tudo a respeito do anel?

– Agora – o deus do Sol sussurrou de volta –, Zeus deve ser obedecido. Mas pode me perguntar de novo antes do nascer do Sol e vou te dizer tudo o que sei sobre isso.

Mabel concordou e se encostou nos confortáveis joelhos de Demeter;[44] Kathleen e Psychê se sentaram de mãos dadas. Gerald e Jimmy se deitaram, com as mãos no queixo, olhando fixamente para o deus do Sol; e antes mesmo dele pegar a lira, muito antes de seus dedos começarem a deslizar sobre as cordas, o espírito da música estava no ar, encantador, escravizante, silenciando qualquer pensamento que não fosse nele mesmo, qualquer desejo que não fosse o de ouvi-lo.

Phoebus começou a tocar e, suavemente, tirou uma melodia das cordas do instrumento, e todos os lindos sonhos, do mundo inteiro, sonhos com asas parecidas com as de pombas, flutuaram no ar, bem próximos. E todos os pensamentos maravilhosos que às vezes ficam suspensos no ar perto de você, mas não tão perto a ponto de você poder

---

[44] Deméter (Ceres, em latim) era a deusa grega das terras cultivadas, das colheitas e das estações do ano. (N.T.)

pegá-los, agora vinham como se morassem nos corações de quem estava ouvindo. E aqueles que ouviam se esqueceram do tempo e do espaço, de como ficar triste, de como ficar maldoso, e parecia que o mundo estava, como uma maçã encantada, nas mãos de cada ouvinte, e então o mundo todo era bom e bonito.

De repente, o encanto se quebrou. Phoebus tocou uma corda arrebentada, e houve um instante de silêncio. Depois ele se levantou, gritando:

– O amanhecer! O amanhecer! Para seus pedestais, oh, deuses!

Num piscar de olhos, todos os lindos seres de mármore tinham se levantado, atravessado a área cheia de árvores, que estalavam e faziam ruídos de folhas sendo roçadas. As crianças ouviram até os pulos na água, mais adiante. Em seguida, a respiração agitada de um grande monstro, e souberam que o dinossauro também estava voltando pro seu lugar.

Só Hermes teve tempo, pois voar pode ser mais rápido que nadar, de parar no ar diante das crianças por um momento e sussurrar, com um sorriso malicioso:

– Daqui a quatorze dias, no Templo das Pedras Estranhas.

– Qual é o segredo do anel? – Mabel perguntou em voz baixa.

– O anel é o coração da magia – disse Hermes. – Perguntem quando a Lua aparecer no céu, no décimo quarto dia, e vão saber de tudo.

Depois, acenou com o caduceu[45] e voou para o alto, com seus pés alados. Enquanto subia, os reflexos das sete luas foram desaparecendo aos poucos, um vento frio começou a soprar, uma luz cinzenta foi ficando mais forte. Os pássaros começaram a cantar e a voar, e o mármore que envolvia as crianças sumiu, como o papel desaparece no fogo: não eram mais estátuas, e sim as crianças de carne e osso que sempre tinham sido. Estavam de pé sobre uma grama áspera e alta e entre arbustos que cobriam suas pernas até os joelhos. Nada de gramado macio, ou degraus de mármore, ou tanque de peixes com reflexos de sete luas. O orvalho brilhava sobre a grama e os arbustos, e o ar estava muito frio.

– Por que não fomos com eles? – perguntou Mabel, batendo os dentes. – Não podemos nadar, agora que não somos mais de mármore. Será que estamos na ilha?

---

[45] Bastão de ouro com duas serpentes defrontadas e enroscadas em torno dele, sob um par de asas que arremata a extremidade superior. É o símbolo de Hermes (Mercúrio). (N.T.)

Estavam. E não podiam nadar.

Sabiam disso. Sempre sabemos esse tipo de coisa, de alguma forma, mesmo sem querer. Por exemplo, você sabe perfeitamente que não pode voar. Tem coisas que são como são, não há como negar.

O amanhecer chegava cada vez mais rápido, e as crianças ficavam mais e mais preocupadas.

– Não deve haver um barco por aqui – Jimmy falou.

– Não – disse Mabel. – Não deste lado do lago. Tem um na casa de barcos, claro... se puderem nadar até lá.

– Sabe que não posso – disse Jimmy.

– Ninguém consegue pensar em alguma coisa? – Gerald perguntou, tremendo.

– Quando descobrirem que desaparecemos, vão tirar toda a água do lago – disse Jimmy, cheio de esperanças –, para o caso de termos caído e afundado. É o que vão pensar. Quando vierem fazer isso, nós gritamos, e virão nos salvar.

– Sim, e vai ser tudo muito legal! – foi o comentário irônico de Gerald.

– Não seja tão desagradável – disse Mabel, num tom tão estranhamente alegre que os outros olharam pra ela espantados.

– O anel – ela disse. – Só temos que desejar estar em casa. Phoebus lavou o anel no reflexo da Lua e o deixou pronto para o próximo desejo.

– Você não nos contou isso – disse Gerald, animado. – Não tem importância. Onde está o anel?

– Estava com você – Mabel olhou pra Kathleen.

– Sei que estava – disse a menina com voz aflita –, mas dei pra Psychê ver... e... e ficou no dedo dela.

Tentaram todos não ficar bravos com Kathleen, e tiveram um sucesso parcial nisso.

– Se algum dia sairmos desta ilha horrível – disse Gerald pra Mabel –, será que você pode achar a estátua de Psychê e pegar o anel de volta?

– Não, não posso – Mabel gemeu. – Não sei onde fica a estátua. Nunca a vi. Pode ser na Grécia, seja lá onde isso for... ou em qualquer outro lugar, pelo que sei.

Ninguém tinha nada agradável pra falar, e é bom deixar claro que ninguém falou. Já se via a luz acinzentada do dia, e ao norte o céu, em tons de rosa e roxo, brilhava.

Os garotos ficaram parados, de pé, com as mãos nos bolsos. Parece que Mabel e Kathleen acharam que era impossível não ficarem abraçadas e, em todos os pontos em que tocavam suas pernas, a grama comprida e os arbustos estavam gelados por causa do orvalho.

Um soluço fraco e um suspiro quebraram o silêncio.

– Agora, prestem atenção – disse Gerald, imediatamente –, não vou tolerar isso. Estão ouvindo? Choramingar não é nem um pouco bom. Não, não sou um covarde. É pro bem de vocês. Vamos dar um passeio pela ilha. Talvez encontremos um barco escondido em algum lugar entre os galhos das árvores.

– Como isso seria possível? – Mabel perguntou.

– Alguém pode ter deixado lá, imagino – disse Gerald.

– Mas como teriam saído da ilha?

– Em outro barco, claro – disse Gerald. – Venham!

Desanimados e bastante certos de que não havia, nem podia haver, barco nenhum, as quatro crianças começaram a explorar a ilha. Quantas vezes cada uma delas tinha sonhado com ilhas, quantas vezes tinham desejado estar isoladas em uma!

Bem, agora estavam. Algumas vezes, a realidade é muito diferente dos sonhos, e nem a metade tão boa quanto eles. Era pior pra Mabel, pois seus sapatos e meias estavam muito longe, do outro lado da água. A grama áspera e os arbustos eram cruéis com pernas descobertas e pés descalços.

Tropeçaram pelo bosque até a margem do lago, mas era impossível chegar muito perto dela, porque os galhos eram duros e grossos. Tinha um caminho gramado estreito, cheio de curvas entre as árvores, e foi por ele que seguiram, tristes e desanimados.

A cada momento, ficava mais impossível manter a esperança de voltar pra escola-casa sem ninguém perceber. E se sentissem falta deles e encontrassem as camas do jeito que estavam, sem terem sido desfeitas? Bem, ia ter algum tipo de briga – e, como disse Gerald, "Adeus, liberdade!".

– Claro que podemos sair dessa – disse Gerald. – Vamos gritar todos juntos, quando virmos um jardineiro ou algum outro criado na propriedade. Mas, se isso acontecer, o segredo vai acabar, e tudo vai estar perdido.

– É – concordaram os outros, com tristeza.

– Vamos, ânimo! – disse Gerald, com o espírito natural do general começando a despertar novamente dentro dele. – Vamos sair bem dessa encrenca, como saímos das outras; sabem que vamos. Vejam, o Sol está nascendo. Estão se sentindo bem e contentes agora, não é?

– Sim, claro! – disseram todos, mas o tom era de pura aflição.

O Sol já estava alto no céu e, por uma abertura estreita e alongada entre as colinas, mandou um raio de luz muito forte diretamente sobre a ilha. A luz amarela, intensa, atravessou as árvores e ofuscou os olhos das crianças. Isso, junto com o fato de não estar olhando por onde andava, como Jimmy não deixou de comentar depois, foi suficiente pra explicar o que aconteceu com Gerald, que estava guiando a pequena e triste procissão.

O garoto tropeçou, tentou se agarrar a um tronco de árvore, não conseguiu... e desapareceu, com um grito e um barulho. Mabel, que estava vindo logo atrás, parou a um centímetro de distância de um buraco com um lance de escada muito inclinado e degraus cobertos de denso musgo, que parecia ter se aberto de repente no chão, a seus pés.

– Oh, Gerald! – chamou, no topo da escada. – Está machucado?

– Não – disse Gerald, fora do alcance da vista de Mabel e zangado. Pois estava machucado, um pouco seriamente. – São degraus, e tem um túnel.

– Sempre tem – disse Jimmy.

– Eu sabia que tinha um túnel – disse Mabel. – Vai por baixo da água e sai no Templo de Flora. Até os jardineiros sabem disso, mas não descem porque têm medo de cobras.

– Então podemos sair daqui por esse caminho... Puxa, você deveria ter contado isso! – disse Gerald, mudando o tom da voz.

– Não pensei nisso – disse Mabel. – Afinal... acho que ele passa pelo lugar onde o Feioso-Feiura encontrou o seu "hotel muito bom".

– Eu não vou – disse Kathleen, decidida. – No escuro, eu não vou. De jeito nenhum!

– Tudo bem, criancinha – disse Gerald, sério, e sua cabeça apareceu de repente, entre galhos de árvores. – Ninguém pediu para você ir no escuro. Se quiser, deixamos você aqui e voltamos para te buscar de barco. Jimmy, o farol da bicicleta! – e estendeu o braço pra pegar o farol.

Jimmy tirou do peito, lugar onde lâmpadas sempre são guardadas nos contos de fadas (veja *Aladim* e outras), um farol de bicicleta.

– Trouxemos isso – explicou – para não quebrarmos nossas canelas tropeçando em pedaços da longa Mabel entre as azaleias.

– Agora – disse Gerald, com muita firmeza, riscando um fósforo e tirando o vidro grosso e redondo da frente do farol – não sei o que vão fazer, mas eu vou descer esses degraus e caminhar pelo túnel. Se encontrar o bom hotel... um hotel muito bom nunca fez mal a ninguém... ainda.

– Não é uma boa ideia, sabe disso – sussurrou Jimmy. – Mesmo se chegar até lá, sabe muito bem que não pode sair por aquela porta que fica próxima ao Templo de Flora.

– Não sei – disse Gerald, ainda animado, e agindo como um comandante. – Provavelmente, lá dentro tem um jeito secreto de abrir aquela porta. Da última vez, não tínhamos o farol pra ajudar a procurar, lembra?

– Se existe uma coisa que realmente odeio, essa coisa é ficar debaixo da terra – disse Mabel.

– Você não é covarde – disse Gerald, usando o que é conhecido como diplomacia. – É corajosa, Mabel. Então, não sei disso? Segure a mão de Jimmy e vou segurar a de Cathy. E aí?

– Ninguém vai segurar a minha mão – falou Jimmy, claro. – Não sou uma criança.

– Bem, vou segurar a de Cathy. Pobre pequena Cathy! O gentil irmão vai segurar a mão da pobre Cathy.

A ironia amarga de Gerald falhou, pois Cathy, agradecida, pegou a mão que ele tinha estendido apenas como gozação. Estava muito triste pra perceber o humor do irmão, como acontecia na maioria das vezes.

– Oh, obrigada, Jerry – disse, sinceramente grata –, você é um amor, e vou tentar não sentir medo – e, por um minuto inteiro, Gerald, envergonhado, sentiu que não tinha sido inteiramente, totalmente "um amor".

Assim, deixando pra trás o dourado crescente do sol, os quatro desceram os degraus de pedra que levavam até o túnel debaixo da terra e da água, e tudo parecia ficar cada vez mais escuro. Depois foi clareando um pouco: o brilho forte do Sol deu lugar à luz fraca, mas constante do farol de bicicleta.

Realmente, os degraus levavam a uma passagem. A entrada estava cheia de folhas mortas, acumuladas durante muitos e velhos outonos, mas logo viram uma curva e mais degraus descendo, descendo... e aí chegaram a um túnel estreito e vazio, coberto em cima, embaixo, de um lado e do outro com placas de mármore muito claras e limpas.

Gerald segurou a mão de Kathleen com mais carinho e menos irritação do que imaginou que fosse possível. E Cathy, por sua vez, estava surpresa por ter descoberto que era possível sentir bem menos medo do que esperava.

O farol lançava um círculo de luz suave e embaçada que os garotos seguiam em silêncio. Até que, de repente, a luz ficou como a chama de uma vela quando você a leva pra acender uma fogueira em plena luz do sol, ou quando explode um trem cheio de pólvora, ou...não sei o que mais.

Porque naquele momento, com sentimentos realmente misturados de espanto, interesse, admiração, mas nenhum de medo, as crianças se viram em um grande *hall*. Duas filas de colunas sustentavam o telhado em forma de arco, e em cada canto do salão via-se um holofote, com uma luz suave e fascinante que preenchia cada fenda, assim como a água preenche cada segredo de cavernas marinhas secretas.

– Que lindo! – Kathleen sussurrou, com uma respiração tão ofegante, que fez cócegas no ouvido do irmão. Mabel pegou a mão de Jimmy e sussurrou:

– Preciso segurar a sua mão... Preciso pegar em alguma coisa concreta, ou não vou acreditar que isto é real.

Esse *hall* onde as crianças estavam era o lugar mais bonito do mundo. Não vou descrevê-lo, porque cada pessoa vê de um jeito diferente, e você não ia entender nada se eu tentasse contar como era visto por qualquer uma das quatro crianças. Mas pra cada uma delas ele parecia a coisa mais perfeita possível.

Só vou dizer que em torno dele todo havia grandes arcos. Kathleen viu arcos mouriscos, Mabel achou que eram do estilo tudor, Gerald viu arcos normandos e Jimmy achou que eram góticos. (Se você não conhece esses estilos, pergunte a alguém que colecione peças de bronze, e ele vai te explicar; ou talvez o senhor Millar[46] possa desenhar os diferentes tipos de arcos pra você.)

Através desses arcos, era possível ver muitas coisas... Oh! Mas muitas coisas mesmo! Por um, via-se um jardim de oliveiras e, nele, um casal de namorados de mãos dadas, sob um luar italiano; por outro, um mar revolto e um navio, do qual o mar revolto e violento era escravo. Um terceiro arco mostrava um rei em seu trono e obedientes cortesãos ao seu

---

[46] Harold Robert Millar (1869-1942), importante artista gráfico escocês, ilustrou vários livros de E. Nesbit, inclusive este. (N.T.)

redor; já um quarto deixava ver um hotel muito bom, com o respeitável Feioso-Feiura tomando sol nos degraus da porta da frente.

Havia uma mãe inclinada sobre um berço; um artista olhando, deslumbrado, a pintura que o seu pincel molhado parecia ter acabado de terminar; um general morrendo num campo de batalha com a bandeira da vitória balançando no ar. E todas essas coisas não eram pinturas, mas a verdade mais verdadeira, viva e, como qualquer um podia ver, imortal.

Muitas outras cenas podiam ser vistas através desses arcos. E todas mostravam o momento exato em que a vida se manifestava no fogo, nas flores... Lá estava o melhor que a alma humana poderia desejar ou o destino poderia conceder. E o hotel muito bom também estava lá, porque existem seres que não desejam nada além de um "hotel muito bom".

– Oh, estou feliz porque viemos! Estou... estou, sim! – Kathleen murmurou, apertando a mão de Gerald.

Os quatro caminharam devagar pelo *hall*. O nada eficiente farol nas mãos de Jimmy, que estava muito nervoso, parecia quase uma sombra nessa grande e brilhante luz.

Então, quando estavam quase chegando ao final do *hall*, as crianças viram de onde vinha a luz. Ela brilhava e se alastrava, saindo de um lugar em que se encontrava a estátua que Mabel não sabia onde encontrar: a estátua de Psychê. Foram andando lentamente, felizes, admirados. Quando chegaram perto de Psychê, viram o anel escuro em sua mão erguida.

Gerald soltou a mão de Kathleen, pôs o pé no suporte e o joelho no pedestal. Ficou de pé, escuro e humano, ao lado da garota branca com asas de borboleta.

– Espero muito que não se incomode – disse e, muito suavemente, puxou o anel.

Em seguida, desceu e falou:

– Aqui não. Não sei por que, mas aqui não.

Passaram por trás da branca Psychê e, de repente, o farol da bicicleta pareceu ganhar vida novamente. Quando Gerald o segurou diante de si, pra ir na frente no túnel escuro que saía do *hall* de... Mas não sabiam, naquele momento, *hall* de quê.

Quando o túnel cheio de curvas se fechou diante deles, numa escuridão que quase engoliu a fraca luz do farol, Kathleen disse:

– Onde está o anel? Sei exatamente o que dizer.

Gerald entregou o anel, sem pressa.

– Desejo – falou Kathleen, devagar – que ninguém lá em casa saiba que passamos a noite fora, e que estejamos seguros em nossas próprias camas, vestidos com nossos pijamas e dormindo.

A próxima coisa que qualquer um dos quatro viu foi a bela, forte e comum luz do dia – não o nascer do Sol, mas o tipo de luz do dia que você costuma ver quando te acordam de manhã. E todos estavam em suas próprias camas.

Kathleen tinha formulado o desejo com muito bom senso. O único erro tinha sido dizer "em nossas próprias camas", porque, é claro, a própria cama de Mabel estava nas Yalding Towers.

Até hoje, a tia de cabelo castanho-claro não entende como Mabel, que estava passando a noite com aquela garota da cidade, de quem tinha gostado tanto, não chegou em casa antes das onze da noite, quando tinha trancado tudo, mas, ainda assim, apareceu na própria cama de manhã.

Não era uma mulher inteligente, mas também não era suficientemente burra pra acreditar em qualquer das onze explicações criativas que a distraída Mabel ofereceu a manhã inteira. A última, que somou doze, foi a verdade – e é lógico que a tia era inteligente demais pra acreditar em tudo aquilo!

CAPÍTULO 11

Era dia de show no Castelo Yalding, e pareceu uma boa ideia para as crianças ir até lá e visitar Mabel – e, como definiu Gerald, se misturar, insuspeitos, com a multidão; olhar e pensar com satisfação em todas as coisas que sabiam e que a multidão não sabia sobre o castelo e os painéis que se abriam, o anel mágico e as estátuas que ganhavam vida. Talvez uma das coisas mais legais de viver encantamentos seja o sentimento de saber coisas que os outros não apenas não sabem, mas, também, nas quais não acreditariam.

Na estrada branca fora dos portões do castelo, via-se uma mancha escura formada por carroças de vários tipos e tamanhos, puxadas por cavalos ou cachorros. Três ou quatro automóveis esperavam, soltando fumaça, e havia pilhas de bicicletas espalhadas no vale gramado, perto do muro de tijolos vermelhos.

As pessoas trazidas pelas carroças e bicicletas e carros, assim como as que foram andando até lá, estavam ou nos jardins ou visitando os espaços do castelo que ficavam, nesse dia da semana, abertos para visitas.

Havia um número maior de visitantes do que de costume, porque corriam boatos de que Lord Yalding estava na propriedade e de que as coberturas de linho fabricado na Holanda que ficavam sobre a mobília seriam retiradas, para que um americano, interessado em alugar o castelo para morar, pudesse ver toda a sua grande beleza.

E tudo era mesmo lindo. O cetim bordado, o couro dourado e o forro de tapeçaria das cadeiras, antes escondidos pelo linho marrom, deram aos cômodos um ar agradável, como se alguém morasse mesmo ali. Havia plantas floridas e vasos de rosas aqui e ali, em mesas e no parapeito das janelas. A tia de Mabel se orgulhava do seu toque de bom gosto espalhado pela casa, e tinha estudado arranjos de flores em uma série de artigos publicados na *Fazer em Casa* chamados "Como fazer seu lar ficar chique, gastando pouco".

Os lustres grandes, sem os sacos que normalmente os cobriam, brilhavam, em tons de cinza e roxo. Os lençóis de linho marrom tinham sido tirados de cima das estruturas de madeira forradas e enfeitadas que ficavam sobre as camas, e as cordas vermelhas que geralmente mantinham os pequenos grupos de visitantes em seus devidos lugares foram enroladas e escondidas.

A filha do dono da mercearia comentou com sua amiga, que vendia chapéus femininos:

— É exatamente como se estivéssemos visitando a família.

O assistente do vendedor de tecidos falou pra namorada:

— Se o Yankee[47] não alugar, o que acha de nós morarmos aqui quando nos casarmos?

E ela disse:

— Oh, Reggie, como pode pensar nisso? Você é muito engraçado!

Durante toda a tarde, a multidão, com elegantes roupas de passeio — blusas cor-de-rosa, ternos de cores claras, chapéus floridos, lenços no

---

[47] Modo geralmente depreciativo de se referir a uma pessoa que nasceu ou vive nos Estados Unidos da América. (N.T.)

pescoço difíceis de descrever – atravessava o *hall*, as luxuosas salas de estar, os cômodos reservados das mulheres, a galeria de arte.

Em geral, paravam de conversar e ficavam em silêncio, inspirados pelos quartos majestosos onde homens tinham nascido e morrido; onde convidados reais tinham dormido em noites de verão, muitos anos antes, com grandes vasos de flores de sabugueiro, usadas para espantar febres e feitiços malignos, em cima da lareira.

O terraço, onde em tempos passados as senhoras, com roupas de gola bem franzida, cheiravam as acácias e as artemísias perfumadas da região, e as moças, brilhantes com ruge e pó e sedas bordadas a ouro ou prata, passeavam, balançando as saias rodadas... naquele momento, o terraço ecoava o som de botas marrons e de saltos altos, e risadas altas e vozes tagarelas, sem dizer nada que as quatro crianças quisessem ouvir. Para elas, tudo aquilo estragava a tranquilidade do castelo encantado e era um atentado contra a paz do mágico jardim.

– Está certo, não é tão ruim assim! – admitiu Gerald, enquanto, na janela da casa de verão, feita de pedra, observavam as cores fortes e ouviam as gargalhadas altas. – Mas odeio ver essas pessoas no nosso jardim.

– Falei isso com aquele administrador legal hoje de manhã – disse Mabel, acomodando-se no chão de pedra, e ele disse que não tinha nada de mais em deixá-los vir uma vez por semana. E que Lord Yalding deveria deixar que viessem sempre que quisessem... E que ele faria isso, se morasse aqui.

– Ele não sabe o que está dizendo... – falou Jimmy. – Falou mais alguma coisa?

– Muitas – falou Mabel. – Gosto mesmo dele! Contei...

– Você *não* fez isso!

– Fiz. Contei muitas coisas sobre nossas aventuras. O humilde administrador é um bom ouvinte.

– Vamos acabar presos como malucos se continuar a falar tudo o que tiver vontade, Mabel.

– Não! – disse Mabel. – Contei assim: tudo verdade, mas de forma que ninguém pudesse acreditar. Quando acabei, ele disse que eu tinha muito talento literário, e prometi dedicar a ele o primeiro livro que eu escrever quando crescer.

– Você nem sabe o nome dele! – disse Kathleen. – Agora vamos fazer alguma coisa com o anel?

– Impossível! – disse Gerald. – Esqueci de contar: encontrei com Mademoiselle quando fui buscar meu lenço... e ela vem nos encontrar e caminhar de volta conosco.

– O que você falou pra ela?

– Falei – disse Gerald, de modo provocador – que era muito gentil da parte dela. E é mesmo. O fato de não querermos que ela venha não faz com que o fato dela vir não seja gentil...

– Pode ser gentil, mas é chato também – disse Mabel. – Porque acho que agora vamos ter que ficar aqui e esperar por ela. E prometi que iríamos nos encontrar com o administrador. Ele vai trazer coisas em uma cesta e fazer um piquenique conosco.

– Onde?

– Pra lá do dinossauro. Disse que ia me contar tudo sobre os animais antedivanos... alguma coisa assim... Significa "antes da arca de Noé": eram muitos, além dos dinossauros. Em troca, vou contar minhas ficções interessantes. Sim, foi como ele chamou nossas aventuras.

– Quando?

– Assim que os portões se fecharem, isto é, às cinco.

– Podemos levar Mademoiselle conosco – sugeriu Gerald.

– Ela ficaria muito orgulhosa de tomar chá com um administrador, creio; nunca se sabe como adultos vão reagir diante das coisas mais simples – quem disse isso foi Kathleen.

– Bom, vou dizer uma coisa – falou Gerald, mexendo-se preguiçosamente no banco de pedra. – Vocês vão e encontram seu administrador. Um piquenique é um piquenique. E eu espero Mademoiselle.

Mabel comentou que era uma atitude muito digna, e ele respondeu, modestamente:

– Oh, bobagem!

Jimmy comentou que Gerald gostava muito de bajular as pessoas.

– Garotinhos não entendem nada de diplomacia – falou Gerald, calmamente. – Bajulação é simplesmente bobagem. Mas é melhor ser bom do que ser bonito e...

– Como sabe? – Jimmy perguntou.

– E... – seu irmão continuou – nunca se sabe quando um adulto pode ser útil. Além disso, eles gostam. É preciso dar a eles alguns pequenos prazeres. Pensem em como deve ser horrível ser velho.

– Espero nunca ser uma criada velha – disse Kathleen.

– Não quero nem pensar nisso – disse Mabel, imediatamente. – Prefiro me casar com um caixeiro viajante.

– Seria bem legal – Kathleen fantasiou – me casar com um rei cigano e sair por aí, em caravana, prevendo futuros.

– Oh, se pudesse escolher – disse Mabel – claro que me casaria com um bandido e moraria em sua fortaleza na montanha e seria gentil com seus prisioneiros e os ajudaria a fugir, e...

– Você vai ser um verdadeiro tesouro pro seu marido – ironizou Gerald.

– Sim – falou Kathleen –, um marinheiro também seria legal. Esperar seu navio voltar, acender uma luz no telhado pra iluminar seu caminho de volta pra casa na tempestade; e quando ele morrer afogado no mar, ficar horrivelmente triste e levar flores todos os dias até seu túmulo coberto de margaridas.

– Sim – Mabel se apressou a dizer. – Ou um soldado; então, iria pra guerra, com anáguas curtas e um chapéu igual ao de Napoleão e um barril no pescoço, como um cachorro São Bernardo. Tem a figura de uma em um livro que titia ganhou. O nome é A *vivandela*.[48]

– Quando eu me casar... – Kathleen falou, imediatamente.

– Quando eu me casar – disse Gerald – vou me casar com uma garota muda, ou usar o anel pra fazer com que ela só fale quando falarem com ela. Venham, vamos dar uma espiada.

Olhou pela persiana e disse:

– Estão indo embora. Os chapéus cor-de-rosa e roxos estão se despedindo lá longe; o homenzinho estranho, com a barba igual à de um bode, está indo pra um lado diferente do de todas as outras pessoas... os jardineiros vão ter que detê-lo. Mas não estou vendo Mademoiselle. É melhor vocês irem. Não vale a pena correr riscos com piqueniques. *O abandonado herói da nossa história, só e desamparado, insistiu para que seus corajosos seguidores partissem, ele mesmo permanecendo na posição de perigo e dificuldade, porque nasceu para ficar no convés em chamas, de onde todos, exceto ele, fugiram, e para liderar missões perigosas...*

---

[48] O nome correto é A *Vivandeira*. A palavra "vivandeira" se refere à mulher que acompanhava as tropas militares para vender alimentos e bebidas aos soldados. (N.T.)

– Acho que *eu* vou me casar com um garoto mudo – interrompeu Mabel –, e não vai haver heróis nos livros que vou escrever, só uma heroína. Vamos, Cathy!

Sair daquela casa de verão fresquinha, onde havia muita sombra, e ir pra debaixo do sol foi como entrar num forno, e a pedra do terraço estava quente demais para os pés das crianças.

– Agora sei como se sente um gato sobre tijolos quentes – disse Jimmy.

Os animais antediluvianos (aqueles muito anteriores ao grande dilúvio bíblico) ficavam num bosque de faias numa ladeira no parque, a pelo menos oitocentos metros do castelo. O avô de Lord Yalding tinha mandado colocá-los lá no meio do século XIX, nos dias de glória do Príncipe Albert, marido da Rainha Vitória, da Grande Exposição de 1851, do Senhor Joseph Paxton[49] com o Crystal Palace. Asas largas e desalinhadas, costas em forma de losango, parecidas com as de crocodilos, e corpos de pedra cinza podiam ser vistos de longe, entre as árvores.

A maioria das pessoas pensa que meio-dia é a hora mais quente do dia. Estão errados. Um céu sem nuvens fica cada vez mais quente durante a tarde e atinge o seu maior calor às cinco. Tenho certeza de que você já deve ter percebido isso, quando saiu de casa à tarde, com suas melhores roupas, principalmente se elas estavam engomadas e você teve que fazer uma caminhada longa sem a proteção de nenhuma sombra.

Kathleen, Mabel e Jimmy ficavam cada vez mais encalorados e caminhavam cada vez mais lentamente. Tinham quase atingido aquele estado de irritação e mal-estar em que se deseja não ter ido quando avistaram, no alto da ladeira, o administrador agitando um lenço branco.

Aquela "bandeira" que indicava, claramente, bebida, comida, sombra e possibilidade de sentar deu um novo ânimo aos garotos. Apressaram o passo, e uma corrida desesperada no final os levou até as folhas cor de cobre amontoadas no chão junto com as raízes verdes e cinzas das faias.

– Ah, que maravilha! – disse Jimmy, jogando-se no chão. – Como vai?

"O administrador está muito bonito", pensaram as garotas. Não usava os habituais veludos, e sim um terno cinza de flanela que um conde

---

[49] Joseph Paxton (1803-1865) foi um arquiteto (inicialmente atuando como jardineiro e construtor de estufas) inglês conhecido por projetar o Crystal Palace para a Grande Exposição de Londres em 1851. (N.T.)

não desprezaria; o chapéu de palhinha não traria qualquer desonra a um duque; e um príncipe não poderia usar uma gravata verde mais bonita.

Ele deu calorosas boas vindas às crianças. E havia colocado duas pesadas e animadoras cestas entre as folhas de faia.

Era um homem habilidoso. O quente e educativo passeio entre os antediluvianos de pedra, que tinha ficado cada vez menos atraente para as crianças, nem mesmo foi mencionado.

– Devem estar secos como um deserto – disse. – E vão ter fome, também, quando não estiverem mais com sede. Preparei o refresco assim que vi o vulto da minha bela romancista ainda bem longe. Tirem os sapatos e as meias, não querem? – disse o administrador, com naturalidade, exatamente como senhoras idosas falam umas com as outras para tirarem seus chapéus. – Há um pequeno canal bem ali na frente.

A alegria de mergulhar os pés em água corrente fresca depois de uma caminhada quente ainda precisa ser descrita. Eu poderia escrever muitas páginas sobre ela. Quando era jovem, havia um moinho perto de casa, e eu podia ver peixinhos e folhas caídas girando na água; salgueiros se inclinavam sobre o riacho, deixando tudo fresquinho, e... mas isto aqui não é a história da minha vida.

Quando voltaram, já com os pés descansados, úmidos, rosados, o refresco foi servido, saído de uma garrafa de cerveja com tampa de rosca: um refresco delicioso, bolos, pão de gengibre, ameixas, um melão grande, com uma pedra de gelo bem no meio – um piquenique para os deuses!

Esse pensamento deve ter chegado até Jimmy, porque, de repente, ele disse, levantando o rosto debruçado sobre uma bela fatia de melão, já toda mordida:

– Seu banquete está tão bom quanto o dos imortais, ou quase!

– Como assim? O que quer dizer com isso? – disse o anfitrião vestido de cinza.

Jimmy, entendendo o que ele queria, respondeu com a história inteira daquela noite maravilhosa em que as estátuas ganharam vida, e um banquete de brilhos e delícias de outro mundo foi colhido nas árvores da ilha por mãos de mármore.

Quando acabou de contar, o administrador perguntou:

– Você leu tudo isso em um livro?

– Não – disse Jimmy –, isso aconteceu mesmo.

As alegrias de mergulhar os pés em água corrente fresca.

– Vocês são todos sonhadores, não são? – perguntou o anfitrião, entregando as ameixas pra Kathleen, que sorriu, amigável mas envergonhada. "Por que Jimmy não segurou a língua?"

– Não, não somos – disse Jimmy, que não era nem um pouco discreto. – Tudo o que contei aconteceu de verdade, e as coisas que Mabel contou pra você também.

O administrador pareceu um pouco assustado.

– Tudo bem, amigo – disse. E seguiu-se um curto e tenso silêncio.

– Então – falou Jimmy, que parecia muito decidido –, acredita ou não em mim?

– Não seja tolo, Jimmy! – Kathleen sussurrou.

– Porque, senão, vou fazer com que acredite.

— Não! — disseram Mabel e Kathleen ao mesmo tempo.

— Acredita ou não? — Jimmy insistiu, deitado com as mãos no queixo, os cotovelos em uma almofada de musgo e os pés descalços chutando folhas de faia.

— Acho que você conta aventuras muito bem — falou o administrador, cautelosamente.

— Está certo — disse Jimmy, sentando-se de repente. — Você não acredita mesmo em mim. Veja só, Cathy: ele é um cavalheiro, mesmo sendo um administrador.

— Obrigado! — disse o administrador, com os olhos brilhando.

— Não vai dizer, vai? — Jimmy insistiu.

— Dizer o quê?

— Qualquer coisa.

— Certamente que não. Sou, como você diz, a honra em pessoa.

— Então... Cathy, o anel.

— Oh, não! — disseram as garotas, ao mesmo tempo.

Kathleen não queria abrir mão do anel, Mabel não queria que ela abrisse, Jimmy não usou a força. Mesmo assim, o anel foi pras mãos do menino. A hora era dele. Existem ocasiões como aquela pra todos nós, quando o que falamos que vai ser feito *é* feito.

— Veja — falou Jimmy —, este é o anel que a Mabel te contou que nós tínhamos. Estou dizendo que é um anel de desejos. E se puser esse anel no dedo e formular um desejo, qualquer coisa que desejar vai acontecer.

— Tenho que desejar em voz alta?

— Sim... acho que sim.

— Não deseje alguma coisa tola — disse Kathleen, tentando melhorar a situação — do tipo "tudo vai dar certo na terça-feira", ou "vai comer seu pudim preferido no jantar amanhã". Deseje algo que realmente quer.

— Vou fazer isso — disse o administrador. — Vou desejar a única coisa que realmente quero. Desejo que aquela pessoa... desejo que certa pessoa esteja aqui.

Os três, que conheciam o poder do anel, olharam em volta pra ver a tal pessoa aparecer. Esperavam um homem confuso, talvez assustado. Estavam todos de pé, prontos pra acalmar ou animar o recém-chegado.

Mas nenhum cavalheiro perturbado apareceu no bosque; viram apenas, andando calmamente entre as manchas de Sol e sombra sob as faias, Mademoiselle e Gerald: ela, com um vestido branco, bonita como uma gravura, e Gerald encalorado e polido.

— Boa tarde — disse o valente líder das missões perigosas. — Convenci Mademoiselle...

Mas essa fala nunca foi concluída, pois o administrador e a governanta francesa ficaram se olhando como viajantes cansados que chegam, sem esperar, ao desejado fim de uma longa viagem. E as crianças perceberam que se dissessem alguma coisa, não ia fazer a menor diferença.

— Você! — disse o administrador.

— *Mais... c'est donc vous!*[50] — exclamou Mademoiselle, com uma voz abafada, estranha.

E ficaram parados, se olhando "como duas mulas empacadas", Jimmy descreveu mais tarde, por bastante tempo.

— É ela a pessoa? — Jimmy perguntou.

— Sim... Oh, sim — disse o administrador. — Você é a pessoa, não é?

— Sim — Mademoiselle falou suavemente. — Eu sou a pessoa.

— Então! Está vendo? — disse Jimmy. — O anel faz mesmo o que falei.

— Não vamos discutir isso — disse o administrador. — Pode falar que foi o anel. Pra mim... é uma coincidência... a mais feliz, a mais querida...

— Então, você... — disse a governanta francesa.

— Claro! — falou o administrador. — Jimmy, sirva bebida e comida para o seu irmão. Mademoiselle, vamos caminhar no bosque; temos muito o que conversar.

— Coma, então, meu caro Gerald — disse Mademoiselle, que tinha acabado de ficar mais jovem e admiravelmente parecida com uma princesa de contos de fadas. — Volto na hora certa e vamos todos juntos pra casa. É que precisamos nos falar. Há muito tempo não nos vemos, Lord Yalding e eu!

— Então ele era o Lord Yalding o tempo todo! — disse Jimmy, quebrando um silêncio confuso, enquanto o vestido branco e a flanela cinza desapareciam entre as faias. — Pintora de paisagens trapaceira... acho isso uma bobagem. E pensar que ela é a pessoa que ele desejou que estivesse aqui! Bem diferente dos nossos desejos, hein? Velho e bom anel!

— Pessoa! — falou Mabel, com desprezo. — Não perceberam que ela é a namorada dele? Não estão vendo que é a moça que foi emparedada no convento, porque ele era muito pobre e depois não conseguiu encontrá-la? Agora o anel permitiu que sejam felizes pra sempre. Estou muito feliz! Você também, Cathy?

---

[50] Mas... então é você! (em francês no original). (N.T.)

E ficaram parados, se olhando.

— Muito! — falou Kathleen. — Isso é tão bom quanto casar com um marinheiro ou com um bandido.

— Foi o anel que fez isso — disse Jimmy. — Se o americano quiser a casa, vai pagar um bom dinheiro de aluguel, e eles vão poder viver disso.

— Queria saber se vão se casar amanhã! — disse Mabel.

— Não seria divertido se nós fôssemos as damas de honra? — perguntou Cathy.

— Pode me passar o melão? — disse Gerald. — Obrigado. Por que não percebemos que ele era Lord Yalding? Toupeiras e antas, é o que fomos!

— Eu sabia desde a noite passada — disse Mabel, calma — só que prometi não contar. Sei guardar um segredo, não sei?

— Sabe muito bem. Até demais — falou Kathleen, um pouco magoada.

— Estava disfarçado de administrador — disse Jimmy —, por isso não desconfiamos.

— Disfarçado! — disse Gerald. — Sei! Estou entendendo uma coisa que o velho Sherlock Holmes nunca entendeu, nem aquele idiota do Watson. Se quiser um disfarce realmente bom, deve se disfarçar do que na verdade é. Vou me lembrar disso.

– É como Mabel, contando as coisas de uma forma que ninguém acredita – falou Cathy.

– Acho que Mademoiselle tem muita sorte – disse Mabel.

– Ela é legal. Ele podia ter chamado alguém pior. Ameixas, por favor!

Sem dúvida, tinha bastante encantamento acontecendo. Na manhã seguinte, Mademoiselle era uma governanta diferente. Suas bochechas estavam cor-de-rosa, os lábios, vermelhos, os olhos estavam maiores e mais brilhantes, e ela tinha penteado o cabelo de um jeito novo, mais leve e atraente.

– Mademoiselle está saindo! – Eliza comentou.

Imediatamente depois do café da manhã, Lord Yalding chegou numa charrete coberta por um elegante pano azul, puxada por dois cavalos cobertos de panos marrons brilhantes que combinavam com eles mais do que o azul com a charrete. Todos muito chiques e elegantes.

As crianças pediram, humilde e veementemente para explorar o castelo inteiro, coisa que nunca tinha sido possível até então. Lord Yalding, um pouco distraído, mas, ainda assim, muito amável, permitiu. E Mabel mostrou aos amigos todas as portas secretas e passagens improváveis e escadas que tinha descoberto. Foi uma manhã gloriosa.

Lord Yalding e Mademoiselle também visitaram a casa, é verdade, mas sem muito entusiasmo. Logo ficaram cansados e saíram pela porta francesa de uma sala, atravessaram o jardim de rosas e se sentaram no banco de pedra, no meio do labirinto onde uma vez, no começo de tudo, Gerald, Kathleen e Jimmy tinham encontrado a Princesa adormecida vestida com seda cor-de-rosa e diamantes.

Com a saída dos dois, as crianças se sentiram mais à vontade e exploraram o castelo com muito, muito entusiasmo. E foi quando estavam saindo da pequena e frágil escada secreta que levava da antessala da melhor suíte até o *hall* que se viram, de súbito, frente a frente com o homenzinho estranho, com a barba igual à de um bode, que tinha pegado o caminho errado na véspera.

– Esta parte do castelo é particular – disse Mabel, com grande presença de espírito, e fechou a porta atrás dela.

– Sei disso – falou o estranho com cara de bode. – Mas tenho a permissão do Conde de Yalding para examinar a casa à vontade.

– Oh! – disse Mabel. – Peço perdão, nós todos pedimos, não sabíamos.

– São parentes da sua excelência, o Lord, imagino.

– Não exatamente – disse Gerald. – Amigos.

O cavalheiro era magro e muito bem-vestido, tinha olhos pequenos e alegres e um rosto moreno, comum.

– Estão jogando algum jogo, suponho.

– Não, senhor – disse Gerald. – Só explorando.

– Um estranho pode se oferecer para participar dessa Expedição Exploratória? – perguntou o cavalheiro, com um sorriso forçado, mas gentil.

As crianças se entreolharam.

– É que... – disse Gerald – é meio difícil explicar... mas... sabe o que quero dizer, não sabe?

– Ele quer dizer – falou Jimmy – que não podemos levar o senhor em nossa festa exploratória sem saber por que quer ir.

– É fotógrafo? – Mabel perguntou. – Ou algum jornal te mandou aqui pra escrever sobre as torres?

– Entendo a posição de vocês – disse o cavalheiro. – Não sou fotógrafo nem trabalho para jornal algum. Sou um homem de recursos, independente, viajando neste país com a intenção de alugar uma residência. Meu nome é Jefferson D. Conway.

– Oh! – disse Mabel. – É o milionário americano!

– Não gosto dessa descrição, mocinha – disse o senhor Jefferson D. Conway. – Sou um cidadão americano, sim, e não sou desprovido de recursos. Esta é uma bela propriedade... realmente, uma propriedade muito bela. Se estivesse à venda...

– Não está, não pode estar – Mabel se apressou em explicar. – Os advogados puseram o castelo em um documento que diz que Lord Yalding não pode vendê-lo. Mas você pode morar nele, e pagar um aluguel milionário, e então o Lord vai poder se casar com a governanta francesa...

– "Psiu!" – disseram Kathleen e o senhor Jefferson D. Conway, juntos, e ele acrescentou: – Seja nosso guia, por favor, gostaria que a exploração fosse completa e detalhada.

Animada, Mabel guiou o milionário por todo o castelo. Ele parecia satisfeito, mas, ao mesmo tempo, desapontado.

– É uma bela mansão – disse, finalmente, quando voltaram ao lugar onde tinham começado a exploração. – Mas eu imagino que, numa casa deste tamanho, certamente deve ter uma escada secreta ou um esconderijo de padres, ou um fantasma...

– Tem – disse Mabel, imediatamente –, mas achei que americanos não acreditavam em nada, com exceção de máquinas e jornais.[51]

A garota abriu o painel atrás dela e mostrou a frágil escada. Quando o americano viu aquilo, sua atitude se transformou de uma forma incrível. Ficou muito animado, atento, interessado mesmo.

– Caramba! Vejam isso! Maravilha! – ele gritava, e gritava, e gritava, parado na porta que levava da antessala até a melhor suíte. – Mas isso é excelente... excelente!

As crianças ficaram esperançosas. Parecia quase certo que o castelo seria alugado por uma quantia milionária e Lord Yalding teria o dinheiro necessário pra se casar.

– Se tivesse um fantasma nessa pilastra antiga, eu fecharia negócio com o Conde de Yalding hoje, agora, à vista, em dinheiro – disse o senhor Jefferson D. Conway.

– Se ficasse até amanhã, e dormisse nessa suíte, acho que veria o fantasma – falou Mabel.

– Então, tem um fantasma aqui? – ele perguntou alegre.

– Dizem – Mabel respondeu – que o velho senhor Rupert, que perdeu sua cabeça no tempo de Henrique VIII, passeia aqui à noite, com a cabeça debaixo do braço. Mas nunca vimos isso. O que já vimos é a dama de vestido cor-de-rosa com diamantes no cabelo. Ela segura uma vela acesa – Mabel falou imediatamente.

Os outros, entendendo o plano de Mabel, se apressaram em confirmar, com a seriedade de quem está falando a mais pura verdade, que todos já tinham visto a dama de vestido cor-de-rosa.

Ele olhou para as crianças com olhos semifechados e brilhantes.

– Bem – disse –, vou pedir ao Conde de Yalding permissão pra passar a noite no melhor e mais antigo quarto do castelo. E se eu escutar pelo menos os passos de um fantasma, ou mesmo o suspiro de um fantasma, fico com este lugar.

– Que bom! – disse Kathleen.

---

[51] Na época em que este livro foi escrito, início do século XX, os norte-americanos estavam muito envolvidos com a Revolução Industrial, que se caracterizou por um enorme desenvolvimento na tecnologia (máquinas) e na comunicação (jornais). A autora faz aqui uma ironia a respeito do famoso pragmatismo americano. (N.T.)

Ele ficou muito animado, atento, interessado mesmo.

— Vocês parecem bem seguros a respeito do seu fantasma — disse o americano, olhando fixamente pra eles, com um brilho nos olhos. — Vou contar pra vocês, jovens cavalheiros, que carrego uma arma; quando o fantasma aparecer, vou atirar.

Tirou uma pistola do bolso da calça e olhou pra ela com amor.

— Sou um atirador bastante razoável — continuou, atravessando o chão reluzente da melhor suíte, em direção à janela. — Estão vendo aquela rosa vermelha grande, parecendo um pires de chá?

Sim, estavam.

No momento seguinte, um barulho alto quebrou o silêncio e pétalas vermelhas da rosa despedaçada se espalharam pelo terraço.

O americano olhou pra cada uma das crianças. Cada rosto estava completamente branco.

— Jefferson D. Conway fez sua pequena fortuna prestando muita atenção nos negócios e mantendo seus olhos bem abertos — acrescentou. — Obrigado a vocês por sua gentileza.

— Imagine se tivesse feito isso, e ele tivesse atirado em você! — disse Jimmy, animado. — Teria sido uma grande aventura, não teria?

— Vou mostrar pra ele — falou Mabel, pálida e desafiadora. — Vamos encontrar Lord Yalding e pegar o anel novamente.

Lord Yalding tinha conversado com a tia da Mabel, e um almoço para seis foi servido no grande *hall*, entre a armadura e a mobília de carvalho; um lindo almoço, com travessas de prata. Mademoiselle, que a cada momento ficava mais jovem e mais parecida com uma princesa, chorou de emoção quando Gerald se levantou e, com um copo de limonada na mão, propôs um brinde à saúde "do Senhor e da Senhora Yalding".

Quando Lord Yalding agradeceu, com um discurso cheio de brincadeiras agradáveis, Gerald achou que o momento era conveniente e disse:

— O anel, sabe como é... não acredita nele, mas nós acreditamos. Pode nos devolver?

E pegou o anel.

Então, depois de uma rápida reunião, feita no cômodo com painéis e joias, Mabel falou:

— Este é um anel de desejos e desejo que todas as armas de todos os tipos do americano estejam aqui.

Num instante, o cômodo estava cheio: uma pilha de quase dois metros de altura, uma mistura confusa de armas, espadas, lanças, machados, espingardas, pistolas, revólveres, todos os tipos de armas que você puder imaginar. As quatro crianças, no meio daquele tanto de armas letais, mal tinham coragem de respirar.

– Ele coleciona armas, acho – disse Gerald. – E as flechas estão envenenadas, claro. Deseje que as armas voltem pro lugar de onde vieram, Mabel, por favor, e tente de novo.

Mabel desejou que as armas se fossem, e imediatamente os quatro estavam fora de perigo, no cômodo vazio com painéis. Mas...

– Não – disse Mabel. – Não gosto disso. Vamos resolver o problema do fantasma de outra maneira. Desejo que o americano pense que está vendo um fantasma quando for pra cama. Pode ser o senhor Rupert com sua cabeça debaixo do braço.

– É hoje que ele vai dormir lá?

– Não sei. Desejo que ele veja o senhor Rupert todas as noites... isso resolve o problema.

– Isso é complicado. Como vamos saber se ele viu ou não o senhor Rupert?

– Vamos saber de manhã, quando ele ficar com a casa.

Depois que o assunto estava resolvido, ficaram sabendo que a tia da Mabel estava procurando por ela, e os outros foram pra casa.

Durante o jantar, Lord Yalding apareceu de repente, dizendo:

– O senhor Jefferson Conway quer que vocês, garotos, passem a noite com ele na melhor suíte. Já mandei arrumar as camas. Não se importam, não é? Parece que ele acha que vocês estão planejando alguns truques relacionados com fantasmas para enganá-lo.

Era difícil recusar. Tão difícil que pareceu impossível.

Às dez horas, os garotos estavam cada um numa cama branca e estreita, que pareciam absurdamente pequenas no quarto alto e escuro e perto daquela cama alta e sombria, com quatro colunas sustentando um tapete e enfeitada com plumas que pareciam ter vindo de um funeral.

– Espero que não tenha um fantasma de verdade – Jimmy sussurrou.

– É improvável – Gerald sussurrou de volta.

– Mas não quero ver o fantasma do senhor Rupert com sua cabeça debaixo do braço – insistiu Jimmy.

– Não vai ver. O máximo que vai ver é o milionário vendo o fantasma. Mabel desejou que ele visse, não nós. É mais provável que você durma a noite inteira e não veja nada. Feche os olhos, conte até um milhão e não seja tolo.

Mas Jerry não estava contando com Mabel e com o anel. Assim que ela soube, pela tia de cabelo castanho-claro, que era mesmo naquela noite que o senhor Jefferson D. Conway ia dormir no castelo, se apressou em acrescentar um desejo:

– Que o senhor Rupert e sua cabeça apareçam esta noite na melhor suíte.

Jimmy fechou os olhos e começou a contar. Adormeceu antes de chegar a um milhão, e seu irmão também.

Acordaram com o barulho alto e ecoante de um tiro de pistola. Os dois pensaram no tiro disparado naquela manhã, e abriram olhos que esperavam ver um terraço cheio de sol e pétalas vermelhas de rosa espalhadas sobre pedra branca morna.

Em vez disso, viram a melhor suíte, grande e luxuosa, iluminada apenas por seis velas altas; e o americano, de camisa e calças, segurando uma pistola que soltava fumaça. E, vindo da antessala da suíte, uma pessoa de gibão (uma antiga peça do vestuário masculino, usada por baixo do paletó, que cobre o corpo do pescoço até a cintura) e calças de malha bem justas, uma gola grande e franzida em torno do pescoço... e nenhuma cabeça!

A cabeça, com certeza, estava lá – mas debaixo do braço direito, bem perto da manga de veludo do gibão. O rosto, debaixo do braço, olhava, com um sorriso simpático. Os dois garotos – lamento dizer – gritaram. O americano atirou novamente. A bala atravessou o senhor Rupert, que continuou andando, como se não tivesse visto nada do que acontecera.

De repente, as luzes sumiram. A próxima coisa que os garotos souberam foi que era de manhã. A luz cinzenta do dia entrava brilhante pelas janelas altas e uma chuva forte batia na vidraça; o americano tinha partido.

– Onde estamos? – perguntou Jimmy, sentando-se, com o cabelo desarrumado e olhando ao redor. – Oh, lembrei! Credo! Aquilo foi horrível. Não suporto mais aquele anel. Estou falando sério!

– Bobagem! – disse Gerald. – Eu gostei. Não tive medo, nem um pouco. Você teve?

– Não – disse Jimmy. – Claro que não.

O americano atirou novamente.

– Fizemos o truque – disse Gerald mais tarde, quando souberam que o americano tinha tomado o café da manhã cedo, com Lord Yalding, e pegado o primeiro trem pra Londres. – Ele foi se livrar da sua outra casa pra ficar com esta. O velho anel está começando a fazer coisas realmente úteis.

– Talvez acredite no anel agora – Jimmy falou pro Lord Yalding, quando se encontraram, mais tarde, na galeria de arte. – Fomos nós que fizemos o senhor Jefferson ver o fantasma. Ele nos disse que ia ficar com a casa se visse um fantasma; então, claro, fizemos isso acontecer.

– Oh, foram vocês? – disse Lord Yalding, com uma voz bastante estranha. – Estou muito grato, tenham certeza disso!

– Deixa pra lá – disse Jimmy, amável. – Achei que ficaria satisfeito, e ele também.

– Talvez esteja interessado em saber – disse Lord Yalding, pondo as mãos nos bolsos o olhando fixamente para Jimmy – que o senhor Jefferson D. Conway ficou tão satisfeito com o fantasma de vocês que me tirou da cama às seis horas da manhã pra falar a respeito.

– Oh, formidável! – falou Jimmy. – O que ele disse?

– Disse, pelo que posso me lembrar – respondeu Lord Yalding, ainda com a mesma voz estranha... – disse: "Meu Lord, seu castelo ancestral é excelente. Na verdade, é perfeito. Tem o luxo de um palácio, o terreno é quase igual ao paraíso. Os gastos com ele não foram desperdiçados, acredito. Seus antepassados pensaram em tudo. Fizeram tudo como deveria ser, cada detalhe. Gosto das tapeçarias, da madeira de carvalho, das escadas secretas. Mas acho que seus antepassados deveriam deixar tudo isso em paz, sossegado". Então falei que eles tinham feito isso, pelo que eu sabia, e ele abanou a cabeça e disse:

– Não, senhor. Seus antepassados vêm respirar o ar da noite com suas cabeças debaixo dos braços. Eu teria suportado um fantasma que suspirasse ou flutuasse, ou sussurrasse, e até agradeceria e levaria isso em conta no valor do aluguel. Mas um fantasma que as balas atravessam, e ele fica sorrindo, sem nada em cima do pescoço, a cabeça solta debaixo do seu próprio braço, e garotos berrando e desmaiando em suas camas... não! Se aquilo é o fantasma hereditário de uma família britânica de alto nível, me desculpe! E foi embora no primeiro trem.

– Caramba! – falou Jimmy, arrasado. – Sinto muito, e não creio que desmaiamos. Mesmo, eu não... Nós pensamos que ia acontecer exatamente como você queria... Mas talvez outra pessoa fique com a casa.

– Não conheço mais ninguém que seja suficientemente rico – disse Lord Yalding. – O senhor Conway veio um dia antes do dia que disse que ia vir. Se não fosse por isso, vocês jamais teriam se encontrado com ele. E não sei como fizeram aquilo, e não quero saber. Foi um truque muito tolo.

Houve uma pausa tensa. A chuva batia na janela alta.

– Ora – Jimmy olhou pra cima, para o Lord Yalding, com a luz de uma nova ideia no rosto. – Ora, se está precisando de dinheiro, por que não vende suas joias?

– Não tenho joia alguma, seu jovem malandrinho intrometido – disse Lord Yalding, bastante irritado; e, tirando as mãos dos bolsos, começou a andar na direção da porta.

– Estou falando daquelas que ficam no cômodo com painéis e estrelas no teto – Jimmy insistiu, seguindo o Lord.

– Não existe isso – falou Lord Yalding, sem paciência. – E se é mais uma besteira que tem a ver com o anel, cuidado, rapazinho. Vocês já foram longe demais.

– Não é nenhuma besteira que tem a ver com o anel – disse Jimmy. – Tem prateleiras e mais prateleiras com belas joias da família. Pode vendê-las e...

– Oh, não! – gritou Mademoiselle, aparecendo, como uma pintura de uma duquesa, na porta da galeria. – Não venda as joias da família!

– Não existem joias, minha querida – falou Lord Yalding, andando na direção dela. – Achei que não ia vir mais.

– Ah, não existem, é? – disse Mabel, que tinha seguido Mademoiselle. – Pois venham e vejam.

– Vamos ver o que querem nos mostrar – gritou Mademoiselle, pois Lord Yalding estava imóvel. – Isso vai ser, no mínimo, divertido.

– E é mesmo – disse Jimmy.

Foram. Mabel e Jimmy mostrando o caminho, Mademoiselle e Lord Yalding atrás, de mãos dadas.

– É bem mais seguro caminhar de mãos dadas – disse Lord Yalding – com essas crianças soltas por aí, nunca se sabe o que pode acontecer...

CAPÍTULO 12

Seria interessante, sem dúvida, descrever os sentimentos de Lord Yalding enquanto seguia Mabel e Jimmy pelos halls dos seus antepassados, mas não tenho como saber o que ele sentiu. Mesmo assim, imagino que sentiu alguma coisa: confusão, talvez, misturada com admiração e com vontade de se beliscar, pra saber se estava sonhando. Talvez tenha se perguntado: "Será que estou louco?", "Ou os loucos são eles?", sem conseguir, de forma alguma, decidir qual delas devia tentar responder e, muito menos, qual era a resposta pra cada uma.

"Ora, as crianças parecem realmente acreditar nas histórias esquisitas que contavam, e meu desejo virou realidade, e o fantasma apareceu", ele deve ter pensado. Mas toda essa especulação é inútil: realmente, não sei mais do que você o que ele pensou. Nem posso dar qualquer pista sobre o que Mademoiselle pensou ou sentiu. Só sei que ela estava muito feliz, mas qualquer um saberia disso, se tivesse visto seu rosto.

Talvez este seja um bom momento pra explicar que, quando ela foi mandada pro convento pra não sacrificar sua fortuna casando-se com um Lord pobre, seu tutor protegeu a fortuna pra ele mesmo, indo embora com o dinheiro pra América Latina. Então, sem dinheiro algum, Mademoiselle precisou trabalhar.

Foi ser governanta, e fez isso porque a escola era perto da casa de Lord Yalding. Queria vê-lo, mesmo achando que ele a tinha abandonado e não a amava mais. Agora, estavam juntos. Imagino que pensou em algumas dessas coisas enquanto andavam pela casa dele, de mãos dadas. Mas também não posso ter certeza, claro.

Já os pensamentos de Jimmy... posso ler como se fosse um velho livro: "Agora ele vai ter de acreditar em mim". Que Lord Yalding tinha de acreditar nele passou a ser, irracionalmente, a coisa mais importante do mundo pra Jimmy. Desejou que Gerald e Kathleen estivessem lá pra compartilhar sua vitória, mas os dois estavam ajudando a tia de Mabel a cobrir a mobília de novo. Assim, ficaram de fora do que aconteceu a seguir.

Não quero dizer que perderam muita coisa, pois quando Mabel, orgulhosamente, disse: "Agora, vão ver", os outros se aproximaram dela, no pequeno cômodo com painéis, houve uma pausa, e aí... absolutamente nada aconteceu.

– Tem um botão secreto aqui, em algum lugar – disse Mabel, apalpando com dedos que, de repente, ficaram quentes e úmidos.

– Onde? – perguntou Lord Yalding.

– Aqui – disse Mabel, impaciente. – Só que não consigo achar.

E não conseguiu mesmo. Encontrou o botão do painel debaixo da janela, mas isso pareceu desinteressante a todos, se comparado com as joias que tinham imaginado e que pelo menos dois tinham visto. Mas o botão que fazia o painel secreto de carvalho se abrir e mostrar joias que claramente, pra qualquer olho, valiam uma fortuna... esse não pôde ser encontrado. E mais: ele simplesmente não estava lá. Não podia haver dúvidas quanto a isso. Cada centímetro do painel foi tocado por dedos cuidadosos.

Os protestos sinceros de Mabel e Jimmy foram desaparecendo aos poucos e dando lugar a um silêncio doloroso, a orelhas quentes, ao desconforto de não querer olhar nos olhos de qualquer pessoa, ao sentimento de mágoa pelo botão não estar se comportando, de forma nenhuma, como um esportista, e, enfim, por aquilo não ser um esporte.

– Viram? – disse Lord Yalding, sério. – Agora que já fizeram sua brincadeira, se chamam isso de brincadeira, pra mim chega desse negócio tolo. Quero o anel. É meu, imagino, já que dizem que o encontraram aqui, em algum lugar... e não vamos mais ouvir nem uma palavra sobre essa besteira de mágica e encantamento.

– O anel está com Gerald – disse Mabel, chorosa.

– Então busquem – disse Lord Yalding. – Vocês dois!

O triste par se retirou, e Lord Yalding passou o tempo em que estavam ausentes explicando pra Mademoiselle o quanto joias não eram importantes, se comparadas com outras coisas.

As quatro crianças voltaram juntas.

– Já chega desse negócio de anel – falou Lord Yalding. – Podem entregá-lo, e não se fala mais nisso.

– Não... não consigo tirá-lo – disse Gerald. – Ele... ele sempre teve vontade própria.

– Vou tirá-lo agora – disse Lord Yalding. Mas não conseguiu. – Vamos tentar com sabão – disse, firme. Quatro dos seus cinco ouvintes sabiam exatamente o quanto o sabão seria útil.

– Não vão acreditar sobre as joias – lamentou Mabel, começando a chorar, de repente – e não consigo achar o botão. Já passei a mão em todo o... todos nós passamos... era bem aqui, e...

Deslizava os dedos enquanto falava; quando parou de falar, os painéis se abriram e as prateleiras de veludo azul, cheias de joias, apareceram em frente aos olhos descrentes do Lord e daquela que seria sua esposa.

– O que é isso?! – exclamou Lord Yalding.

– *Miséricorde!*[52] – disse a dama.

– Mas... por que agora? – Mabel suspirou. – Por que não antes?

– Acho que é encantamento – disse Gerald. – Não tem um botão real aqui, e ele não podia agir porque o anel não estava aqui. Vocês se lembram, Hermes falou que o anel era o coração de todo encantamento.

– Feche isso e leve o anel daqui. Vamos ver.

Obedeceram, e Gerald estava certo (como sempre, ele mesmo comentou depois). Quando o anel não estava lá, não existia botão;

---

[52] Misericórdia! (em francês no original). (N.T.)

quando o anel estava no cômodo, havia, como Mabel falou, "um botão bem eficiente".

– Está vendo? – disse ela pra Lord Yalding.

– Estou vendo que esse botão está muito bem escondido – disse o Lord teimoso. – Acho que foram muito espertos de encontrá-lo. E se essas joias forem reais...

– É claro que são reais – disse Mabel, indignada.

– Bem, de qualquer forma – falou Lord Yalding muito obrigado a todos vocês. Creio que as coisas estão melhorando. Vou mandar a charrete levá-los em casa depois do almoço. E, se não se importam, vou ficar com o anel.

Meia hora de água e sabão não fez efeito nenhum, a não ser deixar o dedo de Gerald muito vermelho e dolorido. Então, Lord Yalding, bastante impaciente, falou alguma coisa e Gerald ficou irritado e disse:

– Ora, tenho certeza de que desejo que ele saia do meu dedo!

E imediatamente, "escorregadio como manteiga", como o garoto descreveu mais tarde, o anel saiu.

– Obrigado – falou Lord Yalding.

– Ele deve pensar que fiquei com o anel no dedo de propósito – disse Gerald mais tarde, quando, à vontade no telhado da escola-casa, comendo abacaxi em conserva, cada um com a sua garrafa de refresco, os três irmãos conversaram sobre tudo o que tinha acontecido. E continuou:

– Não tem como agradar algumas pessoas. Ele não estava mais com aquela pressa toda em mandar a charrete nos trazer quando viu que Mademoiselle queria vir conosco. Eu gostava mais dele quando era um humilde administrador. Pensem bem: considerando tudo, não acho que devemos gostar dele de novo.

– O Lord não deve estar entendendo direito o que aconteceu com ele – disse Kathleen, recostando-se numas telhas. – É por causa do encantamento mesmo, é como ficar com sarampo. Não lembram como Mabel ficou zangada com a invisibilidade, no começo?

– Se ficou! – disse Jimmy.

– Em parte, é isso – considerou Gerald, tentando ser justo. – E, em parte, é o fato de estar apaixonado. Isso sempre faz as pessoas parecerem bobas, um colega da escola me contou. A irmã dele ficou assim, completamente estragada, sabem como é. E costumava ser uma pessoa bem legal antes de ficar noiva.

Durante o lanche da tarde e também no jantar, Mademoiselle estava muito alegre, tão atraente quanto uma modelo em capa de revista, tão divertida como um bom circo e tão amável quanto você seria, se quisesse.

No café da manhã seguinte, a mesma alegria, gentileza, atração, diversão. Então, Lord Yalding chegou para vê-la. O encontro foi na sala de estar, e as crianças, muito discretas, permaneceram fechadas numa sala de aula até Gerald subir pro quarto pra pegar um lápis e encontrar Eliza com o ouvido grudado na fechadura da porta da sala de estar.

Depois disso, Gerald sentou-se no topo da escada, com um livro. Não podia ouvir a conversa na sala de estar, mas podia tomar conta da porta e, assim, ter certeza de que ninguém mais estava ouvindo. Foi dali que, quando a porta se abriu, pôde ver o Lord saindo. *Nosso jovem herói* – falou depois – *tossiu com infinita habilidade, para mostrar que estava lá,* mas parece que Lord Yalding nem percebeu. Caminhou meio desorientado até o cabideiro, remexeu desajeitadamente nos guarda-chuvas e nas capas impermeáveis, achou seu chapéu de palhinha, olhou triste pra ele, pôs na cabeça de qualquer jeito e saiu, batendo a porta, sem olhar pra trás.

O Lord deixou a porta da sala de estar aberta, e Gerald, mesmo tendo ficado, de propósito, num lugar onde não era possível ouvir qualquer som vindo da sala com a porta fechada, escutou claramente alguma coisa com a porta aberta. Essa alguma coisa, o garoto percebeu com tristeza e aflição, era o som de soluços e suspiros. Sem dúvida, Mademoiselle estava chorando.

"Não acredito!", disse pra si mesmo; "não perderam tempo. Imagine, estão apenas no começo, e já brigando! Espero nunca ter de ser namorado de alguém..."

Mas não era hora de ficar pensando sobre os terrores do seu próprio futuro. Eliza ia aparecer a qualquer momento, ia vacilar um pouco antes de entrar na sala de estar e, depois, ia se intrometer na dor do secreto e sagrado coração de Mademoiselle.

Gerald achou melhor que fosse ele a pessoa a fazer isso. Então, desceu, pisando suavemente no velho carpete alemão verde dos degraus, entrou na sala de estar e fechou a porta de modo cuidadoso e seguro.

– Está tudo acabado – Mademoiselle estava dizendo. O rosto enterrado em copos-de-leite bordados com contas sobre um fundo vermelho que serviam como capa para uma almofada feita por uma ex-aluna. – Ele não vai se casar comigo!

Não me pergunte como Gerald conquistou a confiança de Mademoiselle. Quando queria, o garoto tinha, como devo ter falado no começo desta história, muito jeito com adultos. Seja como for, num instante o menino estava segurando a mão dela quase tão carinhosamente quanto se fosse sua mãe com uma dor de cabeça, e dizendo: "Não!" e "Não chore!" e "Vai ficar tudo bem, você vai ver!". Fazia isso da forma mais consoladora que você puder imaginar: com leves tapinhas nas costas e pedidos humildes de que ela lhe contasse tudo o que aconteceu.

E não era simples curiosidade, como você pode pensar. Os pedidos eram consequência da crescente certeza de Gerald de que, qualquer que fosse o problema, a culpa era do anel. E nisso, Gerald estava ("mais uma vez", falou consigo mesmo) certo.

A história contada por Mademoiselle era, sem dúvida, incomum. Lord Yalding, na noite anterior, depois do jantar, tinha ido andar no parque "pra pensar sobre..."

– Sim, já sei – disse Gerald –, estava com o anel. E viu...

– Viu os monumentos ganharem vida – soluçou Mademoiselle. – Seu cérebro estava perturbado com as histórias absurdas que vocês lhe contaram. De repente, ele vê Apollon e Aphrodite vivos dentro do mármore. Lembra-se da história de vocês. Deseja virar uma estátua. Então, fica louco... Imagina que a história que contaram sobre a ilha é verdade, mergulha no lago, nada junto com outras estátuas, come e bebe com deuses em uma ilha. Quando amanhece, a loucura diminui. Pensa que o Panthéon desaparece. Mas ele, não: acha que é estátua, se esconde dos jardineiros até quinze pras nove. Aí pensa em desejar não mais ser estátua e percebe que é de carne e osso. Um sonho ruim, mas ele perdeu a cabeça com as histórias de vocês. Diz que não é sonho, mas está louco... pirado... como vocês dizem? E um homem louco não deve se casar. Não há esperança. Estou perdida! Minha vida está vazia!

– Há, sim – disse Gerald, sério. – Garanto que há esperança. E sua vida está perfeitamente bem. Não precisa desesperar por coisa alguma. Ele não está louco, e não é um sonho. É encantamento. Real e verdadeiramente.

— Isso não existe — Mademoiselle gemeu. — A verdade é que está louco. É a alegria de me rever depois de tantos dias. Ai, ai, ai!

— Ele conversou com os deuses? — Gerald perguntou, gentilmente.

— Essa é a mais louca de todas as coisas que você me fala. Ele diz que tem um encontro com Mercúrio em um templo, amanhã, quando a Lua aparecer no céu.

— Certo! — gritou Gerald. — É isso! Querida, amável, adorável, linda Mademoiselle Rapunzel, não seja uma pequena tola — por um momento, ele se perdeu entre as palavras afetuosas que costumava usar pra consolar Kathleen em horas de tristeza e emoção, mas imediatamente acrescentou:

— Quero dizer, não seja uma dama que chora sem motivo. Amanhã ele vai ao tal templo. Eu vou. Você vai... ele vai. Nós vamos... eles vão... Todos vão! E, acredite, tudo vai dar perfeitamente certo. O Lord vai ver que não está louco, e você vai entender tudo sobre tudo. Pegue meu lenço, está realmente limpo, nem desdobrei. Oh! Pare de chorar, você continua tendo um querido, amado e perdido por muito tempo... namorado.

Esse discurso comovente e impressionante teve efeito. Mademoiselle pegou o lenço, soluçou, ameaçou um sorriso, passou as mãos nos olhos e disse:

— Oh, garoto levado! É algum truque que fez com ele, como o do fantasma?

— Não posso explicar — disse Gerald —, mas dou minha palavra de honra... Sabe o que significa a palavra de honra de um homem inglês, não sabe, mesmo sendo francesa? Dou minha palavra de honra que tudo vai ser exatamente como quer. Nunca menti pra você. Acredite em mim!

— É estranho — ela disse, secando os olhos —, mas acredito — e, de novo, tão de repente que ele não conseguiria resistir, deu um beijo em Gerald. Mas acho que nessa hora de sofrimento, ele acharia que resistir era maldade. "Isso agrada Mademoiselle e não me machuca... muito", é o que ia pensar.

É quase hora do nascer da Lua. A governanta francesa está um pouco duvidosa, um pouco esperançosa, mas desejando muito ficar perto de Lord Yalding, mesmo se ele estiver doido de pedra. As quatro crianças (os irmãos tinham chamado Mabel, com uma carta urgente, postada na véspera) estão andando sobre a grama úmida de orvalho.

A Lua ainda não nasceu, mas sua luz está no céu, misturada com o cor-de-rosa e o roxo do pôr do sol. No oeste, o céu está pesado, com nuvens de cores fortes, mas, no leste, onde a Lua nasce, está tão claro quanto um poço de água limpa com fundo de pedra.

Atravessam o gramado, o bosque de faias, um emaranhado de vegetação rasteira e arbustos, até chegarem a um pequeno planalto liso sobre um topo de colina plano – um planalto sobre outro. Ali há um círculo de pedras grandes, irregulares, uma delas com um estranho furo redondo, liso nas beiradas, por causa do desgaste.

No meio do círculo, uma pedra grande e lisa, solitária, triste, cheia de significados... uma pedra com uma grossa cobertura feita da memória de velhas crenças e certezas já esquecidas há muito tempo. Alguma coisa escura se move dentro do círculo. A moça francesa se separa das crianças, vai até lá e agarra seu braço. É Lord Yalding, e está dizendo a ela que vá embora.

– De jeito nenhum – ela grita. – Se você está louco, estou louca também. Acredito na história das crianças. E estou aqui para ficar com você, e ver com você... seja o que for que a Lua nascente vai nos mostrar.

As crianças, de mãos dadas perto da pedra lisa, mais emocionadas pelo encanto na voz da moça do que por qualquer mágica de anéis encantados, tentam não escutar, mas escutam.

– Não está com medo? – Lord Yalding pergunta.

– Com medo? De você? – Ela ri. Ele põe seu braço ao redor dela. As crianças escutam um suspiro.

– Tem certeza, minha querida? – ele diz.

Gerald se aproxima, só pra dizer:

– Não pode estar com medo, se está usando o anel. E sinto muito, mas estamos escutando cada palavra que dizem.

Ela ri de novo.

– Não importa – diz –, vocês já sabem que nos amamos.

Então ele põe o anel no dedo dela e os dois ficam parados, juntos. O branco da manga de seu casaco de flanela não faz linha nenhuma no branco do vestido dela; os dois estão imóveis, como se talhados num bloco de mármore.

Uma cor cinza, fraca, aparece na borda do buraco redondo. A luz se espalha. E o buraco vira um círculo de luz... um raio de luz da Lua atravessa o cinza esverdeado do círculo formado pelas pedras e, à medida que a Lua vai subindo, o raio vai se inclinando. As crianças se aproximam do casal. O raio se inclina mais e mais, toca a beirada da pedra, vai se aproximando do meio; finalmente, chega ao ponto exato do centro da pedra.

De repente, é como se um botão tivesse sido pressionado, libertando uma fonte de luz. Tudo muda. Ou melhor, tudo é revelado. Não há mais segredos. O plano do mundo parece simples, como um soma fácil que alguém escreve com números grandes na lousa de uma criança.

Então, as dúvidas desaparecem. A noção de espaço também: todos os lugares que alguém já viu ou sonhou ver estão ali. A noção de tempo, igualmente, some: todos os momentos que alguém já viveu ou sonhou viver estão ali, juntos. Um momento e a eternidade se tornam a mesma coisa. O centro do universo e o próprio universo se tornam a mesma coisa. A luz eterna toca e ilumina o eterno coração das coisas.

Nenhum dos seis seres humanos que viram a Lua subir no céu pôde relacionar aquele movimento com o tempo. Aquele raio de luar só teria ficado inteiramente no centro daquela pedra por um instante. E, ainda assim, houve tempo para muitos acontecimentos.

Daquela altura, era possível ver ao longe o parque silencioso e os jardins adormecidos, tudo em tons cinza-esverdeado. E, lentamente, vultos começaram a se aproximar.

Os monstros vieram primeiro, seres estranhos, de quando o mundo era novo: lagartos gigantes com asas; que sobreviveram como dragões na memória dos homens; mamutes, pássaros imensos e esquisitos. Subiram rastejando pela colina e foram se acomodando fora do círculo.

Depois, não do jardim, mas de bem longe, vieram os deuses de pedra do Egito e da Assíria: corpo de touro, asas de pássaro, cabeça de falcão, patas de gato... todos de pedra, e todos vivos e alertas. E figuras estranhas, grotescas, vindas das torres de catedrais: anjos com asas dobradas, monstros com asas abertas. Esfinges. Imagens grotescas das ilhas do Sul cercadas de palmeiras. Por último, os belos deuses e deusas de mármore que tinham feito a festa na ilha do lago e convidado Lord Yalding e as crianças para o encontro que agora acontecia.

Nenhuma palavra foi dita. Cada ser de pedra veio feliz e silencioso para dentro do círculo de luz e compreensão, como crianças cansadas de um longo passeio atravessam a porta aberta em silêncio e são acolhidas pelas boas-vindas do fogo aceso do lar.

As quatro crianças tinham pensado em perguntar muitas coisas. E tinha sido prometido a elas que as perguntas seriam respondidas.

Mas naquela hora ninguém dizia uma só palavra, porque estavam todos dentro do círculo do real encantamento, onde todas as coisas são entendidas sem que nada seja dito.

Depois daquilo, nenhum deles pôde se lembrar do que tinha acontecido ali. Mas nunca esqueceram que tinham ido a um lugar onde tudo era fácil e belo. E as pessoas que conseguem se lembrar disso nunca mais são as mesmas. E quando foram conversar a respeito no dia seguinte, descobriram que pra cada um tinha ficado uma parte do grande esclarecimento daquela noite.

As criaturas de pedra se aproximaram no centro. O raio da Lua pareceu se espalhar em *spray*, como a água quando cai de certa altura. Todos estavam banhados de branco. Um silêncio profundo pairava sobre a grande reunião.

Então, um mesmo impulso moveu toda a multidão, todas as faces – pássaro, monstro, estátua grega, besta da Babilônia, criança humana, namorado e namorada humanos – olharam pra cima. A luz radiante os iluminou e todos falaram, juntos:

– A luz! – gritaram, e o som de suas vozes era como o som de uma grande onda.

Então, a luz sumiu e, suave como paina flutuando no ar, o sono caiu sobre todos, com exceção dos imortais.

A grama estava fria e molhada de orvalho, e nuvens tinham coberto a Lua. Os namorados e as crianças se mantinham juntos, abraçados – não por medo, mas por amor.

– Quero – disse a moça francesa, delicadamente – ir até a caverna, na ilha.

Muito calmamente, na noite bonita e misteriosa, foram até a casa de barcos, soltaram a corrente tilintante, e mergulharam remos entre as flores de lótus e as estrelas. Chegaram à ilha e encontraram os degraus.

– Trouxe velas – disse Gerald, podemos precisar.

Então, à luz das velas de Gerald, foram até o Hall de Psychê. A luz que saía da estátua brilhava, e tudo estava como as crianças tinham visto antes.

Era o Hall dos Desejos Realizados.

– O anel – disse Lord Yalding.

– O anel – disse sua namorada – é o anel mágico dado há muito tempo a um mortal, e é o que alguém disser que é. Foi dado ao seu antepassado por uma dama da minha casa, pra que ele construísse pra ela, no seu próprio terreno, um jardim e uma casa iguais ao palácio e ao jardim dela. Assim, esse lugar foi construído, em parte, pelo amor e, em parte, pela magia. Ela não viveu pra ver tudo isto; foi o preço do encantamento.

Ela deve ter falado em inglês, porque senão, como as crianças poderiam ter entendido? Mas não era o jeito de falar de Mademoiselle.

– Com exceção de crianças – sua voz continuou –, o anel exige um pagamento. Você pagou por mim, quando vim porque desejou, com o terror da loucura que teve. Só um desejo é de graça.

– E esse desejo é...

– O último – ela falou. – Posso desejar?

– Sim... deseje! – disseram, todos.

– Então, desejo – disse a namorada de Lord Yalding – que todo o encantamento que esse anel fez seja desfeito e que esse anel passe a ser nada mais nada menos que um amuleto que vai nos unir pra sempre.

E parou de falar.

Nesse momento, a luz encantada desapareceu aos poucos, os arcos dos desejos realizados sumiram. A vela de Gerald iluminou fracamente uma caverna tosca e, onde estava a estátua de Psychê, apareceu uma pedra com alguma coisa esculpida.

Gerald segurou a vela perto da pedra.

– É o túmulo dela – a jovem Mademoiselle falou.

No dia seguinte, ninguém se lembrava direito do que tinha acontecido. Mas muitas coisas estavam diferentes. Não havia mais aquele anel, só um de ouro puro, que Mademoiselle encontrou no dedo quando acordou em sua própria cama, de manhã. Mais da metade das joias do cômodo com painéis tinha desaparecido, e as que restaram não estavam atrás dos painéis; apenas estavam lá, descobertas, sobre o veludo das prateleiras.

Não havia túnel atrás do Templo de Flora. Muitas das passagens secretas e muitos dos vários cômodos escondidos tinham sumido. O número de estátuas no jardim era muito menor do que todos tinham imaginado.

Grandes partes do castelo não estavam mais lá e teriam que ser substituídas, o que custaria muito caro. Dessa forma, podemos concluir que o antepassado de Lord Yalding tinha usado muito o anel para ajudá-lo na construção.

Porém as joias que restaram foram suficientes pra pagar tudo.

O encantamento do anel foi desfeito de uma forma tão repentina que todos quase duvidaram que ele tinha mesmo acontecido.

Mas é certo que Lord Yalding se casou com a governanta francesa e que um anel de ouro puro foi usado na cerimônia, e ele não poderia ser nenhum outro que não o anel mágico, transformado, pelo último desejo, em um amuleto pra manter o Lord e a sua esposa juntos pra sempre.

Também, se toda esta história é bobagem, é invenção, se Gerald e Jimmy e Kathleen e Mabel simplesmente enganaram a minha natureza ingênua com um pacote de invenções improváveis, como você explica o parágrafo que apareceu no jornal da noite no dia seguinte ao da mágica da Lua nascente?

"SUMIÇO MISTERIOSO DE UM FAMOSO CIDADÃO",

dizia, e continuava, contando que um cavalheiro famoso e muito respeitado no mundo das finanças tinha desaparecido sem deixar pista alguma.

"O Sr. F. F. Feiura", o jornal relatava, "tinha ficado até tarde trabalhando em seu escritório, como costumava fazer. A porta do escritório foi encontrada trancada e, quando foi arrombada, as roupas do infeliz cavalheiro foram encontradas amontoadas no chão, junto com um guarda-chuva, uma bengala, um taco de golfe e, estranhamente, um espanador de penas, do tipo daqueles que as criadas usam para tirar a poeira. Porém não havia nenhum vestígio do corpo. A polícia disse que tem uma pista."

Se tem mesmo, não revelou. Mas não acho que possam ter uma pista, porque é claro que o respeitado cavalheiro era o Feioso-Feiura que ficou real quando, procurando por um bom hotel, foi parar no *Hall* dos Desejos Realizados. E se nada desta história um dia aconteceu, como é que as quatro crianças ficaram amigas do Lord e da Senhora Yalding e passam todas as férias no castelo?

Tudo bem que todos eles finjam que esta história toda é minha própria invenção, mas fatos são fatos, e não se pode negá-los.

FIM

Este livro foi composto com tipografia Electra e impresso em papel Off-White 70g/m² na Formato Artes Gráficas.